大雅

为一种品格注脚

洛威尔系列

海豚信
1970—1979（上）

［美］罗伯特·洛威尔　伊丽莎白·哈德威克 / 著
［美］萨斯基娅·汉密尔顿 / 编

程　佳　余　榕 / 译

广西人民出版社

目　录

导言 _ 001

书信手稿保存位置 _ 034

文本说明及注释 _ 037

时间表：1970—1977 _ 040

第一部分：1970 _ 053

　　4月，055—084；5月，084—113；6月，113—153；7月，153—176；8月，176—193；9月，193—203；10月，203—227；11月，227—240；12月，241—248。

第二部分：1971—1972 _ 249

　　1971年：1月，251—256；2月，256—260；3月，261—278；4月，279—295；5月，295—308；6月，309—321；7月，321—339；8月，339—349；9月，350—357；10月，357—360；11月，360—361；12月，362—367。1972年：1月，368—376；2月，376—385；3月，385—413；4月，414—438；5月，438—442；6月，443—446；7月，447—453；8月，454—458；9月，459—463；10月，463—466；11月，466—469。

第三部分：1973 _ 471

1月，473—474；2月，475—487；3月，487—495；4月，496—508；5月，508—524；6月，524—540；7月，541—558；8月，559—566；10月，566—578。

第四部分：1974—1979 _ 579

1974年：1月，581—583；3月，584—585；5月，586—588；7月，589—591；8月，591—594；9月，594—595；10月，596—600；11月，600—603；12月，603—607。1975年：1月，607—611；4月/5月，611—613；6月，613—616；8月，617—620；9月，620—626；10月，626—627；11月，627—629。1976年：1月，629—634；2月，634—638；3月，638—639；4月，640—643；5月，643—645；6月，645—650；7月，650—657；9月，657—660；10月，661；12月，661—662。1977：1月，662—664；3月，664—665；6月，665—670；8月，670—675；10月，675—676。1978年：8月，677—678。1979年：6月，678—682。

写小说 / 伊丽莎白·哈德威克 _ 683
工作及其他时候的卡尔 / 伊丽莎白·哈德威克 _ 697

致谢 _ 700

导　言

> 该不该将启示像私人信件一样封缄，
> 直到所有受益者都已离世，
> 直到我们正当的名字都变成不当的"人生"？
> ——罗伯特·洛威尔（摘自《海豚》中组诗《怀疑》第 1 首《抽牌》）

> 难道这封信写出来就是为了尘封在档案馆里吗？是谁在诉说？
> ——伊丽莎白·哈德威克（摘自《不眠之夜》）

伊丽莎白·哈德威克终其一生都没有弄明白，自己于 20 世纪 70 年代写给罗伯特·洛威尔的那些信，究竟经历了些什么。她对洛威尔的传记作者说，那些信"要么丢失了，要么消失了"。谈到洛威尔在诗集《海豚》中化用自己的部分信件时，哈德威克补充道："我想，把它们剪得面目全非让他忙得够呛吧！"（笑）[①]

[①] 见伊恩·汉密尔顿 1979 年 10 月 26 日对伊丽莎白·哈德威克作的访谈，收在"伊恩·汉密尔顿书信文稿"，收藏于大英图书馆。

《海豚信》收录了洛威尔人生中最后七年与哈德威克的往来书信，其中哈德威克的那部分信件，在她去世三十多年之后才得以浮出水面。这本书信集向读者呈现的，是身处严重个人危机却还保有创作想象力的两位作家。哈德威克和洛威尔当时正经历着分居、离异的身心煎熬，双方靠着睿智的通信和电报保持联系。此后几年，洛威尔先后出版了几本诗集，其中就包括《海豚》，而哈德威克则创作了《诱惑与背叛：女性与文学》和《不眠之夜》，两人的女儿哈丽特也从十三岁的小女孩长成芳龄二十的大姑娘了。文字记录是不可能反映生活全貌的，哈德威克就曾经说过："你写作时的自我与你真实的自我不是一回事。"[①] 作品中的形象不免失之偏颇，被扭曲构陷，因为写作者在创作时也会处于情绪低谷期，这就影响到其如实还原部分生活经历。洛威尔与卡洛琳·布莱克伍德恋爱并结婚都是幕后故事，他们与儿子谢里丹、布莱克伍德的三个女儿，还有哈丽特在一起的家庭生活，并未直接呈现；哈德威克在这期间的感情生活，书信中也未有提及。然而，他们两人各自鲜明的写作个性和风格却在这段时期的通信中（这本书中还包括他们与文学界其他同仁的重要信件往来）得到了生动的展现。从这些书信的字里行间，我们还可以了解到洛威尔和哈德威克在婚姻内和离异后的脾气和秉性。

本书始于1970年春天在意大利的一次家庭旅行之后，哈德威克带着哈丽特已返回纽约的家中。那时候，洛威尔与哈德威克都已是年过半百之人，他们的婚姻自1949年以来也走过了二十多个年头。哈丽特按计划返回学校完成七年级的课程，哈德威克也回到巴纳德学院，继续该学期的教学工作。洛威尔则动身前往牛津大学万灵学院进

[①] 见大卫·法雷尔1977年10月9日对伊丽莎白·哈德威克作的访谈，收藏在肯塔基大学图书馆路易斯·B. 南恩口述历史中心。

行为期八周的访问研究,他先从罗马去阿姆斯特丹拜访老友,然后再赴英国。当时,洛威尔正在考虑要不要接受另一份聘用邀请,去埃塞克斯大学任教,虽然此举意味着他要举家搬至英国居住两年,可他那时确实想要离开美国,为自己近期面对的种种压力寻找一个排解的休憩之处。这些压力包括教学上的辛苦付出(他每周都得在纽约与哈佛大学之间往返)和对激进运动的倾情投入——哈德威克将其称为"奉献"①,她与洛威尔对自己的成年生活都是这般评价的。在反战呼声高涨、民权运动兴起的年代,洛威尔和哈德威克严肃积极地投身到政治运动中,然而到了1970年,也就是尼克松当政的第一个任期,运动"现场"对哈德威克来说却是"一个十分反常的混乱局面,毫无价值"。这话出自哈德威克在此次家庭旅行前写给玛丽·麦卡锡的一封信。在这封信中她还说道:"电话成天响个不停,催你去参加各种集会,逼你夜里冒着寒风去剧院看表演,偶尔也会有那么一两个让人反感的'不情之请',还有数不清的邮件、账单[……]但是,习惯了这样的奔波与心焦,一旦安静下来,反倒觉得十分压抑。感觉自己就像一出戏里的演员,连续表演了好些年,然后这出戏突然停演了,你不得不回到郊区的住宅,过着无人问津的生活。"②洛威尔在那年4月写给哈德威克的信中也说过:"想要暂时离开美国,个中原因其实大家都心知肚明。"③

洛威尔于4月24日抵达万灵学院。六天后,负责出版他作品的英国费伯出版社为他举行了欢迎聚会。在聚会上,洛威尔见到了时年三十八岁的卡洛琳·布莱克伍德,虽然两人好些年前曾见过面,但这

---

① 见哈德威克1971年4月19日写给洛威尔的信。
② 见哈德威克1970年2月9日写给玛丽·麦卡锡的信。
③ 见洛威尔1970年4月27日写给哈德威克的信。

一次经人介绍，他们又重新认识了彼此①。布莱克伍德后来回忆这段往事时这样说道："宴会后，洛威尔就搬来红崖广场（布莱克伍德在伦敦的居所）——我的意思是，聚会当晚他立刻就搬了过来。"② 在这之后的六周时间里，洛威尔便往返于万灵学院和伦敦之间，路上还时常想起马修·阿诺德笔下的那个吉卜赛学者③——其人"满腹经纶、才思敏捷"，因为厌倦了都市喧嚣，来牛津寻觅一处田园式的休憩之所。其实这段时间，洛威尔根本谈不上闲来无事——他得为《笔记本》的再版事宜做准备，包括增添一些新诗、对已有的诗歌进行修订等。他聘请布莱克伍德对自己的作品做评论和誊写工作④——然而他却去信跟哈德威克说，"自从接受锂治疗后，这还是头一回"⑤ 能够停下来让自己缓一缓，不用没完没了地工作。在过去，他如果渴望休息，那就预示着离躁狂症发作不远了⑥。他写给哈德威克的那些信都是在虚报平安⑦。在最后一封信中，他还说"消闲以养智"——然而

---

① 罗伯特·西尔维斯当时正与布莱克伍德约会，西尔维斯在洛威尔临行前给他写信，让他和布莱克伍德联系："你想去伦敦看看卡洛琳吗？我知道她一定很高兴见到你。"（见西尔维斯［1970年3月？］写给洛威尔的信）
② 见伊恩·汉密尔顿的《罗伯特·洛威尔传》（1983年）。
③ 洛威尔在一首以缅因州卡斯汀为背景的早期诗作《软木》（见《献给联邦烈士》）中曾提到这位吉卜赛学者："有时我认为海豹必须│和那位吉卜赛学者一样长寿。"
④ 详情见布莱克伍德对《笔记本》校样的更正（FSG出版社档案资料，收藏于纽约公共图书馆的手稿和档案处）。
⑤ 见洛威尔1970年6月14日写给哈德威克的信。1967年，医生给洛威尔开了锂盐处方药，当时该药物在美国食品与药物管理局尚未获得批准。
⑥ 比如洛威尔于1954年写的一些躁狂信件。见萨斯基娅·汉密尔顿编的《罗伯特·洛威尔书信集》（2005年）。
⑦ 见洛威尔1970年6月14日写给哈德威克的信。另见阿诺德的诗句"怎样消闲以养智"（《纪念〈奥伯曼〉作者的诗节》第69—76行），又见洛威尔1970年5月17日写给哈德威克的信。

六天后，他就发电报表示"个人困难无法即成纽约之行"[①]。

在洛威尔与哈德威克21年的婚姻中，洛威尔至少经历过10次严重的躁狂症发作，入院治疗多达15次以上，并且试遍了当时所能采用的各种疗法（1949年曾接受隔离和电击治疗；从20世纪50年代到60年代中期，服用过治疗精神失常的药物氯丙嗪，接受过水治疗法和精神分析疗法；50岁那年，他开始接受在美国新推出的锂疗法）。躁郁症虽然是间歇性发作的疾病，但同时也是一种渐进式的疾病，这就意味着从1961年开始，洛威尔每年都要重复躁狂急性发作、入院治疗以及抑郁的周期模式[②]。而洛威尔处于躁狂阶段时的一个奇观，竟是谈情说爱，这常常令人难以置信。关于这点，哈德威克曾写道："人们乐于参与其中，与《白痴》[③] 非常相像，丝毫不像一个疯狂杀手。"哈德威克表示，在洛威尔的病态发作期间，她"面对这些反复出现、令人感到羞辱的情形时"，"极度沮丧，急得发疯，所有的消极情绪都一涌而上"。那些情形对洛威尔来说也是挺丢人的，据哈德威克写道，洛威尔"清醒"之后，会"悲从中来，忧心忡忡，总是感到羞愧难当，满怀恐惧"。"神奇的是，他病好之后一切又恢复原样，过去的个人天赋和艺术才华还在，完好无损，仿佛病魔来袭时，它们就被藏于某个安静又安全的盒子里"。出院之后回到家中，洛威尔"又回到了原先正常的生活"，阅读、写作、学习。"他就是他，这具独特的灵魂着实让人心疼不已。他的宿命是如此不同寻常，仿佛冥冥中被

[①] 见洛威尔1970年6月20日给哈德威克发的电报。
[②] 在1961年之前，洛威尔的躁狂症严重发作是每隔两到三年一次——1949年、1952年、1954年、1957年和1959年。
[③] 陀思妥耶夫斯基著（1868年）。

两台发动机牵引着,一台奔向毁灭,另一台奔赴救赎。"①

"幸运的是,生活中,卡尔②的状态更多时候是'正常的',"哈德威克补充道,"否则,他很难创作出那些卷帙浩繁的作品。"③ A.L.卢维斯认为洛威尔"是一个极富同情心的人,[……]他理智但也感性,思维和反应都很敏捷,满脑子都是独到的见解,真是个好人,而且显然是个天才"④。德里克·沃尔科特寻思"什么样的传记作家能捕捉到他那令人心碎的笑容,领略他的才智、他的牵挂、他的腼腆[……]愁云惨雾笼罩着他,待到云开雾散时,他格外温和"⑤。

锂疗法一度让洛威尔的躁郁症得到有效的控制,使其从年复一年的发作和忧虑下一次发作的精神折磨中解脱出来。哈丽特·洛威尔说,人们不该"低估,摆脱如此严重而又痛苦的疾病,对(爸爸)洛威尔来说有着多么重大的意义。如果服用一点盐,病就不再发作,这说明他并不是因为有什么严重的性格缺陷才患上这种病的"⑥。讲到锂疗法时,洛威尔在给伊丽莎白·毕肖普的信中曾这样写道:"以前每

---

① 见《工作及其他时候的卡尔》,节选自伊丽莎白·哈德威克[1981—1982年?]写给伊恩·汉密尔顿的一封信。参看"但那台有两只手的刑具就立在门边|伺机狠狠打击一次,就一次"(约翰·弥尔顿的《利西达斯》第130—131行)。(英文"engine"这个词除"发动机"的意思以外,还有一个现已废弃的义项——刑具,尤指拉肢刑架。哈德威克在此利用了这个词的双重含义。——译注)
② 洛威尔的昵称。洛威尔说:"我被唤作'卡尔',但我不愿解释这其中的原因。没有一个原型是讨人喜欢的:卡尔文、卡里古拉、卡利班、卡尔文·柯立芝、卡利格拉菲——都带有无情的讽刺。"(参看1947年8月21日写给伊丽莎白·毕肖普的信,见《空中的话语》,埃德·托马斯·特拉维萨诺与萨斯基娅·汉密尔顿编)
③ 见伊丽莎白·哈德威克[1981—1982年?]写给伊恩·汉密尔顿的信。
④ 见理查德·奥拉德编《A.L.卢维斯日记》(2003年)。[A.L.卢维斯(1903—1997),英国历史学家,作家。——译注]
⑤ 沃尔科特的《论罗伯特·洛威尔》,刊于1984年3月1日出版的《纽约书评》。
⑥ 哈丽特·洛威尔2017年1月28日发给本书编者的邮件内容。

走一步仿佛都有摔跤的危险。现在好了,甚至健康的生活也大有改观。"① 他着手创作一本"笔记"式的十四行体诗歌(内部押韵但不拘泥于固定韵式的十四行体诗)。弗兰克·比达特认为这些诗歌记录着"诗人转瞬即逝的感受、灵光乍现的洞见、突如其来的感悟、尚未成熟的边缘思想,以及在此影响下的人生"②。

但是,洛威尔的老朋友们发觉他身上另一个微妙的变化——似乎他的性格和脾气在正常状态和发病时区别没有那么明显了,就连他的温雅与才智也丝毫没有减损。1967年到1970年间,洛威尔写下了《笔记本》中的那些诗作(到该书第三版出版时所收诗作共计377首),洛威尔给哈德威克写信道歉说,这种"笔耕不辍"与饮酒时的那种"心神荡漾与目眩神迷"有关。"最近这两三年我太难熬了,但我何时又不是如此呢?"③ 哈丽特·洛威尔记得她母亲哈德威克曾说,那几年他一直处在"即将爆发"的边缘。正如凯·雷德菲尔德·杰米

---

① 参看洛威尔1968年1月12日写给毕肖普的信,见《空中的话语》,又见凯·雷德菲尔德·杰米森的《罗伯特·洛威尔:放火烧河》(2017年)。
② 见伊恩·汉密尔顿的《罗伯特·洛威尔传》。
③ 见洛威尔1969年1月9日写给哈德威克的信,《罗伯特·洛威尔书信集》第509—510页。哈丽特回忆说,那些年他身上有点"微妙"的变化,他有时候感觉比较"迟钝","烟抽多了一点,酒喝得多了一点——不是酒精饮料,而是——有点更烦躁、更急躁","也许是偶尔的精力过剩吧"(见《关于罗伯特·洛威尔》,口述历史项目,哈佛大学 [2016年9月29日],又见2017年1月28日本书编者所作的采访)。参看伊丽莎白·毕肖普1967年11月14日和15日写给安妮·鲍曼的信,信中毕肖普表现出和哈德威克一样的担忧,担心"持续的兴奋、游行、示威、饮酒等"对洛威尔的身体有影响。一天晚上,洛威尔刚从一次"非常艰苦"的旅行返回家中,又马不停蹄"出发去参加了'诗人祈愿和平'或是关于反对越战的一个活动,熬到凌晨5点才回家,他承认自己宿醉了,与我在这里共进午餐后,又赶飞机飞回哈佛,开始了三天的艰苦工作,他结识的人越来越多,参加的聚会越来越多"。毕肖普补充说:"他有很多更美好的东西可以给到这个世界(正如他妻子所言),而不是对纽约这边的各种压力做出草率的反应。"[见《一种艺术:书信集》,罗伯特·吉鲁克斯编(1994年)]

森所写的那样:"根据洛威尔的临床表现来看,他确实适合采用锂疗法[……]但是,他接受这种治疗的时间比较晚,在躁狂症反复发作过之后,想要达到一个稳定的状态难上加难。洛威尔还经常性酗酒,尤其是在发病时喝得更凶,这必然会影响疗效。""但锂疗法也可能发挥了较好的抑制作用,让他能够在轻度躁狂产生的某种创作优势下进行创作。"① 埃丝特·布鲁克斯回忆洛威尔接受锂疗法的那几年时说:"就好像他体内有两个自我,一个神志清楚,一个病态疯癫,它们彼此纠缠,情绪极度兴奋但又压制得很好,这真是一种奇怪的状态。人们不再害怕他会再次发疯,而是一直等待他自己心思纤柔精巧的那一面再度展示。"②

1970年5月,由于洛威尔长时间杳无音信,哈德威克敏锐地察觉到,他并不是"深感不适",而是又一次陷入了婚外情。直到5月中,哈德威克与洛威尔的通信内容还是一如往常,聊哈丽特,聊家庭琐事,聊搬去英国的计划,聊社会现状,聊不断展开的政治运动,聊美国轰炸柬埔寨,聊纽黑文黑豹党审判,聊肯特州立大学和杰克逊州立大学学生被害事件。她假装什么都没发生,因为她虽然清楚有不好的事情发生但是却不愿主动去问。而正像她担心的那样,洛威尔口中所谓的"个人困难",无非是他出轨(女方姓甚名谁当时还有待调查)的借口,而且他此前在万灵学院的那几周,已经显示出一些发病的征兆,这时距离他第一次接受锂疗法已经过去足足三年。在1970年的那个夏天,其实没有人知道洛威尔爱上布莱克伍德究竟是不是受到躁郁症的影响,就连洛威尔自己也说不清。大概两个月之后,哈德威克

---

① 见杰米森的《罗伯特·洛威尔:放火烧河》。
② 见埃丝特·布鲁克斯的《怀念卡尔》,收录于罗兰多·安齐洛蒂编辑的《致敬罗伯特·洛威尔》(1979年),杰米森的《罗伯特·洛威尔:放火烧河》中引用了这段话。

才终于弄清楚那个和洛威尔关系暧昧的女人的身份,她好奇这个布莱克伍德究竟适不适合与洛威尔在一起。她之所以担心,有部分原因是她不确定布莱克伍德是否"在洛威尔病情全面复发的情况下能够应对自如",哈丽特·洛威尔如是写道①。

虽然洛威尔有风流韵事并不是什么新鲜事,但之前的那些感情经历都不长久,而这次显然不一样。洛威尔后来在给布莱克伍德的一首诗里写道:"我没疯,我有理由抱紧你。"② 得益于锂疗法的显著疗效,洛威尔与布莱克伍德及其家人相爱相守的那几年,也就是从1970年秋天康复到1975年那段时间③,是他第一次躁狂症严重发作以来情绪最稳定的时期,他状态积极向上,创作热情也十分高涨④。于是哈德威克也就不再为洛威尔的身体和神志而忧心如焚,也不再担心哈丽特的身心健康。她倒是感觉自己处于"某种欣快(60%)"⑤状态,从而开始全身心投入到自己的写作事业当中。后来的那段时期,哈丽特回忆说,在某种程度上,"我母亲那种无拘无束、充满活力的状态前所未见"⑥。

---

① 2017年1月28日写给本书编者的邮件内容。
② 见诗集《海豚》中的《尽在不言中》[《婚姻》第5首]。
③ 1975年,由于体内的锂含量变得不稳定,他再次开始经历躁狂发作。
④ 伊万娜·洛威尔在回忆洛威尔时写道,他没有发病的时候"可能是世上最温柔、最亲切的人。他看起来就像一只高大的泰迪熊,他一见我就给我起了个绰号'恶作剧',因为我经常取笑他"[见《为何不说出发生的一切?》(2010年)]。
⑤ 据玛丽·麦卡锡的说法(布莱尔·克拉克在1970年7月23日与麦卡锡的谈话记录,见"布莱尔·克拉克书信文稿",收藏于得克萨斯大学奥斯汀分校的哈里·兰瑟姆中心,后简称HRC)。
⑥ 2019年4月4日写给本书编者的邮件内容。

* * *

洛威尔与哈德威克的分手事宜大部分是在1970年的夏秋时节通过书信商定的。两人采取通信方式而不使用电话，一是因为后者费用昂贵，二是因为当时电话信号接收（交错线路以及回波）不稳定，因而信息沟通并不顺畅。洛威尔与哈德威克一次在通完电话后写信说道："抱歉在电话里我没怎么吭声。刚才接通电话的时候，听筒里除了你，还同时有另外两个人的声音。"[①] 但写信之于两人确实是终生的习惯，他们都对这种形式很感兴趣，而且也极为苛求，认为写信要写得有艺术美感[②]。但与读者的预期相反，我们可能在书信中发现这个写信人"在打盹，张着嘴瘫在那，全然不顾形象"。1953年，哈德威克在书中谈到文学通信时这样写道："写信作为表达理想自我的一种手段，作用尤为突出，别的交流方法都无法很好地实现这个目标。在面对面的交谈中，那些紧盯着你的扰人的目光，那些你还没来得及开口就等着要纠正你的嘴皮子，具有强大的威慑力，你根本无法谈及任何现实以外的东西，甚至连希望都不敢谈。"[③] 她后来还写了一篇论文，专评理查德逊的《克拉丽莎》中虚构的通信，说书信在一定程度上是"一个人自己的证据，证明写作者掌握所有的牌，把控着一切关于他自身的东西，以及一切有关于他想要作出的、涉及种种事件或他

[①] 见洛威尔1970年写给哈德威克的信（邮戳为1970年4月30日，但写于4月29日）。

[②] 参见伊丽莎白·哈德威克编辑并写有导言的《威廉·詹姆斯书信选集》（1961年）。

[③] 见哈德威克的《我自己的一个看法》（1962年）。

人价值的那些断言的东西"①。而且书信也是片刻性的东西,很快就被寄出。在真实的通信(不是为虚构艺术而写的信)中,更难把控的是从一封信到下一封信的那种情感摇摆。

或真实或虚构的信件,在洛威尔20世纪60年代末70年代初的诗歌以及哈德威克的散文中,都成了一种正式的写作手法。洛威尔拿自传性和直接性做实验,曾把艾伦·泰特的一封信改写成一首诗,收在1969年第一版的《笔记本》中。1970年春天,他又用同样的手法改写了伊丽莎白·毕肖普的信,将其收进《笔记本》第三版。那年秋天,洛威尔开始用自己改良的十四行体形式进行创作,抒写一位"饱受折磨的男主人公"②不得不快刀斩乱麻,结束一段持续多年的婚姻。他利用哈德威克的书信来帮助自己讲故事,讲"一个男人,两个女人,常见的小说桥段"③。在《海豚》中,洛威尔通过"删减"和"窜改"哈德威克的信件,让被抛弃的妻女发声。从洛威尔的观点来看,她们母女因此就成为了真实的人物,"并非我凭空臆造"④。

那几年,哈德威克在整理洛威尔的书信文稿,打算将其出售给档案馆,她深陷于他们过去的通信当中。("至于那些书信文稿——'阿斯彭',我从头至尾过了一遍之后就再没看过一眼。你觉得我还有这

---

① 见哈德威克的《诱惑与背叛(二)》,刊于《纽约书评》(1970年6月4日)。该文章创作并发表于哈德威克读到诗集《海豚》之前,后收录于批评文集《诱惑与背叛》(1974年)。
② 恰如洛威尔对自己的说话者的描述,见《诗人罗伯特·洛威尔——克里斯托弗·瑞克斯所见》,刊于《读者》(1973年6月21日)。
③ 见洛威尔诗集《海豚》中的《驱魔》第2首第10—11行。参看乔治·梅瑞狄斯1862年的十四行序列诗《现代爱情》中的诗句:"我们来瞧一瞧,│演员还和往常一样:│丈夫、妻子和情人。"《现代爱情》是一部关于婚姻不幸福的改编版的十四行诗(有16行)诗集,洛威尔以它为样板创作了《海豚》。见《克里斯托弗·瑞克斯眼中的诗人罗伯特·洛威尔》。
④ 见洛威尔1972年3月28日写给伊丽莎白·毕肖普的信。

个力气吗?"分居之后哈德威克曾写信给洛威尔说:"我痛恨它们,但又不想把它们送走,这些该死的东西也是我的生活。"①)《不眠之夜》在《海豚》面世之后便有了成书的轮廓,它不是一部"心血来潮的自传",如它的叙述者第一时间产生的那个创作念头,而是一部小说,"淡入淡出",具有数千英里②之外的"陌生人那抑扬顿挫的腔调混入本地人的声音,有静电干扰似的神秘音效"③。虽然哈德威克的资料来源很丰富,但是她多年研究文学书信、诗歌,以及诗人的散文("我热衷的领域之一"④),她的心得体会全都展现在这部小说简洁的抒情和节奏上。小说中的叙述者名叫伊丽莎白,她给"亲爱的M"写信,而且"总是一醒来就要跟 B、D、C 掏心掏肺——这些人我只有到早晨才敢打电话叨扰,但却必须与他们彻夜交谈"⑤。这些对谈者的名字或许用了玛丽·麦卡锡、芭芭拉·爱泼斯坦、德维·米德和卡尔·洛威尔等人的名字首字母,但不一定就是他们本人。

洛威尔与哈德威克在 20 世纪 70 年代的书信往来,以及两人在这期间创作的作品,最重要的一点就是关于艺术极限的争论——艺术作品缘何而生?艺术家必须遵循怎样的道德和艺术准则才能利用自己的生活作为创作素材?这样的争论有助于带来什么样的形式创新?正如

---

① 见哈德威克1971年6月28日写给洛威尔的信,哈德威克说的是亨利·詹姆斯的小说《阿斯彭文稿》(1888年出版,1908年修订)。
② 英美制长度单位,1英里合1.6093公里。——译注
③ 见哈德威克的《写小说》,刊于1973年10月18日出版的《纽约书评》。参看鲍里斯·帕斯捷尔纳克的"我不是在写自传。[……]我和它的主角都认为只有英雄才配有一部真正的传记,但诗人的人生不应该以这种形式呈现。若是一定要写,也必须从无关紧要的琐事中收集素材来写,它们则会见证为了同情与约束所做的让步"[《安全保护证》(1958年),巴贝特·多伊奇译]。
④ 见伊丽莎白·哈德威克的《小说的艺术》第87期的达瑞尔·平克尼的采访,刊于《巴黎评论》第96卷(1985年夏季刊)。
⑤ 见哈德威克的《不眠之夜》(1979年)。

亨利·詹姆斯说的那样,"权利与义务、不可遏制的求知欲应有的规矩与自由裁量权,才是整个问题所在"①,洛威尔和哈德威克分别在《海豚》和《不眠之夜》中所作的决定,都体现出了这个问题。本书的文内插图和文字注释,主要就是针对这两部作品,针对非常重要的早期稿件,因为这两部作品在出版之前都经历了很大的改动。书中收入的个人诗歌插图来自《海豚》手稿本,内容都取材于洛威尔自己写的或是收到的信件。(1972年在洛威尔朋友圈当中传阅的那本完整的手稿,现已出版,收在《海豚:手稿对照本,1972—1973》中。)《写小说》原先是发表在《纽约书评》上的一个故事,哈德威克后来将其作为《不眠之夜》最初的创作蓝本。

洛威尔写的信,哈德威克都保管得很仔细,这些信多数后来发表在《罗伯特·洛威尔书信集》一书中。但是,哈德威克写给洛威尔的信,正如她对伊恩·汉密尔顿反复表示的那样:"它们全都不见了。"洛威尔曾在1976年给哈德威克写信说:"我为《海豚》里的那些'书信诗'深表歉意。"②尽管如此,他还是不愿把那些信寄还给她。"这才是真正的《阿斯彭文稿》。"哈德威克对汉密尔顿说:

> 有一次我对他说:"既然你说是我写的,那么为了尊重过去的事实,我想看一看那些信。你把我的声音放了进去。可是我记不得了,我只想看一看你是怎么利用它们的。"我对他说:"你得把那些信带回来还给我。"好啦,他非常难为情地[……]给我

---

① 见1893年《文学批评》第2卷(1984年)对古斯塔夫·福楼拜书信的一篇评论。
② 见洛威尔1976年7月2日写给哈德威克的信。

了,好吧,那只是三封毫无价值的短信①。于是我又说[语气带着责备]:"怎么回事,卡尔。"他说:"我找不见了。"我不想把事情闹大,就说:"我是真的想看一看。"这对我而言很有意义②。

这件事直到洛威尔去世都没有得到解决,而且在此后的三十年间,哈德威克也没有任何机会重读到自己写的这些信,借用 T. S. 艾略特的话说,她永远没能够"解开记忆和杜撰之网",搞清楚自己的信"究竟被改写到什么程度,又是以何种方式改写的"③。洛威尔担心哈德威克可能会毁了这些信(虽然可以制作"复印件"④ 备份)⑤。其实,如果这些信重新回到了哈德威克手中,不管她有多么失望,她更有可能会保管好它们⑥。哈丽特·洛威尔回忆说:"我知道她是崇信档案的,任何干涉档案的行为都会令她感到极为不安。我印象中她在这点上从未动摇过。"⑦

1977 年洛威尔去世后,卡洛琳·布莱克伍德也没有把这些信交还

---

① 哈德威克告诉伊恩·汉密尔顿,她把三封退回的信都装在了一个信封里,但后来丢失了。
② 见伊恩·汉密尔顿 1979 年 10 月 26 日对伊丽莎白·哈德威克作的访谈,收在"伊恩·汉密尔顿书信文稿",收藏于大英图书馆。
③ T. S. 艾略特在为斯坦尼斯劳斯·乔伊斯的《我哥哥的守护者》(1958 年)作序言时谈詹姆斯·乔伊斯之语。菲利普·霍恩在《揭露者和隐藏者》中引用了此言,见《文艺批评》第 43 卷(1993 年 10 月),第 4 期。
④ 原文中洛威尔拼写成了 "xeroxes",应为 "zeroxes"。
⑤ 洛威尔对哈德威克支吾搪塞,但弗兰克·比达特说洛威尔告诉他不想把信还给哈德威克,因为他认为她可能会把它们都销毁。比达特还说,洛威尔很在乎哈德威克的信件能否保存下来。洛威尔希望保留一切证据,他对那些信件所作的改动正是他的"审美转化行为"(2017 年 1 月 29 日编者的采访内容)。
⑥ 哈德威克在提到她发现洛威尔与卡洛琳·布莱克伍德的婚外情时,说:"我写了一些信,把卡洛琳说得非常糟糕,长达 10 页,很可怕,是没用的矛盾行为。"(见"伊恩·汉密尔顿书信文稿",收藏于大英图书馆)
⑦ 2019 年 4 月 4 日发给本书编者的邮件内容。

给哈德威克。1982年出售的洛威尔书信文稿中也没有包括这些信件。哈德威克公开表示，弗兰克·比达特在整理洛威尔遗下的书信文稿时，"只发现了几封应付了事的信"①，并且还告诉她"没什么留给你的东西"。哈德威克认为是布莱克伍德"撕毁了它们，没有其他解释"②。

而在1978年4月，也就是洛威尔去世7个月之后，发生了一件事。布莱克伍德将装有哈德威克写的102封信以及明信片的一个大信封邮寄给了比达特保管。"卡洛琳没做错什么，"她的女儿叶夫根尼娅·契考维茨回忆说，"事实摆在眼前，她确实把这些信寄给了弗兰克，也即洛威尔的编辑兼朋友。否则这些信现在肯定要么遗失，要么就流入他人之手公之于众了。［……］说到底，尽管有怨恨，但卡洛琳很清楚这些信件的重要性，这些信件记录着他们几个人之间的过去。"③同意接管这些信件的比达特明白，自己不仅是在按照卡洛琳的意愿行事，更是在完成洛威尔的嘱托。他把这个大信封放在了自己床底下，后又将其转交给哈佛大学的霍顿图书馆，填写保存单声明"这包信件是罗伯特·洛威尔的遗物，并不属于我"，还说"由霍顿图书馆代为保管到伊丽莎白·哈德威克离世"④。

伊丽莎白·哈德威克于2007年12月2日去世。2010年5月，比达特将大信封的事告知叶夫根尼娅·契考维茨，后者建议他和我一起据其内容为洛威尔遗产管理公司做一份名录。我们完成这份名录时，发现其收集甚为可观但并不全面。这些信件覆盖的时间是从1970年4月，也就是从哈德威克与洛威尔在欧洲分手时，一直到洛威尔生命的

---

① 1982年，洛威尔遗产管理公司将他的书信文稿出售给HRC，其中包括这12封信。
② 见伊恩·汉密尔顿1979年10月26日对伊丽莎白·哈德威克作的访谈，收在"伊恩·汉密尔顿书信文稿"，收藏于大英图书馆。
③ 2016年12月31日发给本书编者的邮件内容。
④ 见弗兰克·比达特于1988年7月1日写给霍顿图书馆第244号手稿存放室的附信。

最后一年。1970年秋天是个很重要的时间节点,洛威尔在《海豚》中有对这一时期进行戏剧化描述,但这段时间的信件却缺失了。在《海豚》中,有15首诗包含了"丽兹"和"哈丽特"这两个人物所说或者所写的诗行,其中至少有6首让我们有理由认为是洛威尔从信件改写而来的,但是在那个大信封当中却找不到相关的信件[①]。如果那些信件遗失了,那么是不是洛威尔在创作诗歌的过程中将信放在了别处就不得而知了,又或许是他后来用完了那些信就搁置一旁,弄丢了或者销毁了。

至于那些得以留到今天的信件,该如何处置,是否要出版以及哪些可以出版,这些问题引发了"争执,关于公开还是私藏、满足好奇心还是保护玻璃心的永恒之争。除此之外其他一切都很好办"[②]。哈丽特·洛威尔是母亲遗产的继承人,又与谢里丹·洛威尔同为父亲遗产的继承人,因此决定权就落在姐弟二人身上。哈丽特后悔当时没有询问母亲的意愿,不知道她想要如何处理这些信件。但是她明白母亲对这种过往的资料一贯都很重视。尽管哈丽特心存顾虑[③],但她承认母

---

① 包括诗集《海豚》中的《声音》和《信》[《住院Ⅱ》第1首和第2首]、《唱片》、《沟通》、《狐皮》。《海豚》手稿本中的《弥赛亚》(组诗《飞往纽约》第2首,正式出版的诗集中删除了这首诗,但其中3行被并入《在邮件里》)。
② 见亨利·詹姆斯的《她和他:新近文档》(1897年),重印时改名为《乔治·桑》,刊于《文学批评》第二卷(1984年)。
③ 哈丽特表达了自己的遗憾,她母亲"从打击中很好地恢复过来这一点在这些书信诗中没有体现出来",所以她父母的生活以及他们彼此之间的礼貌和不怨恨都没有得到更真实、更平衡的描述。"那些信大多数都是我母亲在最痛苦的时候写的,他们这样歪曲事实似乎不公平——这不是我母亲。"哈德威克弄清楚自己的婚姻已无可挽回之后,便"一心扑在自己的写作事业上,并在纽约重新建立起自己的生活"(2019年4月4日发给本书编者的邮件内容)。叶夫根尼娅·契考维茨是家庭中第一个知道哈德威克的信件还保存着的人,她也支持这些信件的出版,但她也担忧这些信件中有不利于卡洛琳·布莱克伍德的性格描述。

亲的信件"被保存在一间档案室里"是事实。任由他人在缺乏前因后果的情况下引用、转述或渲染它们,又令她十分担心。虽然公开这些信就等于把父母的私人生活和自己的童年过往全部公之于众,但是作为父母双方的遗稿保管人,她还是觉得出版是最稳妥的处理方式。不过,这些书信遗件还涉及一些仍然活着的人,提及他们的家庭和私人生活时语气比较亲密,因此本书省略掉了一些简短的段落。

* * *

哈德威克写道,《海豚》"伤我至深"。她拒绝接受洛威尔在书中对她形象的扭曲描写,拒绝接受他擅自打乱信件的时间顺序("我在书里发现,一些信件的内容原是我最早陷入痛苦之时写下的,如今却接在写信许久之后的六行诗后"①)。她尤其不能接受的是,书中声称出自她的文字实际上并不是她写的("真正让我介怀的是那些仿佛出自我口的话"②)。哈丽特·洛威尔回忆道:"总的来说,她并不反对父亲把他自己的生活搬进书里(这里指的是他与母亲没有正式分开的时候)。这是两码事。[……]母亲是觉得父亲曲解了她。[……]透露内情、令人难堪都不算什么,但不该刻薄不公。"③哈德威克在写给洛威尔的出版人的信中表示:"自从这本书出版之后,我就出现在各种刊物的评论文章中,被人指名道姓地分析;作为一个妻子和个人,有的文章给予了我一些好的评价,但在其他读物中,我遭到普遍贬低和指责。[……]所谓的事实根本不能成其为事实,但因为披上了诗

---

① 见哈德威克 1973 年 7 月 5 日写给罗伯特·吉鲁克斯的信。
② 见哈德威克 1976 年 6 月 20 日写给洛威尔的信。
③ 杰米森的《罗伯特·洛威尔:放火烧河》中引用了这段话。

歌的伪装，也就无从置辩了。"①

就那些诗歌本身而言，哈德威克也不是很满意。她这样告诉伊丽莎白·毕肖普："这些诗作，我指的是写我和哈丽特的部分，简直空洞无聊，还不如直接删掉。我就不明白了，他足足花了三年工夫，结果还是留着一堆愚蠢之词、轻率之语，那些糟糕的诗句还在那里，没有删除。"②哈德威克对那些诗的看法从未有过改变，它们发表出来也影响到她后来写信时的那种坦率。《海豚》出版之后，人们有这样一种感觉，哈德威克一面写信给她的通信人，一面回头直盯着他们，她清楚自己写的东西很可能被人无意中听见，成为某人的一部分记录，她也清楚自己将不可阻挡地被卷入文学界历史的波澜之中。在给毕肖普的信中她说道："但凡是我们自己或是一个挚爱的老友，突然被人以这样一种方式曝光在众人面前，换谁都难免觉得特别不舒服，甚至是惊恐，因为知道事实绝非如此。"③

对洛威尔在《海豚》手稿本中利用了哈德威克的书信这件事，伊丽莎白·毕肖普也表达了自己的不满——"艺术根本不值那么多"④，她这句反对之语虽然经常被引用，但她反对的条件却未受到诸多关注。比如克莱夫·詹姆斯就在2014年5月的《泰晤士报·文学副刊》里写道："洛威尔想要［毕肖普］认可他那极其荒诞的鲁莽行径，他盗用了伊丽莎白·哈德威克的信件，把其内容原封不动地作为自己诗歌的一部分。"⑤而事实上他并非"原封不动"，而是"混合了事实与

---

① 见哈德威克1973年7月5日写给罗伯特·吉鲁克斯的信。
② 见哈德威克1973年7月27日写给伊丽莎白·毕肖普的信。
③ 见哈德威克1973年10月18日写给伊丽莎白·毕肖普的信。
④ 见伊丽莎白·毕肖普1972年3月21日写给洛威尔的信。
⑤ 见克莱夫·詹姆斯的《毕生的爱：诗歌中"关闭"的教训》，刊于2014年5月16日的《泰晤士报·文学副刊》第14页。

虚构"，这点正是毕肖普尤其反对的。她引用托马斯·哈代的话说，"任何披着虚构外衣的陈述，但凡被隐晦地暗示为事实，那么所有陈述都必须是事实，也只能是事实"，因为"在人故去之后，通过这样一种方式（讲述他们的人生），其中真话寥寥可数，实则是向读者灌输谎言，简直细思极恐"①。毕肖普写道，"你确实改动了她的信"——

> 人自然可以把自己的生活作为写作素材——不管怎样，总会有人这样做——但是利用这些信，你不觉得是在毁掉某种信任吗？假如你事先得到了允许——假如你并不曾改动它们……如此等等。但艺术根本不值那么多。[……] 那些信，因为你使用了它们，就引发许多诸如此类的问题：何为真，何为假；读者凭什么要付出自己的真情实感，他们目睹的那些痛苦，有多少根本无须面对，有多少是"杜撰的"。②

洛威尔为自己的做法进行辩护，认为那些书信和谈话内容的改动很轻微，甚至是保护性的，披着"虚构的外衣"：

> 对于你那些道义上的指责，我从自己的立场\再/跟你解释解释吧。那首诗（以文件形式？）披露的是一个妻子不希望丈夫离她而去，而丈夫\又确实/离开了她。这是一个困境，不是对真实与虚构的混合。如果\我/说丽兹当时是穿着一件紫红相间的连衣裙，大家都深信不疑，即使裙子实际上是黄色的——这才

---

① 见托马斯·哈代1912年11月10日写给詹姆斯·道格拉斯的信。弗洛伦斯·艾米莉·哈代在其撰写的《托马斯·哈代传》(1962年) 中引用了这段话。
② 见伊丽莎白·毕肖普1972年3月21日写给洛威尔的信。

是虚构。实际上,虽然我对她的信件进行了大刀阔斧的删减,但我保证使用的内容都足够真实,只不过对语调做了些调整,使其读来不那么尖锐。原信件不仅冗长不堪,而且语气十分伤人。①

他还说,以"丽兹的"口吻所写的那些诗,"是由引文、即兴发挥、文字释义混合而成的"②。

读者现在可以将《海豚》手稿本和正式版本中的诗行与某些原始信件放在一起做个比较,看一看洛威尔在诗歌形式和语义上所做的种种艺术选择。《青色的疮》这首描写春天的诗,意识到新生活的疼痛和种种新的开端,诗中的卡洛琳是一个孕妇的形象,"新春的田野延展如一种青色的疮"。在"把熟悉的声音带到肯特"③ 的那些"早晨的邮件"里,他引用了其中一封信:"才不是祝你完全安康呢,绝非如此。"而哈德威克实际上是这样写的:"当然,我不会全心全意祝福你,绝非如此。"④ 洛威尔从哈德威克信中摘取的,不是她写自己内心那些冲突而又同时存在的感情和愿望("我不会全心全意祝福你"),而是他自己对她这句话的理解("才不是祝你完全安康")。在音韵上,洛威尔拆解了哈德威克的语言节奏,重新做了安排,使其更适合他在诗歌中想要表达的那种醒来时烦躁不安的感觉。这种改变让哈德威克想要表达的意思不复存在,而且可能呈现出哈德威克的这样一幅

---

① 见洛威尔 1972 年 [4月4日] 周二复活节写给伊丽莎白·毕肖普的信。
② 哈德威克的(还有布莱克伍德的)信件并非洛威尔诗集《海豚》取材的唯一来源。本书收录的给朋友的信或是朋友的来信也是一些诗句的灵感来源——尤其是威廉·阿尔弗雷德、弗兰克·比达特、布莱尔·克拉克和阿德里安·里奇的来信(但这些来源和人物并没有像哈德威克和布莱克伍德那样在诗歌中被直接点名道姓)。
③ 见《海豚》手稿本中的《青色的疮》[《重负》第5首]第4—6行,第6行被取消。
④ 见哈德威克 1971 年 3 月 21 日写给洛威尔的信。

画像——她如暗示的那样，并不希望他"完全安康"，或者完全治愈。这句话在正式版本中变成了"记留一辈子"的"一刻的话语威胁"①。洛威尔对哈德威克原话的改写，并未影响到那个"常见的小说桥段"，但却捕捉到他自己感情上的某种变化，他判断这种变化对于他的经历来说是真实的，或者对于他为他那部"虚虚实实"②的小说所写的那些人物来说是真实的。因此，他的话对于他的这首诗是"足够真实的"，他对素材的改写（用他自己的话和别人的话）与他一生所奉行的一种艺术实践也是一致的③。

就故事情节的披露而言，毕肖普持反对意见，但洛威尔对该意见的重新表述却未能说服她。改写哈德威克的书面措辞、把她的裙子说成是别的颜色，这样做不是太合适。于是毕肖普又给洛威尔写信说："我一字不差地引用哈代的话，就是想说清楚，事实和虚构决不能混为一谈。"④ 美国现代主义写作手法中的纪实和拼贴元素，一直是毕肖普和洛威尔的兴趣所在，他们之间的争论也由来已久。24年前，两人刚成为朋友时就有过类似的讨论，那时他们对威廉·卡洛斯·威廉姆斯在《佩特森》中使用玛西娅·纳尔迪的信件来塑造"克雷斯"这个人物的做法持不同意见。洛威尔对此表示了浓厚的艺术兴趣，而毕肖普则心存疑虑，认为这样做有损信任。他们的不同态度也影响到20世纪60年代早期两人就诗作《尖叫》进行的交流。《尖叫》是洛威

---

① 1973年版诗集《海豚》中的《青色的疤》[《婚姻》第7首] 第3行。
② 见洛威尔的诗句"想求取同情……这本书，虚虚实实"（诗集《海豚》1973年版中的《海豚》第13行）。
③ 见洛威尔的诗句："你不是创作，你是改写……"（诗集《历史》1973年版中的《兰德尔·贾雷尔》第3首第13行）。
④ 见毕肖普［1972年］4月10日（星期一？）写给洛威尔的信。

尔根据毕肖普的短篇小说《在村里》① 改写的；后来在 1970 年，洛威尔为"把你的一封信改写成诗收进了我的诗集"② 而道歉时，毕肖普不予理睬，保持沉默。

对于这些关乎形式和道德的问题，哈德威克自己的反应可以在《不眠之夜》中找到答案。达瑞尔·平克尼表示，哈德威克多年后重新回到第一人称的小说创作，她"对自己失去兴趣"是一个"形式问题，而她下定决心不写罗伯特·洛威尔则是一个原则问题。哈德威克转开笔锋所写的，是与洛威尔在一起的生活允许她所思考的东西：写作之美妙、文学之伟大，以及人性之怪诞"③。《不眠之夜》这本书，像是一部回忆录，同时又是一部杜撰的小说，从中我们可以感受到哈

---

① 伊丽莎白·毕肖普在信中对洛威尔说："我仍然觉得他不应该使用那个女人的信件——对我而言，这么做似乎很刻薄，而且那些信对后面的部分来说在情感上过于强烈，以至于整首诗都跟着遭殃 [……] 我认为威廉姆斯的性格一直有些冷漠。"（[1948 年] 6 月 30 日）谈到纳尔迪书信时，洛威尔对伊丽莎白·毕肖普说："（1）真实得如此恐怖、如此典型，但我不认为我想要直接去读那些信——太单调，很病态。然而在这首诗中，它们被处理得很好，不病态，痛苦被吸收了。（2）难道它们对威廉姆斯本人（佩特森）不是真的很严厉吗？这就是在谴责他冷漠。她很生气，但他，像埃涅阿斯一样 [,] 无法控制她，表现得很糟糕。我认为这首诗的目的就在于此。"（[1948 年] 7 月 2 日，见《空中的话语》）另见洛威尔 1970 年版《笔记本》中的《出版日》（5 月 18 日）、和诗集《历史》中的《出版日》，基于玛西娅·纳尔迪的一封信而作。大卫·卡尔斯通在其著作中分析了毕肖普和洛威尔多年来关于拼贴诗的交流，见《成为诗人：伊丽莎白·毕肖普与玛丽安·摩尔和罗伯特·洛威尔》（1989 年）。
② 指《以有诗歌的信答复有诗歌的信》[《献给伊丽莎白·毕肖普》第 3 首]，见 1970 年版《笔记本》，作于洛威尔收到毕肖普 1970 年 2 月 27 日写的那封信之后。（见《空中的话语》）
③ 见达瑞尔·平克尼的《倾慕之伦理：阿伦特、麦卡锡、哈德威克、桑塔格》，刊于《三便士评论》第 135 卷（2013 年秋季刊）。见哈德威克的"我的兴趣点在那些惯常被遗弃的人身上，在那些被妥善抛弃的人身上，在那些自我毁灭、自欺欺人，尤其是不合常规的人身上"[《自传中的一个场景》，刊于《散文》第 4 卷（1972 年春季刊）]。

德威克不俗的行文韵律、她对内在性的态度、她选取特定往事进行叙述的自如,以及她对暴露个人隐私的顾虑甚至拒绝的态度。她采用的是亨利·詹姆斯首倡的"精神生活"写作法,而非普通的叙事手法。在《不眠之夜》中,哈德威克曾简略地提到洛威尔几次,比如言说者在考虑改变"先生"的发色时:

> 先生今天早上好吗?乔赛特会说。先生吗?敢问我一定要把他掉得一塌糊涂的棕色头发染成红色吗?没几个人有这种发色的。裤子和夹克乱搭一气,脚塞进扯长的袜子里。和善地笑了笑,口中那两排短短的牙齿,像极了他母亲的短牙齿。[1]

但是"敢问我一定要"有一种距离感,也许这就是在虚构内容这件事上,她对于"同情与约束"[2]所把握的度与洛威尔是不一样的。("为何不说出发生的一切?"[3]这一句见于洛威尔的后期诗作《结语》,但早在他创作《生活研究》的时候,哈德威克就曾用这种质问的语气给予他许可[4]。)不论《不眠之夜》中使用的地址当中有多少是确乎真实的(如万宝路大街239号,第67街),又有多少是表面真实的(如M、B、D和C),这本书都不能算是一种纪实艺术,而应当算作杜撰

---

[1] 见哈德威克的《不眠之夜》。
[2] 见鲍里斯·帕斯捷尔纳克的《安全保护证》。
[3] 罗伯特·洛威尔诗集《日复一日》(1977年)中的《结语》第15行。
[4] 谈到《生活研究》(1959年)的写作,洛威尔在一次采访中说:"我一开始用马维尔的四音步双韵体写了一首,并把它拿给我妻子看。她说:'为何不说出真正发生的一切?'(这首诗不是讲她的)音律在这个主题上似乎阻止了任何诚实意愿。"[见阿尔·阿尔瓦雷斯的《对谈中的罗伯特·洛威尔》,刊于1963年7月21日出版的《观察家》,再版于杰弗里·迈尔斯编的《罗伯特·洛威尔:访谈与回忆录》(1988年)]

的作品①。玛丽·麦卡锡在 1979 年写信给哈德威克谈到《不眠之夜》时，又重提了这个问题：

> 不知道卡尔读了会怎么想。以他那虚荣的性子，要是知道你这本书并没怎么提到他，而读者又不可能不会注意到这点，他定会恼羞成怒。即使是他明显在场的那几年，比如在阿姆斯特丹的那几年，也没有让他正面出场。我喜欢你说可否不把他的头发染成红色这个主意——非常有趣，这表明，他的"此性（haecceitas，又称现实存在性）"，而不\仅仅/是"彼性"，完全无关紧要。②

* * *

作家的书信告诉了我们哪些是有别于传记或者生平故事的东西了么？那些东西是对难以捉摸的事物的探索，是一件艺术作品的起源。"这种内史，"T. S. 艾略特写道，"或多或少与外部事实相关；这种内

---

① 黑兹尔·罗利认为，《不眠之夜》中那些信"是作者写的，不是写给作者的；不涉及侵犯著作权，不违反道德规范；它们是虚构的，不需要加引号"[《诗意的正义：伊丽莎白·哈德威克的〈不眠之夜〉》，刊于《德克萨斯文学与语言研究》第 39 卷，（1997 年冬季）第 4 期]。
② 见玛丽·麦卡锡 1979 年 6 月 4 日写给哈德威克的信。汉娜·阿伦特在评论邓斯·司各托斯时这样写道："对 *summum bonum*，对'至善'也即上帝的沉思，将会是智力的典范，这种悟性始终是建立在直觉的基础上的，把握事物在于把握它的'此性'，在此生当中，这种把握是不完美的，不仅因为至善仍然未被参透，而且对'此性'的直觉是不完美的"[《精神生活》，玛丽·麦卡锡（1978 年）编]。

部危机，我们的想象力很容易对其沉思许久。"① 书信使用的素材，虽然与诗歌、小说无异，都是各种关注点、留神与不留神的瞬间、形式问题，但是书信处理的方式不同，可能会把它们先储存起来，若干年后再用来写诗或写小说。思维惯性、联想习惯以及措辞风格既有前瞻性，也有回顾性。而书信诗反过来了，它利用的是书信的亲密性和即时性，并无期待（一场谈话或一次相聚）。它就像文学一样，是在回顾。当它处于公开出售的出版物中，处于一本书中，既没有待在信封里，也没有仅限于朋友间私下传阅时，它就呈现出了一种在形式与本质上都完全不同的特性。

1970年7月，洛威尔由于躁狂症发作在伦敦的绿廊疗养院接受治疗，那时布莱克伍德已经离开，洛威尔只得孤零零地承受煎熬。8月初，哈德威克飞赴伦敦探望洛威尔，但也只是作短暂停留②——她发现他"身体状况极差"，"起身走动一个小时已经是体能极限，再动怕是要累瘫了"——然后她便回到缅因州卡斯汀他们那栋避暑别墅。虽然洛威尔仍在医院接受治疗，但那时他的状态已经恢复得差不多了，8月11日他还拿起笔写了感谢信。当时他还没有决定接下来要怎么做，究竟是回到美国重新与哈德威克再续前缘，还是留在英国和布莱克伍德就此开启一段新的生活。

　　最亲爱的丽兹：

　　　　空气里有几分寒冷，冷到我要搓摩双脚来取暖。不\过/，缅因的空气更冷，也许更真实。当然了，都是幻觉！真实的缅因

---

① 见《莎士比亚与蒙田》，刊于1925年12月24日的《泰晤士报·文学副刊》。按照副刊当时的做法未签名。
② 详情见"时间表：1970—1977"。当时洛威尔朋友圈中普遍存在的忧虑，就是洛威尔过去躁狂症发作期间所依靠的支持系统在英国不可用。

总是有［一种］距离感，那儿有你。今天早晨，我可以给你写信了。噢，我希望我已经和哈丽特·洛威尔联系上了，我给她寄了很多明信片，上面印着骑警之类的难看东西，是你慷慨买来，盖好邮戳再留给我的。

　　再见了，我的爱。

　　　　　　　　　　　　　　　　　　　　　　　卡尔[1]

洛威尔后来把这封信改写成一首诗，放进了《海豚》手稿本中的组诗《远岸》，标题为《一封未写出的信的笔记》：

> *初秋\空气里/的冰*，冷到我要握住
> 我的双脚\袜子/取暖。缅因更加寒冷——
> 那里的一切都更真切，真实如\一门/外语。
> 那些难看的明信片，是你买来并盖好邮戳给我的，
> 如今邮寄给了哈丽特：骑警、皇家卫兵、
> 市长马车、贝丝女王——
> 甩掉孩子没什么大不了，很正常……
> 在缅因，我引以为傲的家乡，\我希望愿能终老的地方，/
> 每件空空的毛衣和空闲\闲置/的书架都伤人，
> 那些\所有那些/要它们服务的借口都已消失。
> 我对着空气呼喊，声音又传了回来，
> 它传不到那遥远的海岸，

---

[1] 见洛威尔 1970 年 8 月 11 日写给哈德威克的信。

被仓促抹去,却依然在我的耳边回响。
难道酣眠者是一个你唤禾/不会\醒的人?①

　　信里还表露出一线希望,希望他们仍有可能心意相通。而诗中的孤独更加深重,有一种巨大的失落感,这是信里那种矜持和礼貌难以传递的。信里对她说的那些话,在诗中又被重复或略加改变,仿佛仅说一次是无法让他的情感得到宣泄的。在这一组诗中,叙述者对海豚的追求将使他抛弃自己的家庭,离开自己的家乡,告别从前的生活。难道追求至爱,追求健全的心智,追求自己的艺术(海豚是它的神化形象之一②)竟是如此,一方面对它的占卜能力充满怀疑,一方面却又希望得到它?洛威尔在另一首诗中写道:"我从美人鱼身上学到了我想要的|以及她那种燎人的尾巴与优雅的熨合。"③ 但是在《一封未写出的信的笔记》中,他还没有完全站到另一边,而是感到无处安身,焦躁不安。《远岸》以及后来被删去的词"初秋",令人联想起《埃涅阿斯纪》中那数不清的未被埋葬的魂灵,他们伸出手,渴望去

---

① 《海豚》手稿本中的《一封未写出的信的笔记》[《远岸》第3首]。
② 指阿波罗,诗歌、疗愈和占卜之神。更多关于海豚在诗歌史上的象征,见彼得·M. 萨克斯的《"你只以惊奇引领我":诗歌与海豚的转向》(2010年)。
③ 诗集《海豚》中组诗《美人鱼》第1首第1—2行。参看弥尔顿的诗句"地底下的老龙,[……]摇摆着翘起的尾巴,鳞片闪闪很恐怖"(《在耶稣诞生的早晨》第168行和第172行),这首诗在诗集《海豚》中的其他地方也有映现。又参看T. S. 艾略特的诗句"我听见美人鱼在歌唱,彼此对唱"(《J. 阿尔弗瑞德·普鲁弗洛克的情歌》第124行)。瑞克斯和麦考伊编辑的《艾略特诗集》也提到约翰·邓恩的诗句"教我去倾听美人鱼的歌唱"(《歌;去追捕一颗陨落的星》第5行)以及《仲夏夜之梦》第2幕第1场的诗句"我[……]望见一美人鱼骑在海豚背上|她的歌声是那样婉转谐美,|镇静了狂暴的怒海"。

往冥界，那个他们最终可能安息却无法抵达的地方①。这首诗就像是一封熟悉的信，但它破除了书信那些惯例，更多是在倾听它自己，而非在倾听收信人。毕竟这是一封"未写出的"信，是他自己心中的交谈。哈德威克终其一生也没有收到这样一封信，它只是一本书中的一首诗，甚至不止于此，因为《海豚》中没有出现这样一首诗。

在1973年出版的《海豚》终版里，这首诗被更名为《信》②。诗的开篇是丽兹这个人物在和叙述者交谈，也可能在给他写信，而叙述者随后转向自己的思绪。诗的标题"信"，是指哈德威克的那几行话还是他自己的那几行话？抑或是指他们彼此孤立的交流？这种模棱两可会不会让我们重新思考他与收信人的关系？又或者，"信"是在宣称自己就是一种独立的诗歌形式？

> "上个月在伦敦我遇见的全是
> 疲软的交通和令人疲惫的人——
> 出租车司机几乎把我们聊死，但至少他在乎我们。"
> 凉飕飕的夏日伦敦，令你更寒凉的是缅因，
> 那里每件空空的毛衣和空洞的书架都伤人，
> 每一个要它们服务的借口都已消失。
> 我们曾想过一起葬在缅因……
> 可你不想，"不切实际，那里寒凉刺骨，与世隔绝"。

---

① 见维吉尔的诗句："Tendebantque manus ripae ulterioris amore（望对岸而伸手向往）"（《埃涅阿斯纪》第6卷）。威廉·燕卜荪写道，这句诗"很美，因为ulterioris，这个描述他们被放逐的词，很长，所以表明他们已经等了很长时间。因为 oris amore 中反复出现的元音（本身就是绝望悲伤的呻吟）把这两个词连在了一起，好像它们本身的性质一样，使得欲望必然属于那种可望而不可即的东西"（《朦胧的七种类型》）。
② 见诗集《海豚》中的组诗《住院 II》第 2 首。

那些糟糕的明信片,是你买来并盖好邮戳给我的,
如今都寄给了哈丽特、皇家骑警、卫兵,
市长马车,还有不能生育的贝丝女王——
甩掉孩子没什么大不了,很正常……
我对着空气呼喊,声音又传了回来——
什么也不能抵达你那黑色的剪影。

洛威尔已经弃用了暗指维吉尔的典故,这种类似十四行体的诗歌形式可供发挥的空间比较狭窄,他在其中既孤独又烦恼。悬而未决和摇摆不定,是这首诗最初的情感状态;现在,取而代之的是一种更加明确的愤怒和孤立感。希望破灭了,旧爱不再回头——他只能看见她的背影[①]。洛威尔在这首诗的终版里传递的信息是关系破裂,他们害怕面对,但在真实生活中又的确变成了事实(在书出版之时)。出于礼貌,再加上抱着希望,他在信中是无法表达这层意思的。

洛威尔出院后写信给哈德威克说:"你的信优美感人,字字情深,令我无以回复"[②]。《海豚》中那些用丽兹"长剑一样的声音"写就的诗,在诗人看来却是"锋锐刺耳,令人心惊"。它们出现在洛威尔的"回避和拐弯抹角"[③]之中,它们之前和之后的诗都是在思来想去,掂量他追逐欲望的勇气、他对情感蜗牛触角般的感知、他对卡洛琳和孩子们的研究以及他对忠诚和机智的纠结。它们是难以回应的。克里斯托弗·瑞克斯把洛威尔在《海豚》中取得的艺术成就与罗伯特·勃朗

[①] 对比洛威尔的诗句:"十二年后的今天,你转过身去。"(《男人和妻子》第23行,见《生活研究》)"亲爱的身影弯曲如一个问号,|在黑暗中你怎么能听到我的回答?"[《缺陷》第31—32行,见《献给联邦烈士》(1964年)]
[②] 见洛威尔1970年8月27日写给哈德威克的信。
[③] 见洛威尔诗集《海豚》中的《在电话那端》。

宁和阿尔弗雷德·丁尼森的戏剧独白相提并论。他认为，洛威尔新构想出的"各式沉默"，"对说安慰话的可能性构成巨大挑战"。瑞克斯评论说："你的感受会不一样，在勃朗宁那里，思想情感的轮廓是由话语接受者来勾勒的，而在洛威尔那里，则是利用带悲剧色彩的个人的私信来营造。""信里有一种戏剧性的紧张感"，因为它让人无从回复，比如，当丽兹这个人物写"我希望这封信里没有说错什么"：

> 当然，想象收到这封信，而不是写作这封信，才是莫大的煎熬。洛威尔诗中的那些好东西，并非从他而来，而在写来的信中，所以你得想想说点什么才是呀，而你能想到的，也就只是把这封信改写成诗。①

* * *

1977年9月12日下午，哈德威克在自己位于西67街上的公寓里，等候洛威尔乘出租车从肯尼迪机场赶来。她告诉美联社的一名记者说："开电梯的人打电话给我，我就下楼了。"结果她发现洛威尔昏迷在出租车里，显然已经失去意识。她立即上了出租车坐在他身边，出租车直接向南穿越八个街区赶去罗斯福医院。6点，医院宣布了洛威尔的死讯。据看过其死亡诊断书的知情人士说，哈德威克在洛威尔死亡通知单②的"遗孀"一栏填写的是卡洛琳·布莱克伍德，而自己则是"朋友"。她称自己为"伊丽莎白·洛威尔"。（她曾在给洛威尔

---

① 瑞克斯也在这一语境中谈到了洛威尔诗集《生活研究》中那首《谈及婚姻的烦恼》，见约翰·伍尔福德和丹尼尔·卡林的《与克里斯托弗·瑞克斯的对话，第二部分》，刊于《布朗宁学会会刊》第10卷（1980年）第3期。
② 转印于杰米森的《罗伯特·洛威尔：放火烧河》。

的信中说，自己在两个姓氏之间"来来回回，就像个通勤者一样。在所有过去的生意往来上、在电梯间、在卡斯汀，还有作为哈丽特的母亲出现在她朋友面前时，在我自己的一些朋友面前时，我姓洛威尔——然后在与我职业相关的一连串事情上，在妇女、学生、读者面前，我姓哈德威克。但这两个姓氏似乎都不真正属于我，唉，对于一个在各个方面、各种'角色'上都突遭变故的人来说，它们听上去根基稳固，却带有一种欺骗性，让人难以启齿"①。）当时哈德威克试图打电话告诉哈丽特这个消息，但身上没有零钱，医院里也没人愿意借给她一个硬币打这个电话。后来她找到一个人，花10美元换了一个10美分的硬币②。

洛威尔死在回到哈德威克身边的途中，当时他怀里还抱着一个棕色纸皮包，那里面是布莱克伍德的一幅画像，名为《床上的女孩》，是她的前夫卢西安·弗洛伊德在1952年创作的。早在1976年春，洛威尔就告诉朋友们他和布莱克伍德的婚姻结束了。结束婚姻是布莱克伍德的提议，洛威尔接受了，后来她一度又改变了主意，但洛威尔还是觉得分开是明智的选择③。布莱克伍德被他的病吓坏了，也因而变得愈加消沉，酗酒过度。同年夏天，洛威尔曾在信里对她说："都是我的问题，给你造成了困扰。我们就像活在一场噩梦中，手或脚一动就会搅乱它们试图平息的混乱。"④

---

① 见哈德威克1975年9月19日写给洛威尔的信。
② 哈德威克当时就是这么跟达瑞尔·平克尼说的。
③ "我觉得你在我来爱尔兰期间就结束了一些事情，你做得很明智，我们回不去了。"（洛威尔1977年5月3日写给布莱克伍德的信）这封信现已遗失，但伊恩·汉密尔顿在《罗伯特·洛威尔传》中引用了这封信。据弗兰克·比达特回忆，洛威尔说自己的婚姻早在1976年11月/12月就结束了（见2017年1月29日的编者访谈）。
④ 指洛威尔1977年7月17日写给卡洛琳·布莱克伍德的信。这封信现已遗失，但在伊恩·汉密尔顿的《罗伯特·洛威尔传》中有引述。

哈德威克告诉伊恩·汉密尔顿，那段时日对洛威尔来说简直是"巨大的悲伤"①。复活节后，他就准备从哈佛"动身返回纽约"，经哈德威克权衡之后同意，他最终搬回西67街15号，日常往返于他们的旧公寓和哈德威克的工作室。哈丽特回忆说："她觉得他值得操心。"②那年他们去卡斯汀住了一整个夏天，后来又一起去了俄罗斯。在本书结尾的信中，哈德威克向朋友们讲述了当时究竟是怎么一回事。她在一封信中这样写道：

> 说到我的"情况"——整件事情都令人难以置信，我也不知道这一切最后到底会变成什么样子。卡尔打算9月1日去爱尔兰待上两周，15日返回哈佛任教。从电话和通信来看，他们之间的关系也没有那么紧张，还是很友好的样子，而且我认为，卡洛琳这次还是会为了修复婚姻而努力做点什么的，以弥补她自己上次的草率之举。不过谁又知道呢？于我而言，我之所以说难以置信，是想尽可能说清楚：现在我不觉得自己很脆弱，也不觉得自己会像从前一样被人轻易打发走，管他什么契约和承诺，我通通不想谈，也不在乎。这事说来也挺奇怪的——我们只是在一起过日子，过得还很舒心惬意。[……]我知道这种话听起来很奇怪，但是日子就这样一天天过着，倒好像事情真是如此这般。7月28日那天，卡尔和我两个人都突然放声大笑起来——若不是因为这段"间隔"，那天就是我们结婚28周年的纪念日。③

---

① 伊丽莎白·哈德威克1979年10月26日接受伊恩·汉密尔顿访谈时说的话，见"伊恩·汉密尔顿书信文稿"，收藏于大英图书馆。
② 见《关于罗伯特·洛威尔》，哈佛大学口述历史倡议项目（2016年9月29日）。
③ 见哈德威克1977年8月4日写给罗伯特·克拉夫特的信。

洛威尔去爱尔兰探望布莱克伍德的行程并不愉快。9月11日他给哈德威克打电话说这一次是"不折不扣的折磨"[1]。他12日就飞回纽约,比预期提前了3天。

---

[1] 见伊恩·汉密尔顿的《罗伯特·洛威尔传》。

书信手稿保存位置

1966年，罗伯特·洛威尔初次接受W. H. 邦德登门拜访，后者是哈佛大学霍顿图书馆的管理员，希望他出售自己的书信文稿。据罗德尼·G. 丹尼斯说，"洛威尔的态度并不明朗，事情就此搁置了四年"[①]。本书收录的信件，记录了哈德威克也有此想法之后所发生的一切。哈德威克当时考虑的不仅是这些书信文稿的文学价值和经济价值，还有对女儿哈丽特的保护，她不想让女儿承受双亲去世之后整理它们的痛苦。在洛威尔远在牛津的那段时间，哈德威克对这些书信文稿的编排和评估做了安排。经过三年时间的谈判，洛威尔最终在1973年把它们卖给了霍顿图书馆。此次卖掉的文件包括"1971年以前写给家人和文学同仁的信件，以及从学生时代的诗作到《笔记本》为止约35年间的文学手稿"。哈德威克写给洛威尔和其他人的80封信、不同通信人专门写给哈德威克的168封信也包括在其中。

丹尼斯说，1977年洛威尔去世之后，他遗留的书信文稿（写于与

---

① 见罗德尼·G. 丹尼斯的《（哈佛大学）霍顿图书馆中的罗伯特·洛威尔书信文稿：收藏指南》。

卡洛琳·布莱克伍德共同生活的这段时期)"都存放在哈佛大学,霍顿图书馆拥有优先购买权"。但是得克萨斯大学奥斯汀分校的哈里·兰瑟姆中心"开出了远高于哈佛的收藏价格"[①]。1982年,HRC与洛威尔遗产管理公司达成协议,决定收购洛威尔后期的手稿(最后四本书的手稿)和他在1970年至1977年间所写的信件。此次卖出的书信文稿中还包括他们所选的哈德威克写给洛威尔的12封信、电报和卡片。

101封哈德威克写给洛威尔的信、电报和明信片,1封她写给布莱克伍德的信,以及洛威尔1970年的挂历,都不在此次拍卖清单中。因为布莱克伍德很早以前就把它们另外整理出来,并于1978年4月25日邮寄给了洛威尔的遗稿保管人弗兰克·比达特。比达特一直将它们存放在自己的公寓里,直到1988年才移交给霍顿图书馆,并附纸条说明它们是洛威尔的遗产。"如我不在世了,请将它们都归还给当初交我保管的卡洛琳·布莱克伍德。如卡洛琳·布莱克伍德不在世了,就由霍顿图书馆代为保管到伊丽莎白·哈德威克离世。之后再将其归还罗伯特·洛威尔遗产管理公司。"[②] 布莱克伍德于1996年2月14日离世,哈德威克于2007年12月2日离世。2010年5月,比达特将这些信件的存在分别告知叶夫根尼娅·契考维茨和哈丽特。它们目前由洛威尔遗产管理公司收藏。

1991年,HRC单独约定从哈德威克手中购买她自己的书信文稿,包括"7箱原创作品的稿件、刊印的材料、文章和相片等"。其中还包括所有洛威尔写给哈德威克及女儿哈丽特的书信。

本书收录的信件原稿主要存放于三个地方:罗伯特·洛威尔遗产

[①] 见丹尼斯的《(哈佛大学)霍顿图书馆中的罗伯特·洛威尔书信文稿:收藏指南》。
[②] 见弗兰克·比达特于1988年7月1日写给霍顿图书馆第244号手稿存放室的附信。

管理公司、哈里·兰瑟姆中心的伊丽莎白·哈德威克书信文稿存放处（存放了洛威尔写给哈德威克及女儿哈丽特的所有信件）和罗伯特·洛威尔书信文稿存放处（存放了12封哈德威克写给洛威尔的信和电报，以及布莱克伍德写给洛威尔的所有信件）。玛丽·麦卡锡写给哈德威克的信件现在存放在瓦萨学院的文献与特别收藏图书馆和哈里·兰瑟姆中心。本书收录的所有其他人写给哈德威克和洛威尔的信件现都存放在哈里·兰瑟姆中心。他们发出的信件则保存在如下地点：

罗伯特·吉鲁克斯写给查尔斯·蒙塔斯的信	纽约公共图书馆文献与手稿部
哈德威克写给伊丽莎白·毕肖普的信	瓦萨学院特别收藏图书馆
哈德威克写给布莱尔·克拉克的信	得克萨斯大学奥斯汀分校哈里·兰瑟姆中心
哈德威克写给伊恩·汉密尔顿的信	得克萨斯大学奥斯汀分校哈里·兰瑟姆中心
哈德威克写给哈丽特·洛威尔的信	得克萨斯大学奥斯汀分校哈里·兰瑟姆中心
哈德威克写给玛丽·麦卡锡的信	瓦萨学院特别收藏图书馆
洛威尔写给威廉·阿尔弗雷德的信	布鲁克林学院图书馆文献与特别收藏处
洛威尔写给弗兰克·比达特的信	哈佛大学霍顿图书馆
洛威尔写给伊丽莎白·毕肖普的信	瓦萨学院特别收藏图书馆
洛威尔写给布莱尔·克拉克的信	得克萨斯大学奥斯汀分校哈里·兰瑟姆中心
洛威尔写给斯坦尼·库尼茨的信	普林斯顿大学图书馆
洛威尔写给哈丽特·洛威尔的信	得克萨斯大学奥斯汀分校哈里·兰瑟姆中心
洛威尔写给玛丽·麦卡锡的信	瓦萨学院特别收藏图书馆
洛威尔写给阿德里安·里奇的信	哈佛大学拉德克利夫高级研究所施莱辛格图书馆
查尔斯·蒙塔斯写给罗伯特·吉鲁克斯的信	纽约公共图书馆文献与手稿部
罗伯特·西尔维斯写给洛威尔的信	纽约公共图书馆文献与手稿部

文本说明及注释

本书转录自原始信件、明信片和电报,仅有几处例外,已注明所依据的出版版本①。洛威尔和哈德威克的信件多为打字机打出,手写书信均有注明。

信件上或信封上的手写或打出的日期、地址和称谓(此处以斜体表示,如罗伯特·洛威尔夫人、威廉·阿尔弗雷德教授等②),均被记录下来。通过研究邮戳或传记资料和其他来源确定的信件日期和收信地址,用方括号([ ])标出。

日期格式(美式或英式)没有进行统一化处理,而是尊重写作者的习惯或遵照出版惯例。

姓名的拼写错误和排写错误,除特别注明或者典型情况外,均直接改正,不做说明。写信人鉴于语法意义所做的修改,均直接采用,不做说明。重要的修订、空白处的补充内容以及插语,都用斜

---

① 因进一步仔细检查手稿和其他来源,发现前几版的洛威尔书信有几处转录有误,现已更正。
② 中文译本根据版式需要更换了字体。——译注

杠（\ /）表示插入，或者用删除线（——）标明。原文的标点符号都被忠实保留，标点排写错误（例如，两个标点互相重叠）则直接改正，不做说明。

编辑上的内容省略用方括号加省略号的形式［……］标出，哈德威克或洛威尔自己为了表示突然停顿、思绪飘移、陷入沉默或者其他效果所做的省略则用圆括号加省略号（……）标出。

脚注中引用的诗句，如有分行则用竖杠（｜）表示，以区别于正文中用使用斜杠表示空白处有插入语的惯例。

注释中提供的信息包括：个人身份（由相关传记索引补充），哈德威克的散文、洛威尔诗文的创作背景，以及他们所做的阅读。鉴于有些内容对大西洋此岸的人来说可能是常识，但对彼岸的人来说可能就不是（比如，海外读者可能不知道美国中学入学考试、美国纳税日，或者"40英亩土地和1头骡子"之类的短语。而不熟悉英国教育体制的读者可能不了解11岁儿童升学考试、文法学校、普通程度证书），编者对此也用心做了注释。

除非另有说明，提及的洛威尔的诗歌和哈德威克的散文，均指其第一次出版的版本。洛威尔的《海豚》手稿本（1972年）指《海豚：手稿对照本，1972—1973》中的手稿。单书以全名表示，但《笔记本》的三个版本用如下缩略式表示：

《笔记本 1967—1968》，第一版，1969年出版：《笔记本》(69—1)

《笔记本 1967—1968》，第二版，1969年出版：《笔记本》(69—2)

《笔记本 1967—1968》，新版，1970年出版：《笔记本》(70)

参考的书目引文，第一次出现会给出标题和出版年份，再次出现则只给出标题。出自《牛津英语词典》（OED）的引文，大多取自该词典1933年的版本（或是1933年、1972年和1976年的增补版），这一版哈德威克和洛威尔会比较熟悉。某些情况给出的是《牛津英语词典》第三版的在线释义和引文。

《笔记本》各版、《历史》、《献给丽兹和哈丽特》以及《海豚》中的许多十四行诗，都是以组诗形式出现的。在这种情况下，单诗的标题用引号标出，然后在方括号中用斜体标出组诗标题和序号，如："Plane Ticket" [*Flight to New York* 1]，*The Dolphin*.①

研究者若有意愿查阅原始的信件手稿，应向洛威尔遗产管理公司提出申请以获取更多信息。

应洛威尔遗产管理公司要求，以下信件因涉及家人或在世人士的隐私而略去了相关引语和段落：[1970年]4月26日哈德威克写给洛威尔的信；1972年3月9日哈德威克写给洛威尔的信；1972年6月28日洛威尔写给哈丽特的信；1973年3月5日洛威尔写给哈德威克的信；1973年3月31日哈德威克写给洛威尔的信；[1973年4月4日]洛威尔写给哈德威克的信；[1973年]4月5日洛威尔写给哈德威克的信；1973年4月9日哈德威克写给洛威尔的信；1973年4月21日哈德威克写给洛威尔的信；1973年5月5日洛威尔写给洛威尔的信；[1973年6月23日]洛威尔写给哈德威克的信；1974年7月20日哈德威克写给洛威尔的信；1974年11月20日哈德威克写给洛威尔的信；1975年9月19日哈德威克写给洛威尔的信；1975年10月1日洛威尔写给哈德威克的信。

---

① 译文即《机票》[《飞往纽约》第1首]，《海豚》。（诗歌标题的中文译名加书名号。中文译本根据版式需要更换了字体）——译注

时间表：1970—1977

概述信中提及的出版作品、旅行以及个人要事和国际重大事件。

1970 年

1月至2月——洛威尔向哈佛大学告假，继续校读修订《笔记本》样书，推迟了该诗集的出版日期。创作诗歌《1970年新年》。1月4日，哈丽特年满13岁。哈德威克在巴纳德学院任教。洛威尔计划好的俄罗斯之行"在最后一分钟"取消，因为同行的翻译奥西普·曼德尔施塔姆的合作译者奥尔加·安德烈耶夫·卡赖尔被苏联当局拒签。哈德威克在《纽约书评》上发表一篇关于杰吉·格罗托夫斯基和波兰实验戏剧的文章；在《时尚》上发表一篇关于改编自霍勒斯·麦科伊小说的电影《射马记》的影评。3月——1日，洛威尔年满53岁。洛威尔代伊丽莎白·毕肖普领取美国国家图书奖。18日起，洛威尔、哈德威克和哈丽特一家三口赴意大利度假，游览了佛罗伦萨、威尼斯和罗马。4月——一家人在罗马度过最后六天假期。哈德威克与哈丽特返回纽约。洛威尔前往阿姆斯特丹。24日起，洛威尔开始在牛津大学万灵学院做访问研究。30日，洛威尔与布莱克伍德在她位于伦敦切尔西区的红崖广场住处发生婚外情。**5月**——美国入侵柬埔寨。肯特州立大学和杰克逊州立大学的学生因抗议入侵惨遭杀害。**6月**——在卡洛琳·布莱克伍德的协助下，洛威尔完成《笔记本》的修订工作，修订版中加入了3月以来创作的新诗：《告别假期》[《二月与三月》第12首]、《以有诗歌的信答复有诗歌的信》[《献给伊丽莎白·毕肖普》第3首]、《从牛津看美国》以及《墙镜》[《夏天》第17首]。14日或14日前后，布莱尔·克拉克与洛威尔和布莱克伍德在伦敦见面，商量要不要直白地告知哈德威克"事情是真的"①。20日，洛威尔给哈德威克发电报说自己不会如期返回纽约。23日，洛威尔给哈德威克和哈丽特打电话说自己整个夏天都将待在英国。25日，哈德威克得知洛威尔与布莱克伍德相好。28日，哈德威克开车送哈丽特去康涅狄格的康沃尔参加夏令营。**7月**——哈德威克发表一封致《纽约书评》编辑的书信，名为《一位能干的批评家》，为受到菲利普·拉夫攻击的理查德·吉尔曼辩护。4日，她在康涅狄格过周末，然后开车带哈丽特回纽约参加入学面试，之后再送她回夏令营。洛威尔将自己和布莱克伍德一同锁在她红崖广场房屋中的一个套间里整整三天。8日，洛威尔被送入绿廊疗养院接受治疗。布莱克伍德离开。12日，哈德威克驱车从纽约至缅因。16日，布莱克伍德在爱尔兰的巴利康尼利度过自己的39岁生日。20日，哈德威克和布莱尔·克拉克商议，是否有必要请一位洛威尔在美国文学界的朋友去伦敦照顾他（他们觉得，洛威尔在英国的朋友里面，除了格雷·高里、桑德

---

① 6月14日至8月9日的引文摘自布莱尔·克拉克的日记和他与哈德威克、洛威尔、玛丽·麦卡锡、罗伯特·西尔维斯以及乔纳森·米勒的谈话笔记（见"布莱尔·克拉克书信文稿"，收藏于HRC）。

拉·宾戈和乔纳森·米勒,基本没有人了解他的病情和症状)。哈德威克问克拉克是否愿意前往,但她告诫说:"只有洛威尔撑过眼前这段躁狂期,他们才能帮得上忙。"21日,布莱克伍德返回伦敦。罗伯特·西尔维斯告知克拉克,洛威尔已经离开医院,出现在布莱克伍德家中。"卡[洛琳]受不住的。"乔纳森·米勒催促克拉克去趟英国,因为洛威尔在伦敦认识的每一个人"都消失了,甚至连他自己也不见了",而且他"担心卡尔"从医院出来"找不到一个真正可以联系的人"。22日,西尔维斯告诉克拉克,"卡洛琳打算把伦敦的房子关了——玩消失又担心他找不到她——卡[洛琳]引用他的话说'我负不起这个责任',但'还没想好事情最终该怎么办'"。23日,克拉克征求玛丽·麦卡锡的看法,后者说克拉克终归还是要去一趟伦敦。她说洛威尔"疯得厉害,只是因为锂疗法的作用,症状才没有完全显现。靠着锂疗法,他即使永远不用睡觉,躁狂症也不会彻底爆发"。麦卡锡还说:"丽兹的状态似乎也还可以,享受着一个人独居的某种欣快(60%)。"27日,哈德威克年满54岁。28日是她与洛威尔结婚21周年纪念日。29日,哈德威克告诉克拉克,"伦敦传来了一个骇人的消息",洛威尔"被允许外出——穿着睡衣——光顾酒吧",还有索尼娅·奥威尔告诉她说,洛威尔"偷手提包中的东西"。洛威尔偷窃的消息让哈德威克尤为震惊,因为"他从不曾有此习气","这样又吃药又喝啤酒的,他一倒下就可能死掉的"。她说"他是一个才华横溢、自尊自重、气质高贵的人",绝不是"这个不管不顾的蠢货",他"在情感上没有表现出他的真实个性(矜持、自重)"。于是她"下定决心"去伦敦一探究竟,此次同行的还有威廉·阿尔弗雷德,他会"陪他去酒吧,给他理发,给他买鞋——直到他们能控制他为止——坐在那里陪他"。"卡[洛琳]这事还是其次:他要是想娶她,那就让他娶吧。"8月——哈德威克在《时尚》杂志上发表评述弗朗辛·杜普莱西·格雷的文章。哈德威克与威廉·阿尔弗雷德经波士顿飞赴伦敦，于2日抵达。哈德威克后来告诉克拉克："我抵达的那个早晨，卡[洛琳]打电话告诉医生，不论是怎么个情况，我都不能带走他。"哈德威克心想：或许是卡[洛琳]觉得自己忽视了他而感到羞愧啦？哈德威克对那位医生说："[是]什么样的爱能让你说'你不可以生病'。"哈德威克和阿尔弗雷德每天都去医院看洛威尔，给他理发，"理回通常那个诗意的长度"，把他的衣服送去清洗，陪着他一起去那个叫"乔治华盛顿"的酒吧，"两人搀扶着他"，带他去看电影。哈德威克曾"对卡尔发过一次火"——"当时他奚落我，我反击说：'我又不是护士。'"洛威尔"说他不想离婚"，但也"似乎没有回头的打算"。7日，哈德威克和阿尔弗雷德返回美国。"出租车离开时，三个人都哭了。"布莱克伍德返回伦敦。9日，哈德威克告诉克拉克，"洛威尔还在住院。还好我去了——索尼娅和其他人说的全都不对"，包括洛威尔偷窃的事。哈德威克说洛威尔是一个"完完全全的废人"，"用药剂量很大，过马路都成问题"，"他连写字都艰难，只写了几首诗（写得还行）"，"卡尔又和卡洛琳搞到一起去了，我的出现导致的"。哈德威克还说，"但愿我能逃过这一劫"，"我不想知道了，这日复一日的。我在竭力把卡尔从脑海里抹去"。15／16日，哈德威克开车去康涅狄格接哈丽特从夏令营返回卡斯汀。哈德威克与哈丽特去魁北克旅行。《现代场合》刊发6首《笔记本》中的新十四行诗。洛威尔出院，他希望能够留在红崖广场，但布莱克伍德坚持要他另觅住处。**9月**——哈德威克在《时尚》上发表文章评论玛丽·麦卡锡的文学论文集《墙上的凶兆》。洛威尔搬入伦敦贝尔格莱维亚区庞特街33号的一套单间公寓。哈德威克和哈丽特在劳动节的周末回到纽约。哈丽特开始在道尔顿学校读八年级。哈德威克活跃于民主党的政治活动。哈德威克在《纽约书评》上发表一篇关于泽尔达·菲茨杰拉德的文章。10月——洛威尔开始在埃塞克斯大学任教。哈德威克在《时尚》上发表一篇评论，评穆丽尔·斯帕克的《驾驶座》。11月——《笔记本》出版。哈德威克在《时尚》上发表一篇评论，评纳博科夫的处女作《玛丽》。12月——14日，洛威尔飞抵纽约的肯尼迪机场，哈德威克接机，当时洛威尔的手上戴着布莱克伍德送给他的戒指。洛威尔、哈德威克、哈丽特在西67街15号的公寓共度圣诞节。

1971年

1月——4日，洛威尔给哈丽特庆祝14岁生日，并在当天离开，于5日早晨抵达伦敦。哈德威克在《时尚》上发表一篇评论，评爱德华·邦德的剧作《得救》；在《纽约书评》上发表一篇论文，名为《好斗的裸体》。洛威尔继续在埃塞克斯大学任教。哈德威克继续在巴纳德学院任教。2月——哈德威克担任国际笔会翻译奖的评审工作，该奖授予了娜杰日达·曼德尔斯塔姆的回忆录《一线希望》；在《时尚》上发表一篇关于曼森连环杀人案的剧作的剧评，以及一篇对大都会歌剧院制作的戏剧《帕西法尔》的思考；开始为《纽约书评》撰写关于易卜生的文章。3月——洛威尔年满54岁。洛威尔告知哈德威克，他和卡洛琳快要有孩子了。洛威尔前往挪威。哈德威克和哈丽特前往南卡罗莱纳州。4月——洛威尔放弃位于庞特街的单间公寓，搬进布莱克伍德在红崖广场的住屋。5月——洛威尔参观伦敦海豚馆，购买了几件石头海豚工艺品。此时，他的躁狂症状愈发严重，但是他努力克制自己不至于完全发作。6月——哈德威克在《时尚》上发表名为《女人不能撼动并拥有的关系》的文章；和哈丽特去了卡斯汀。7月至8月——哈德威克开车带哈丽特回纽约，哈丽特于7月5日去墨西哥参加夏令营。哈德威克返回缅因。洛威尔与乔纳森·拉班前往奥克尼群岛，此地是他祖先特雷尔与斯彭斯的故乡。洛威尔与布莱克伍德和她的三个女儿（11岁的娜塔莉娅、8岁的叶夫根尼娅和5岁的伊万娜）一同搬入布莱克伍德在肯特郡贝尔斯特德购置的米尔盖特庄园。布莱克伍德迎来40岁生日。哈德威克年满55岁。洛威尔在《评论》上发表《〈海豚〉节选》（14首诗）以及一篇访谈。哈德威克在《纽约书评》上撰写关于西尔维娅·普拉斯的文章。9月——哈丽特升入九年级。哈德威克在巴纳德学院任教；在《时尚》上发表一篇关于伊迪丝·沃顿的文章。27日，洛威尔与布莱克伍德的儿子罗伯特·谢里丹出世。10月——洛威尔在埃塞克斯大学任教。哈德威克在《纽约书评》上发表《在缅因》。11月——哈德威克在《时尚》上撰写关于作家卡森·麦卡勒斯和弗兰纳里·奥康纳的文章。在普林斯顿大学做克里斯蒂安·高斯讲座。12月——玛丽·麦卡锡和詹姆斯·韦斯特拜访洛威尔和布莱克伍德一家，并与他们一起过圣诞节。

1972年

1月——应洛威尔邀请，弗兰克·比达特到英国与他一同整理编辑《历史》《献给丽兹和哈丽特》以及《海豚》。哈丽特年满15岁。7日，诗人约翰·贝里曼去世。9日，英国煤矿工人开始罢工。洛威尔在埃塞克斯大学任教。哈德威克在巴纳德学院任教。30日，这天又被称为"血腥星期天"，英国士兵在北爱尔兰的德里郡击毙14名手无寸铁的示威者。2月——6岁的伊万娜不小心碰倒了正在烧开水的电水壶，严重烫伤，被送至西萨塞克斯郡的维多利亚女王医院，救回一命。据伊万娜回忆，事发当晚，洛威尔"找了一块小毛巾铺在病房门外冰冷的走廊地板上"[1]，这样布莱克伍德和他就能够在离她不远处的地方休息。3月——洛威尔年满55岁。哈丽特第一次到英国看望父亲和布莱克伍德。《时代周刊》出版一期"美国女性"特刊，哈德威克为其撰稿，包括一篇未署名的文章《1972年的新女性》。4月至5月——哈德威克在《散文》春季刊上发表《自传中的一个场景》；在《纽约书评》上发表《写作女孩：勃朗特姐妹》以及一篇关于西蒙娜·德·波伏娃的评论文章。6月——5名男子由于闯入位于华盛顿特区水门大厦的民主党全国委员会办公室而被捕。7月——哈德威克在《时尚》上发表《"平等的"女性更脆弱？》。哈德威克去康涅狄格度夏。比达特重返英国与洛威尔一起修订《海豚》《历史》和《献给丽兹和哈丽特》的手稿。布莱克伍德年满41岁，哈德威克年满56岁。8月——哈德威克开始在《时尚》就"妇女的选票"专题发表系列文章，共有6部分，一直更新至11月大选。9月——哈丽特升入十年级。哈德威克在巴纳德学院任教。谢里丹满1岁。10月——洛威尔与布莱克伍德共赴纽约，然后前往多米尼加共和国，在那里，洛威尔与哈德威克，布莱克伍德与伊兹雷尔·契考维茨办理了离婚手续；在离婚当天的晚些时候，洛威尔与布莱克伍德结为正式夫妻。11月——1日，埃兹拉·庞德去世。尼克松连任美国总统。哈德威克在《纽约书评》上发表关于大选的看法。11月至12月——哈德威克在《纽约书评》上撰写关于多萝西·华兹华斯和简·卡莱尔的文章，并在时尚杂志《小姐》上发表一篇关于"自杀与女性"话题的文章。

---

[1] 见伊万娜·洛威尔的《为何不说出发生的一切？》（2010年）。

1973年

1月至2月——哈丽特年满16岁。哈德威克在巴纳德学院任教；在《纽约书评》上撰写关于弗吉尼亚·伍尔夫的文章。洛威尔在埃塞克斯大学任教。3月——洛威尔年满56岁。哈丽特到英国探亲。5月——17日，水门事件听证会举行。5月至6月——哈德威克在《纽约书评》上发表一篇关于多丽丝·莱辛的评论文章；前往卡斯汀清空位于学园街的房子以便出售；在《纽约书评》上分两部分发表论文《诱惑与背叛》。7月——洛威尔的《海豚》《历史》《献给丽兹和哈丽特》三部诗集面世。哈丽特到英国探亲。布莱克伍德年满42岁，哈德威克年满57岁。8月——哈德威克获得洛克菲勒基金会资助，在意大利的贝拉吉奥中心从事小说创作。9月——洛威尔与布莱克伍德举家迁往马萨诸塞州的布鲁克莱恩，在哈佛大学任教。哈丽特升入十一年级。哈德威克在巴纳德学院任教。谢里丹满2岁。哈德威克在史密斯学院讲课。10月——哈德威克在《纽约书评》上发表《写小说》。洛威尔开始创作新诗。11月——洛威尔在纽约的皮尔庞特·摩根图书馆朗读诗歌。哈丽特到马萨诸塞州探望洛威尔夫妇。布莱克伍德发表作品《为了在那寻得的一切》。12月——哈德威克在《小姐》上发表《何时抛开、放弃、放手》。洛威尔到纽约探亲访友；哈佛大学秋季学期结束时，与布莱克伍德以及孩子们返回米尔盖特。文化评论家菲利普·拉夫去世；24日，哈德威克出席他的葬礼并致悼词。

1974年

1月——哈丽特年满17岁。哈德威克在巴纳德学院任教；在

《纽约书评》上发表《菲利普·拉夫（1908—1973）》；担任普利策小说奖评选委员，该评委会一致推举托马斯·品钦的《万有引力之虹》获奖，但普利策奖理事会在5月宣布获奖情况时却推翻了该评选结果。3月——洛威尔年满57岁。哈丽特到英国探亲。4月——洛威尔赴美国参加一个南方诗歌朗诵会；获得哥白尼奖[①]；返回英国。5月——4日，伊兹雷尔·契考维茨去世。哈德威克批评文集《诱惑与背叛》面世。7日，洛威尔凭借《海豚》获得普利策诗歌奖，推举的评选委员会由威廉·阿尔弗雷德、安东尼·赫克特和格温德林·布鲁克斯组成，但他们的意见有分歧。哈德威克为《托马斯·哈代之天才》（1976年出版）撰写一篇文稿。6月至7月——哈德威克在缅因州度夏；在《纽约书评》上发表《悲哀的巴西》。7月3日，约翰·克罗·兰塞姆去世。布莱克伍德年满43岁。哈德威克年满58岁。8月——9日，尼克松总统辞职。9月——哈丽特升入十二年级。哈德威克在巴纳德学院任教。波士顿学校反种族隔离的校车政策开始实施。谢里丹满3岁。10月至11月——哈德威克赴巴黎旅行；在《纽约书评》上发表一篇论文，谈托马斯·哈代的《无名的裘德》。12月——哈德威克在《纽约书评》上撰写文章评论彼得·布鲁克导演、在北方布夫剧院上演的莎士比亚戏剧《雅典的泰门》。

1975年

1月——哈丽特年满18岁。哈德威克在巴纳德学院任教。2月——洛威尔和布莱克伍德搬回马萨诸塞州的布鲁克莱恩，洛威尔成

[①] 1974年4月10日，洛威尔成为哥白尼诗歌奖设立以来的第一位获奖诗人，该奖表彰他为诗歌做出的杰出贡献。——译注

为哈佛大学春季学期的授课教师。3月——洛威尔58岁。4月——由于害怕躁狂症复发,洛威尔过量服用锂,在纽约的西奈山医院接受住院观察,减轻锂中毒反应。5月——洛威尔在《纽约书评》上发表三首诗作。6月——哈丽特从道尔顿中学毕业。哈德威克在缅因州度夏。洛威尔与哈德威克为《纽约书评》的"越南之意义"专题供稿。7月至8月——哈德威克在《纽约书评》上发表《托马斯·曼诞辰一百周年》。布莱克伍德年满44岁,哈德威克年满59岁。洛威尔在米尔盖特度夏;前往爱尔兰参加谢默斯·希尼组织的一个诗歌节。9月——哈丽特入读巴纳德学院。哈德威克在史密斯学院任教。谢里丹满4岁。洛威尔筹备《诗选集》的出版事宜,并着手创作一部散文集。哈德威克在《标识》上发表《反思西蒙娜·薇依》。11月——洛威尔的躁狂症急性发作,入住伦敦郊区罗伊汉普顿的隐修院治疗,后自行出院。12月——洛威尔再次入院,在伦敦的绿廊疗养院接受治疗。4日,汉娜·阿伦特离世。

1976年

1月——哈丽特年满19岁。4日,洛威尔从绿廊疗养院出院。4日至20日,洛威尔在伦敦红崖广场的家中接受全天候护理。月底被送往北安普顿的圣安德鲁医院。哈德威克在巴纳德学院任教。2月——洛威尔于当月中旬返回米尔盖特,继续为《日复一日》创作新诗。3月——洛威尔年满59岁。哈德威克在《纽约书评》上发表关于歌手比莉·哈乐黛的评论文章。洛威尔的《诗选集》面世。4月——洛威尔与布莱克伍德前往纽约市,观看为纪念美国独立两百周年而上演的《古老的荣光》。5月——洛威尔在《纽约书评》上发表评论汉娜·阿伦特的文章。布莱克伍德的《继女》出版。6月至7

月——洛威尔出席奥尔德堡音乐节，聆听本杰明·布里顿为戏剧《费德尔》创作的背景音乐。洛威尔与布莱克伍德在米尔盖特度夏。哈德威克在缅因州度夏；在《纽约书评》上撰写关于吉米·卡特的文章，同时在《时尚》上发表对大选的看法。布莱克伍德年满45岁，哈德威克年满60岁。8月——哈德威克赴伦敦参加国际笔会。9月——哈德威克在《时尚》上撰写关于缅因州的文章。哈丽特返回巴纳德学院，哈德威克在巴纳德学院任教。洛威尔与布莱克伍德准备去哈佛大学度过秋季学期。洛威尔躁狂症复发，于15日在绿廊疗养院接受治疗。布莱克伍德带谢里丹和伊万娜前往马萨诸塞州的坎布里奇。谢里丹满5岁。10月——27日，洛威尔出院，追随布莱克伍德去了坎布里奇，住在萨克拉门托大街上他们租的屋子里。11月——洛威尔只身搬入弗兰克·比达特位于斯巴克斯街63号的公寓。吉米·卡特当选新一届美国总统。哈德威克在《纽约书评》上发表有关美国小说的评论文章《当下的感觉》。12月——3日，布莱克伍德带谢里丹和伊万娜返回英国。哈德威克到坎布里奇探望洛威尔。洛威尔返回英国。洛威尔与布莱克伍德一家在苏格兰过圣诞节。

1977年

1月至2月——哈丽特年满20岁。哈德威克在巴纳德学院任教；在《纽约书评》上发文评述西蒙娜·薇依的生平，名为《肩负人间疾苦的杰出知识女性》。洛威尔搬回马萨诸塞州的坎布里奇。洛威尔出现充血性心脏衰竭症状，2月1日开始，在马萨诸塞州总医院的菲利普休养院接受为期九天的住院治疗。洛威尔在哈佛大学任教。哈德威克去信《纽约书评》的编辑，在信中参与"小说创作交流"；作为顾问编辑给十八卷本的《重新发现美国女性创作的小说：个人选本》写导言。3月——洛威尔与哈德威克、哈丽特以及克拉克夫妇一起庆祝自己的60岁生日。布莱克伍德卖掉米尔盖特,搬到爱尔兰的卡斯尔敦宅邸。4月——洛威尔在复活节时去了爱尔兰,在布莱克伍德的强烈要求下同意离婚。5月——哈佛大学假期将近,洛威尔与哈德威克搬回西67街15号的公寓。洛威尔获美国艺术暨文学学会颁发的国家文学奖章。布莱克伍德来纽约探望洛威尔并出席颁奖礼。6月至7月——洛威尔在《纽约书评》上发表诗歌《为约翰·贝里曼而作》。哈德威克和洛威尔赴苏联旅行,游览了莫斯科和位于佩列杰利基诺的帕斯捷尔纳克墓等景点。两人返程途中在波士顿停留,洛威尔做心脏检查。两人在缅因州度夏。洛威尔致力于散文创作,哈德威克则专心写小说,也就是后来的《不眠之夜》。7月14日,洛威尔在《纽约书评》发表诗歌《处决》。布莱克伍德年满46岁,哈德威克年满61岁。8月——洛威尔的《日复一日》和《诗选集》(修订版)面世。9月——1日,洛威尔赴爱尔兰探望布莱克伍德和谢里丹以及三个继女。哈德威克返回纽约,开始在巴纳德学院和康涅狄格大学任教。哈丽特在巴纳德学院读大学三年级。谢默斯·希尼记得洛威尔和布莱克伍德到都柏林探望过自己一次:"开车送他们回家之前,我趁着玛丽(希尼)和卡洛琳在穿外套时,与他在公寓门厅快速含蓄地交流了几句。我问:'我会很快再见到你吗?'他回答说:'我想不会了。'他嗓音里带着有时会有的那种尖尖的嘶鸣声,眼神如一道闪电穿透眼镜。"[1] 12日早晨,洛威尔从爱尔兰飞回纽约。哈丽特到巴纳德学院的办公室见母亲,询问父母"现在是个什么情况"[2],了解父亲的健康状况。哈德威克告诉哈丽特,她父亲会"在当天晚些时候回来"。她

---

[1] 见丹尼斯·奥德里斯科尔的《踏脚石:谢默斯·希尼访谈录》(2008年)。
[2] 见2016年8月根据哈佛口述历史倡议项目所做的哈丽特·洛威尔访谈《关于罗伯特·洛威尔》。

说洛威尔的心脏病以及近期反复发作的躁狂症令她十分担忧。她欢迎他回来，因为"这还是他的家。我所拥有的一切，包括你，都是属于他的，所有的一切都是"。哈德威克还说，她觉得他"值得操心"。当天下午2：10—4：00，哈德威克在给学生们上"写作实验"这门课，下课后便回家等待洛威尔的归来。哈丽特则去参加在巴纳德学院和哥伦比亚大学举行的抗议活动，抗议史蒂夫·比科被暗杀。洛威尔在从肯尼迪机场坐出租车返回家中的路上心脏病发作，后被送往罗斯福医院，当晚6点被宣告死亡。16日，洛威尔的葬礼在波士顿的新教圣公会教堂举行。他葬于新罕布什尔州丹巴顿的家族墓地。布莱克伍德留宿哈德威克家中。谢里丹满6岁。

第一部分： 1970

1. 伊丽莎白·哈德威克写给罗伯特·洛威尔

[纽约州,纽约,西 67 街 15 号]

1970 年 4 月 7 日,星期二

亲爱的:

安全到家了,但很是疲倦,还没有倒回时差,凌晨 4 点就醒了……即便如此,还是觉得这趟旅行美妙之极,每时每刻都那么愉快,那么有趣,那么舒心,有你们相伴在侧,一起漫步,一起享受美食和艺术……从未拥有过如此美好的时光,谢谢你;分别才不久,我已开始想念你了。这间公寓很漂亮,环境清幽,干净整洁,采光也好。只是里面有一堆恼人的邮件、毫无价值的书和账单;值得看的书还是有一些,也会和朋友保持联络,有些联络虽然没那么令人兴奋,但总归是必要的。我明天会寄一个航空邮包到牛津,是一个大信封,里面装着我觉得需要回复的信件。妮可[1]还找到了一些旧的旅行支票,我也会一并寄出,希望你先用这些支票,因为它们可能已经签发相当长一段时间了。

有封信是苏塞克斯[2]大学寄来的,也可能是那里的某个人寄来的[3]。我不清楚。我们这间公寓设施真够齐全的,有我们的书房,还有很多唱片,舒适得有些过分,哈丽特虽然抱着吉他赶了三个小时的路,到了这里还是一下子就习惯了,当时我打心底里感到高兴……然

---

[1] 指妮可·高梅兹,洛威尔夫妇的管家。
[2] 苏塞克斯(Sussex),是哈德威克把它和埃塞克斯(Essex)搞混了,洛威尔在 1970 年 4 月 26 日写给哈德威克的信中对此进行了纠正。——译注
[3] 原信现已遗失。该信其实是埃塞克斯大学文学系主任 P.W. 爱德华兹所寄,邀请洛威尔前去任教,见洛威尔[1970 年 4 月 26 日]写给哈德威克的信。

后我又想到另一个租住处，那里寒冷又阴暗，没有书也没有唱片，圆木形煤气暖炉的热量也不足，然后我就在心里琢磨，但还是要看你的想法。我们不必明年就走，也许可以再等等，等到哈丽特上寄宿学校，那时候她也快15岁了，可以自己去伦敦过圣诞节。到时候我们也就自由了，没那么多要操心的家务事了。我也不知道……也许这一路回家太劳累，但妮可和萨姆纳①别提有多高兴了！

鲍勃很好，芭芭拉太太状态也不错②。我的时间就够写这些了，过几天再写，并会把先前说的那个邮包一块寄到牛津。今天这里天气晴朗，阳光明媚……要过得开心，明智点，谨慎点。随信附上一篇关于锂盐的文章③。爱你依旧，也向荷兰的朋友们致以最诚挚的问候。

伊丽莎白

---

① 以废奴主义者查尔斯·萨姆纳命名的一只猫。见洛威尔1970年版《笔记本》中的《假期被遗忘》[组诗《二月和三月》第12首]第8—11行，又见哈德威克的"她那只瘦瘦的棕猫盯着她，几乎不眨眼。它那黄灰色的目光很像她自己。他们面面相觑，对着镜子里的眼睛，直到猫睡着了，它的眼睑突然合上，紧紧地，迅速地，奇怪地"（《写小说》，刊于1973年10月18日出版的《纽约书评》）。

② 鲍勃指罗伯特·西尔维斯，芭芭拉太太指芭芭拉·爱泼斯坦。二人均为《纽约书评》的编辑。创立《纽约书评》是哈德威克、洛威尔、芭芭拉和她的丈夫杰森在1963年的一次晚宴上萌生的想法，当时正值纽约报业大罢工。杰森·爱泼斯坦说："那天晚上，我们四个人都看到这场罢工将机会一声不吭摆在了我们眼前：要么就新创一本书评杂志，做丽兹[在《哈珀斯》上那篇《论书评行业的没落》里]所倡议的那种书评，要么永远也别抱怨。[……]鲍勃最擅长编辑丽兹发表在《哈珀斯》的那篇文章中所要求的那种书评，可以说是不二人选。第二天我给他去电话，令我们高兴的是，他立即接受了。然后他打电话给芭芭拉，邀请她做合作编辑，一同共事。那天早上，洛威尔和我去了我的银行开户，他从他的信托基金里拿出了4000美元。"（《一击而起：创办〈纽约书评〉》）又见洛威尔于1963年1月23日和1963年3月10日写给伊丽莎白·毕肖普的信，分别收录在萨斯基娅·汉密尔顿主编的《罗伯特·洛威尔书信集》和托马斯·特拉维萨诺与萨斯基娅·汉密尔顿编的《空中的话语》。

③ 附件现已遗失。也许是指《一款长期研究的药物获准用于精神疾病临床治疗》，刊于1970年4月7日的《纽约时报》。

2. 伊丽莎白·哈德威克写给罗伯特·洛威尔

[纽约州，纽约，西67街15号]
1970年4月10日

最亲爱的卡尔：

过几天我就会把那个邮包寄出。请立即回复这封信所附的请求[1]。……噢，好想你！我回家时得了重感冒，一直感觉昏昏沉沉的，很不舒服，晚上8点睡下，凌晨5点就醒了。今天看来好像一切已经过去了，所以比起当时那种黑暗中孤单无依的感觉，现在倒是振作了不少。

可怜的比尔[2]！正如他预料的一样，那部剧并不太受欢迎。我目前只看到了克莱夫·巴恩斯和《纽约邮报》上的评论，他们觉得它平淡无奇。比尔自己挺坦然的，倒是那些剧评人，一直在纠结为什么要以这种方式来改编一个好剧本[3]。确实是太糟蹋东西了，令人匪夷所思。我代表我们三个给比尔发了一封电报，今天还会再打个电话给他。我想那玩意儿演不了几场。

以赛亚·伯林昨晚来小坐了一会儿，和我道别。他们夫妇[4]今天

---

[1] 附件现已遗失。
[2] 指威廉·阿尔弗雷德，洛威尔和哈德威克共同的朋友。这份友情始于20世纪50年代后期。他也是洛威尔在哈佛大学的同事。
[3] 即《为我们所有人哭泣》，是一部音乐剧，改编自阿尔弗雷德的剧本《霍根的山羊》，于1970年4月8日公演，共演出了九场。克莱夫·巴恩斯的《剧场：〈霍根的山羊〉改编成音乐剧》刊于1970年4月9日的《纽约时报》，理查德·瓦茨的《老布鲁克林的政治斗争》刊于1970年4月9日的《纽约邮报》。
[4] 指以赛亚·伯林和艾琳·伯林。[以赛亚·伯林爵士1909年6月6日生于拉脱维亚（当时属于俄国）的里加，1997年11月5日在英国牛津逝世，英国哲学家和政治思想史学家，以其关于政治哲学和自由概念的著作而闻名。他被视为知识史学科的奠基人之一。——译注]

启程，期待着与你相见。

尽管我已"割下"很多，但那包邮件似乎越整越多①。很抱歉，因为不舒服就没有去看《俄瑞斯忒斯》。除了以赛亚，我有一阵子没见其他任何人了。

我还是会开心地回顾在意大利旅行的快乐时光，尤其是和你在一起的时刻。我至爱的人啊，愿平安和幸福与你同在；但回归——纷乱和吵吵闹闹的家庭生活，也挺不错。

哈丽特很好，正在茁壮成长。

伊丽莎白

3. 伊丽莎白·哈德威克写给罗伯特·洛威尔

[纽约州，纽约，西67街15号]
1970年4月12日

最爱的：

对于你在罗马机场遇到的那个麻烦，我很过意不去。我知道你现在已经不记得了，但是我的脑海里还是会出现那头上了年纪的大熊……一直在挣扎……②有点过分。今天，那在回家路上得的该死的感冒终于好了。把一切都忘了吧。

给你写第一封信的时候我可能对英国显得有些冷淡，我当时是被这套干净又安静的公寓给迷住了。现在它的魅力不复存在，又一次消失了。卡尔，我应付不了了。我已经到了无法承受的地步。每天的邮

---

① 见"早晨发芽生长，晚上割下枯萎"（《诗篇》第90章第6节）。
② 见洛威尔1970[1971]年1月6日写给哈丽特的信。

件越来越多，消耗的精力也越来越多：我们涉及的事务太多了，分身乏术。现在不仅要忙写作，要顾学生和朋友，要操心政治，要考虑汽车和房子的事，还要处理缅因的事，要处理税款和账单，要督促哈丽特，每天还有十本左右的书送过来。我把所有的时间都投入到这些事上，但一切还是乱七八糟。各种文件堆积如山，搞得家里跟某个可怕的办事机构似的；旧的支票、唱片还有其他东西则四散在各处，似乎需要四五个"宅子"来安置它们；有时候花上好几个小时就为找一张账单，想弄清楚是不是已经付过钱了……我觉得，离开一年会在前进的路上把我们推回到可能性更多的那一步。我也知道这里有这里的焦虑。哈丽特不再喜欢道尔顿①了，而且在我看来，这个学校的组织教学没必要那么复杂，那就是在制造焦虑，并没有真正给出非常好的指导。哈丽特有一些根深蒂固的观念，这也让我有些担心，她认为分数、学校、传统和工作这些东西都不"重要"；我和埃丝特②的想法相同，觉得一个人虽然做不了太多，但必须在这个令人沮丧的主题上尽力提供一些变化。

现在，听我来说一说我最近遇到的事。杰克·汤普森碰巧和纽约州立大学石溪分校的校长③聊到了你的书信文稿。他们极为感兴趣，有意与布法罗图书馆竞价④。总而言之，他，这位校长，正准备派一个鉴定师过来，下周左右吧。这可着实把我吓了一跳，不仅因为你本人不在这里，还有其他一些原因。不过，我会尽力跟进这事，列好条目，做出大致的安排。我想，让人来估一估价也未尝不可。你不必完

---

① 曼哈顿上东区的一所私立学校。
② 即埃丝特·布鲁克斯。
③ 指约翰·S. 托尔。约翰（"杰克"）·汤普森，洛威尔的大学朋友，也与哈德威克关系密切，当时是纽约州立大学石溪分校的英语系教授。
④ 指布法罗图书馆的纽约州立大学诗歌收藏部。

全听他的，也不必把东西就这样卖给石溪，可以与其他地方给出的报价做比较之后再决定。我觉得还是把这些书信文稿送到别处去，要不然这些东西以后会让哈丽特头痛无比。这笔钱可以让他们按年分期支付。也许我们应该建立这么一个"基金"，然后我们的生活真的就暂时改变了，永远改变也说不定。我自己觉得，如果我们可以尽可能处理掉积压的东西，这也是一种解脱，因为生活已经是那么令人疲累，有那么多琐碎的事情，才会想要把它变得简单一点。如果我们现在不把这些书信文稿处理掉，明年我可能就得请一个秘书来弄了。不然，我就别想有时间写作或者阅读。我不想要秘书。多跟一个人打交道，面对面、操心、付工资……还是不要吧。

和你一样，我也准备退休了。亲爱的，要不要考虑一下在牛津、剑桥或者伦敦附近找一个农舍——他们都这么叫——有花园，有专门的书房，还有几个好朋友。（真是异想天开！听起来就好像凯瑟琳·曼斯菲尔德和约翰·米德尔顿·默里一样。）①

好爱你，我唯一的爱人。我想你想得惊人！说"惊人"，因为我觉得此时只有用这个词才能表达我的思念。我需要远离的绝不是你呀，我需要远离的是这一堆荒谬的东西。

亲爱的，我没有打算变卖你的任何东西，更不想让自己管那么多闲事。这不仅非我本愿，我也没有这个时间。我抽出几封信简略看了看，写信的人像是两个傻瓜，过的也是另外一种人生。（我指的是自

---

① 见约翰·米德尔顿·默里主编的《凯瑟琳·曼斯菲尔德致约翰·米德尔顿·默里书信集，1913—1922》（1951年）。另见哈德威克的文章："凯瑟琳·曼斯菲尔德在给米德尔顿·默里的一封信中写道：'你看到《泰晤士报》上写的吗？雪莱曾经在他的桌子上留下了一张纸，上面有个墨水渍和笔上一根被甩下的羽毛，玛丽·雪莱就命人用一个玻璃盒子按原样装起来，然后一路放在腿上把它带到伦敦。你是否听过这个荒唐的故事！'"（《妻子与情妇》，刊于1978年5月18日的《纽约书评》）

己书桌上的一些信。你书房的东西我是不会翻看的，只是说说一个大致的想法而已。）

随信附上这份哈佛文件①，记得回复。我今天会寄出一个邮包。那里面装的东西，正如哈丽特所说，没有一件是"重要"的。

伊丽莎白

那些书信文稿，作品手稿简直是恐怖！我去你的工作室看了一眼，我们真的必须花功夫把这些东西大致整理分类再拿走。真不知你是怎么打开那个文件柜的！当然了，只有在整理分类之后，才会让那个鉴定师过来。我真的觉得这么做是值得的，我也会尽我所能。

4. 伊丽莎白·哈德威克写给罗伯特·洛威尔

[纽约州，纽约，西67街15号]
1970年4月14日

亲爱的：

多么想你啊！我给布鲁克斯夫妇写信了，我说，如果在婚姻里驻足的时间足够长，那一定是互相倾心。我把这句话也说给你听。没有你的日子简直太孤独了。自从度假回来，周遭的一切都有些闹心。可怜的哈丽特，她的西班牙语和拉丁语功课已经远远落后，永远追不上其他同学了，我和她都感到绝望。真不知道怎么会这样。道尔顿搞这么一套复杂、令人紧张的教育体系，根本没有必要嘛。要不然我认为哈丽特的表现还是相当不错的。成绩报告单周四会出来。还有，她脸

---

① 附件已遗失。

上长了湿疹,眼睛周围甚至眼皮上都有。虽然我知道这是能治好的,但是此时此刻,我不能不为她担心。亲爱的,哈丽特也很想你。对了,我们还欠了一大笔个税呢!你的那堆"书信文稿"简直把我的头都搞大了。我一度想要放弃,但我要坚持下去,因为这不仅对你、对我们有利,也是在为以后遇到类似情况的后辈[①]做一个示范。在这个节点,我们确实应该做些什么。目前为止,还没收到那位鉴定师的任何消息;但是没有得到你的首肯,我也不会擅自行事。

我想知道你现在是不是在牛津,告诉我几件事吧,你大概什么时候回来,我们得为6月约定好的事情做计划,去缅因、为夏令营做准备等;还有,你对明年的安排有什么想法,尽快告诉我吧。

没有收到什么有趣的邮件。这里的政治形势扑朔迷离,十分严峻。如果我们能在对国家没有造成太大损失的情况下走出来,那只是运气。左翼和当局都非善类。所有朋友都说左翼的力量还不够大,构不成什么威胁,这种观点我无法苟同。我确信,就算他们无实权在手,他们玩的那些疯狂的"革命"游戏对这个国家的发展已经造成了极其深远的影响……缺氧的登月舱[②]中那些可怜的宇航员,他们不就是一个典型的例子吗?我多么希望,我能比自己想象的更热爱自然,更加崇尚简约,更喜欢与世隔绝。那样就像是从一个氧气不足的登月舱中逃离。但我却热爱这坚实的人行道,拥抱这致命的喧嚣。我想和你说的东西太多了。

比尔·阿尔弗雷德一直在撑着,但这些年的损失确实很大。他说

[①] 参看洛威尔诗集《献给联邦烈士》(1964年)中的《那些先辈》。
[②] 原文"nodule"应为"module"。1970年4月13日,阿波罗13号在执行登月任务期间,一个氧气罐发生爆炸,宇航员们被迫撤离指挥舱进入"宝瓶座"登月舱。参看《缺氧断电,宇航员命悬一线》,刊于1970年4月13日的《纽约时报》,以及《宇航员面临两大难关:如何保持航天器的温度和空气清洁》,刊于1970年4月14日的《纽约时报》。

他的另一部戏差不多准备好了,希望他能够有勇气坚持下去。这种悲伤的事情真是压得我喘不过气来。我想,因为那大手大脚的老阿先生[1],比尔他肯定特别需要钱吧。他让我转达他对你的祝福。

有时间的话给我们写写信吧。注意啦,别让你的口袋跟破了洞似的,谨慎一点。上帝保佑你。

伊

5. 伊丽莎白·哈德威克写给罗伯特·洛威尔

[纽约州,纽约,西67街15号]
1970年4月19日

亲爱的:

希望今天能够收到你的来信。我已思念成疾,我真的不希望我们就这样分开而不知何时再见。但眼下我也是无能为力。今晨明媚灿烂,昨夜温暖朦胧。去参加了琼·范德赫维尔为尼古拉和多米尼克[2]举行的聚会。相当无聊,这些涵盖所有人类可能性的大型鸡尾酒都会是一个样:有黑人也有白人,有富人也有穷人,有地位显赫的也有英俊潇洒的,有年轻人也有上了年纪的,有左翼人士也有右翼人士。至于"穷人"是哪一位,记不大清了,但确有其人。大家都表达了对你的祝福与爱意,希望你也在场呢。

那天玛丽安·施莱辛格就像个幽灵,但她身上那件紫色绸缎让她一点也不轻盈。亚瑟应该是出城去了,所以他们就把她给抓了过去,

---

[1] 指阿尔弗雷德的父亲,托马斯·奥尔弗雷·阿尔弗雷德。
[2] 指纳博科夫夫妇。(尼古拉·纳博科夫是俄裔美籍作曲家,其堂弟弗拉基米尔·纳博科夫是著名俄裔美籍作家,著有《洛丽塔》。——译注)

这个可怜的 *abbandonata*①。即使遭遇不幸,即使被人忽视,她还是一点长进都没有。

布莱尔②打来电话,他计划 5 月份的某个时间去伦敦。

哈丽特的成绩报告出来了,除了英语,其他科目都很糟糕。对此我很是不满,她似乎也憋着气,一副满不在乎的样子。虽然知道孩子正处在青春期,看待别人家的孩子经历这段时期时也很镇定,但到了自己这里还是有些担心。……她正在努力成长,成长过程中自然有许多诱惑。让我担心的就是她的消极态度,她没有基本的进取心。学校老师说她的学习能力并不比其他同学差,我相信这是真的。但她就是一副吊儿郎当的样子。另外,我总觉得她今年是想在学校好好玩上一年,只要有机会……她成天就是忙着传小纸条、画老师的大头像……不过这也挺好。多希望我能知道怎样才是对她最好的办法。但愿今年的夏令营能够起点作用吧③。我们会去帕特尼④看看。总之我想让她去一所不要求留那么长头发的学校,但同时我又不确定她能去哪里,她想去哪里。对她来说,这一年很关键,具有决定性的意义。另外,我又那么不舍得她离开我身边。她能留在纽约是最好的了,可是我又没有办法在这里给她找到一个理想的去处。

萨姆纳在用爪子挠我的打字机。

我现在甚至不清楚你身在何处。虽然知道是在伦敦,但我不知道你都去了哪里。没有收到你的任何邮件,你学生寄来的信件倒是很

---

① 意为"弃妇"。玛丽安和亚瑟·施莱辛格于 1970 年离婚,结束了两人长达三十年的婚姻。[玛丽安·施莱辛格(1912—2017)是美国作家、画家,已故汉学家费正清夫人费慰梅的妹妹。其丈夫亚瑟·施莱辛格是美国著名的历史学家和政治评论家。——译注]
② 指布莱尔·克拉克,洛威尔自圣马可中学就认识的朋友。
③ 指位于康涅狄格州康沃尔郡的康沃尔暑期工作坊。
④ 指位于佛蒙特州帕特尼的一所具有先进教育理念的寄宿学校。

多,一批又一批,都是找你写推荐信的,真是不堪其扰。我给他们回信说,你人不在纽约,要等到你安定下来,才能伏案工作,予以答复……

哪怕给我们回只言片语也好。我下个月周会再写信的,下周一再写。满满的爱送给你,亲爱的。

伊

6. 罗伯特·洛威尔写给罗伯特·洛威尔太太[①]

〔明信片:弗兰斯·哈尔斯——《哈勒姆男性养老院的女性管理者》,弗兰斯·哈尔斯博物馆藏画,哈勒姆〕

〔阿姆斯特丹〕
〔1970年4月21日〕

最亲爱的丽兹:

在哈勒姆度过了阳光明媚的一天——这地方我们很久不曾来过了,时间一晃就是二十年。我一直在和老朋友们见面!1952年相识的熟人我都一一见到了[②],除了罗杰·辛克斯,他已经离世了[③]。这次可是把这里好好走访了一番。现在有些迷糊。过几天就去牛津。

爱你的卡尔

---

① 手写明信片。
② 洛威尔和哈德威克1951年9月到1952年6月期间住在阿姆斯特丹。
③ 辛克斯于1949年至1954年在阿姆斯特丹的英国文化协会工作,在那期间结识了住在那里的洛威尔夫妇。

7. 罗伯特·洛威尔写给哈丽特·洛威尔小姐①

[明信片：弗兰斯·哈尔斯——《哈勒姆男性养老院的男性管理者》局部②，弗兰斯·哈尔斯博物馆藏画，哈勒姆]

[阿姆斯特丹]

[1970年4月21日]

最亲爱的哈丽特：

这张不是我拍的照片，是300年前一位杰出之人的画作。我看到了很多你可能会喜欢的事情，最有趣的是一群非暴力激进分子，名叫"Kabouter"③，意思就是精灵\真是这样/，成员最小的和你一般大，最老的跟老爸差不多年纪，他们闯入一所空房子。警方已经遣散他们了，没有人受伤。想死你了。

爸爸

---

① 手写明信片。
② 见哈德威克的"在荷兰住了好长一段时间，有时间坐火车到处走走看看，有一次是去哈勒姆看弗兰斯·哈尔斯在自己最后的日子给那些养老院老年管理者们画的画像，他们身上都有一种不饶人的、黑白分明的痛苦。那些哈哈大笑的骑士，也许是吃了太多的牡蛎，喝了太多的啤酒，死的时候肚子鼓胀胀的，一脸的不情愿。剩下的那些穷人，多亏了苦涩的生活，才得以躲过置人于死地的各种快活，扬起他们那坚毅而黝黑的面庞，靠着微薄的慈善相助，艰难地活着"[《不眠之夜》(1979年)]。
③ 罗尔·范杜因创立的一个无政府主义团体，以荷兰语"kabouter"[意为"侏儒、小精灵（……）小人（……）仙女"，见《范戴尔荷兰语英语词典》]命名。

8. 伊丽莎白·哈德威克写给罗伯特·洛威尔

[纽约州，纽约，西 67 街 15 号]
1970 年 4 月 24 日

最亲爱的卡尔：

一直未收到你的来信，真是沮丧万分，没想到我竟会是这种反应。有一封来自荷兰的信①，还有，今天终于收到了一张明信片。原以为你会早点去牛津，至于理由我也说不清。上周日接到杜·佩伦②的电话，她说的话我没怎么听清，所以也不知道该说些啥。她像是在感谢我送了她一份礼物，对此我一无所知。但如果送礼物的人是你，我是很开心的。我只是遗憾电话这个东西真的没什么用，我们打电话时没有一次是听得真切的——你知道有时候那是怎么回事。

亲爱的，眼前我真的得为明年做出一些规划了。我从没料到会有这么多事情要处理，真的是刻不容缓。首先要考虑的是车子问题。我想把汽车租给杰克，象征性地收取一些费用（车是 1964 年买的），尤其是我们明年不在这儿住了的话。我对这方面的担心年年如此，无一例外，我总会操心保险、注册登记这些事情。我必须知道你的安排，因为下周我又要支付保险金了，要不然车就没了……呸呸呸。还有，哈丽特学业上的诸多事情在很大程度上都取决于我们明年的安排。可是，夏天的时候我人又不在这里，回来也只是短暂停留，因为要赶着去英国，怎么把这三间公寓③给租出去呢？我不知道你应不应该接受

---

① 现已遗失。
② 指伊丽莎白·杜·佩伦-德鲁斯。（杜·佩伦是荷兰作家、翻译家。——译注）
③ 指纽约市西 67 街 15 号的家庭公寓和两套单间公寓（洛威尔和哈德威克用于写作的处所）。

苏塞克斯的教职。是人自然都会很纠结——惰性、安顿的问题、\萨姆纳，/找不到一个适合我们生活和工作的好地方。但是——离开美国这个主意是挺诱人的，也许吧。我从鲍勃那里得知，苏塞克斯（听起来像个啦啦队队长的名字）大学在布莱顿，我还知道昆汀·安德森一家去年也在那里，但他们并不喜欢那个地方！

不管怎样，还是请你问明情况，然后告诉我们一个大概的想法吧。哈丽特现在和她的西班牙语老师闹得越发不愉快，甚至连两个月以前的作业卡都还没有得到老师"签字"——就像大法官法庭的一场官司[1]。她周六就得回学校去，她愿意做任何事，但不知怎的，她的官司就是没有一点进展。……我真是很气愤。……今天下午就去学校看看，想办法为哈丽特解决这事。我现在能理解那些父母（我知道有很多父母都这样），他们去找学校吵一架，然后把自己的孩子领出来。但是我不知道要带她去哪里，所以我只能让自己保持冷静。如果不谈这个的话，她一切都很好；和丽莎[2]在一起大多数时候都很开心。她依然是你的可爱小甜心，也是个大姑娘了。

我收到的这些邮件全都是追问之前来信下文的，我已经看厌了。我还在坚持着，包括你"书信文稿"的那些事儿。要把它们整理一下才好，但是又确实是一项巨大的工程。那个鉴定师下周三过来鉴定。我很想你，老伴儿。要是此刻我在你身边就好了，我可以为你晾衣服，和你聊天，一起考虑事情。我真是喜欢意大利啊——可爱的阿尔贝戈·迪隆德雷斯[3]。

亲爱的，照顾好自己。去道尔顿之前我打算先跟鲍勃吃个午饭。他

---

[1] 见狄更斯的《荒凉山庄》（1852—1853年版）的总言和序言："大法官法庭里还有一桩著名的官司没有判决，上个世纪末就开始审理了，至今仍未定案，诉讼金额早已超过了上述案子所花的7万英镑，是其两倍之多。"
[2] 指丽莎·韦杰。
[3] 应该是阿尔贝戈·迪隆德拉，威尼斯的一间酒店。

最近去苏黎世参加了一个不简单的会议，参会的都是银行家、实业家、各国首相。我想听听他的会后感想。亲爱的，我把这个附上[①]，以防万一。我告诉了鲍勃和其他几个人，说你现在人不在纽约……但是……

请回信！

伊丽莎白

9. 罗伯特·洛威尔写给罗伯特·洛威尔太太

牛津大学万灵学院
1970年4月25日

最爱的：

今天一天都不在状态，在万灵学院跟丢了魂似的。马上要去和伯林夫妇一起吃午饭。我在这里最先遇到的是查尔斯·蒙塔斯和A. L. 卢维斯[②]。虽然这里是一个单身汉的世界，但景色很美。牛津和巴斯

[①] 附件已遗失。
[②] 蒙塔斯当时是费伯出版社的编辑，专门负责洛威尔的书稿，他也是万灵学院的研究生。而A. L. 卢维斯与洛威尔早在1960年在纽约就见过面。"［1960年］11月22日［……］1点钟在赛鲁迪见罗伯特·洛威尔，我在那请他吃午饭。其实我还是有些忐忑的，因为之前和他通电话时，他总是'呀—呀—呀'的，说话语气很像威斯坦·奥登，有种拒人千里之感。但是见到本人之后，我才知道他其实是那么善解人意，也很平易近人，很好相处。当时我们俩都没有打什么腹稿，想到什么就说什么。他当时也感冒了，有点流鼻涕，因为这个他还塞了薄荷醇在鼻子里，不说我还真没发现，他还建议我也试试。洛威尔本人确实和我此前先入为主的印象很不一样——我还以为他是一个大腹便便、走路都不稳、脾气还暴躁的人呢。事实上，他很理智、敏感、敏锐，反应灵敏，富有独创性的思想，简直就是一个不可多得的天才。在美国，还没有谁像他那样带给人那么多的期待"。［见《A. L. 卢维斯日记》（2003年），理查德·奥拉德编］

很像，应该说和巴斯、耶鲁都很像，颇有意大利风格。我是穿着睡袍吃早餐的，手里除了一本 14 世纪的诗集，别的什么也没有。

谢谢你美好的来信（我还收到了来自伊丽莎白①、法尔布②和唐纳德·戴维③美好的\很棒的/来信。戴维现在在斯坦福，他曾说我可能不愿意待在美国，就像他也不想待在英国一样［）］。我下周会去埃塞克斯，一旦多了解些情况，会立即给你打电话或者写信。我觉得我们可以长住伦敦，做跟在哈佛教书一样的事④。坐火车去伦敦只需 50 分钟。我是觉得换换空气也许更能振奋精神、舒放心情。事实上，如果我喜欢埃塞克斯，它的口碑也还不错的话，我是倾向于待在这边的（倘若你和哈丽特也愿意的话）。我们可以 10 月份就搬过来，或者明年 10 月份也行。

在荷兰，我与海克和朱迪思⑤在一起待了 16 天，一切都很满意。我觉得我们以前认识的人几乎都见到了，除了那对奇怪的夫妻，还记得他们有个喜欢读《芬尼根的守灵夜》的可爱父亲。大家都向你问好，还有亨克·范盖伦·拉斯特，他说了三遍问好。我们可以把他们这些人都称作"旧左派"，但是他们身上没有我们左派那些令人不快的特点。纵然有许多分歧，他们仍然可以做朋友。

当然，我收到艾伦一封措辞激烈的来信，质疑我之前承诺要给他

---

① 指伊丽莎白·毕肖普。可能是毕肖普 1970 年 4 月 8 日写给他的信（见《风中词语》）。
② 指彼得·法尔布（1929—1980）。（美国作家、语言学家、博物学家。——译注）
③ 唐纳德·戴维（1922—1995），英国运动派诗人、文学批评家。——译注
④ 洛威尔在哈佛大学的教学工作开始于 1963 年。他的工作是每周两天，每天两节课。"我以后通勤都是要从这里［纽约］出发，然后一年中剩下的时间都要花在通勤上了"［见伊恩·汉密尔顿主编的《罗伯特·洛威尔传》（1983 年）］。
⑤ 指范·莱文（1916—2016）和朱迪思·赫茨伯格（1934— ）。（荷兰诗人。——译注）

做纪念文集的动机。我给他回信了,语气尽可能柔和,希望能安抚他[1]。我并不想为自己没能做到的事情找借口。跟哈丽特说我爱她。我非常想念你们。只能写到这儿了。

卡尔

附:我们正在欣赏一场冰雹,晶莹剔透的雹珠子打在破旧的矮墙上,蹦蹦跳跳的。冬天竟然还没有过去。海克那年迈多病的老母亲说:"幸好夏天没那么快到来,能留住好客人也是一桩美事。"

10. 罗伯特·洛威尔写给罗伯特·洛威尔太太

[牛津大学万灵学院]
[1970年4月26日]

最亲爱的丽兹:

我随信附上爱德华兹教授的信[2],这样你可以知道我所说的学校不是苏塞克斯而是埃塞克斯,其实也并没有那么多的不同之处,除了

---

[1] 洛威尔曾承诺为艾伦·泰特编辑一本纪念文集并写序,但在1970年3月,他担心自己意外弄丢了文集中的文稿。"不知怎的,所有有关的材料都丢失了。我还拿了一个特别的纸箱来装那些文章,把它们从缅因州带回来,然后把它们放在了我书房的书架上,然后又把它们装进了一个纸箱。最近我外出了,女佣把我的书房打扫得干干净净,而且她还把那个纸箱给扔了出去。"见1970年3月19日洛威尔写给艾伦·泰特的信,《罗伯特·洛威尔书信集》。另见威廉·多雷斯基主编的《我们的友情岁月:罗伯特·洛威尔与艾伦·泰特》(1990年)。纪念文集《艾伦·泰特及其作品:批判性评价》最终由雷德克利夫·斯奎尔斯编辑并于1972年出版。

[2] 这封信写在埃塞克斯大学文学系主任 P. W. 爱德华兹1970年4月2日来信的信笺背面。

一点,埃塞克斯有唐纳德·戴维一手创立的相当特别的文学系,还有示威活动①。不过,大家都认为我不会因此而有困扰。问题的关键在于,你是想住在伦敦,还是想住在埃塞克斯或者苏塞克斯。剑桥离伦敦也不算远,但开车过去还是有一定距离的。如果想要在一个小时之内到达伦敦,那就只有坐火车。如果我接受这份工作,唯一的理由就是留在英国,这是我想要的。

哦,把车卖了吧。就当我迷信吧,我才不信能租到像我们那辆可爱又可靠的老勃艮第车呢②。那些"书信文稿"你千万不要卖,若仅是价格评估,我乐意接受。我才不信石溪分校的那些人,他们只会把我的东西当成没用的废纸。你去过石溪了吗?你说的"书信文稿"是不是包括我的信?还是说只有我的手稿?无论如何我都会留下复印件的③。但是我不想卖给石溪。或许,上帝会帮助我们,让你在整理的时候会翻到艾伦的那些材料。他在那封信里真的太气愤了,他从来没有那样对待过我。

我知道这些事情要拿主意很痛苦,我也知道要把东西整理出来你会很辛苦。再给我十天吧,到时候我告诉你,你再做决定。很抱歉,

---

① 1964年,戴维在埃塞克斯大学创办了比较文学系。埃塞克斯"在20世纪60年代曾爆发过一些最为激烈的学生骚乱"(见伊恩·汉密尔顿主编的《罗伯特·洛威尔传》)。"以前,但凡要拍'干革命'类型的影视剧,那些电视媒体都会不约而同地想到埃塞克斯与伦敦经济学院。"(见1979年2月《英语系协会公报》第60期发表的唐纳德·戴维所写的《高校英语系的责任意识》)唐纳德·戴维离开之后,"文学系的士气马上就不如以前了,那场发生于1968年的广为人知的学生骚乱,使得情况变得更糟,因为戴维发现自己对此事的立场与大部分同事都不相同"(见P. W. 爱德华兹1970年4月2日写给罗伯特·洛威尔的信)。另见洛威尔1970年4月27日写给唐纳德·戴维的信。
② 见洛威尔的诗句"我们的老勃艮第福特牌夏季旅行车,│我们的第四辆,也是第一辆不易发生事故的车"(见诗集《海豚》中的《车、走路等,一封未寄出的信》第13—14行)。
③ 原文"zeroxes"应为"xeroxes"。

我只能写到这里了,海克的打字机实在是太难操作了,除了这一点,这里的一切都很美好。没什么可报告的了。

万灵学院虽是一个学院,但实际上却像一个俱乐部。在这里很开心,但是不太合适,\我/既太老又太年轻了。

转告哈丽特,我爱她。

你的卡尔

附:爱德华兹(附信的作者)刚刚打来电话,我们29日约在国民自由俱乐部见面。也许到时候我就知道了。

11. 伊丽莎白·哈德威克写给罗伯特·洛威尔[①]

[纽约州,纽约,西67街15号]
[1970年] 4月26日

亲爱的:

能和你聊聊天真是很开心,我迫不及待希望收到你的信,希望在周日接到你的电话。上次的来电让我心情大好,我们太久没有这样了。没有联系真是令人介意,觉得被生生切断了,感觉很奇怪。

原来是我把苏塞克斯和埃塞克斯搞混了。昆汀·安德森曾在苏塞克斯待过,虽然杰克也曾想去,但是最后未能成行。昆汀告诉我他曾经很喜欢那个地方。

如果你在外面兜了一圈还是急于回到英国的话,那我们就应该

---

① 与洛威尔同日写的信互相交叉错过。

去英国。我担心的是一些细节性的问题,比如说把纽约的房子出租并且把一切都归置妥当。我知道我们肯定能在伦敦找到一个合适的住处。而且我也觉得我们应该带上妮可一起去,她应该也会想去的。搬家这件事对我们大家,对哈丽特,都大有好处。卡尔,我觉得换个住处的最大好处就是,哈丽特可以不用待在道尔顿。虽然今年她似乎在和同学相处时比以往更加开心,但还是要考虑到她的个性。这个学校的教育方式太奇怪了,他们是按月来做教学安排的,并不适合她,这样下去只会徒增压力,让人焦虑。这些年我看着哈丽特长大,我发现她对数学这种每天都有学习任务的科目更加有兴趣。也许完成质量不会总是很高,但她一回到家就会把作业做完,至少她能从做不完功课的恐慌中解脱出来。在道尔顿,除非你自学,否则根本学不到任何东西。要不然,面对那些完全没有基础的功课,你只能抓耳挠腮,不懂装懂,揣着迷糊闪烁其词……要出远门她是会不乐意,但我确信,作为学生她会有进步的。今年这个夏令营会有助于做出一番新的调整。

其他方面她可出色了,又是为明晚的现代舞彩排练习啦,又是用吉他弹《答案在风中飘荡》和《多纳,多纳》啦[①],又是说脏话、洗头、轻度节食啦。

我在哈丽特的事情上花了太多时间,为了找到问题的根源,我和她的老师们见过很多次面,我希望她能把学习进度赶上,这样就不用在周六补课了。但是上周我也去见了鲍勃和爱泼斯坦一家人,还看了几场电影……

这周五耶鲁要举行一场匪夷所思的活动。多达30000人会去纽黑

---

① 《答案在风中飘荡》(1963年)是鲍勃·迪伦演唱的歌曲,《多纳,多纳》是《琼·贝兹专辑》中的意第绪语歌曲。

文示威，抗议黑豹案的审判。(这次是鲍比·西尔，他被控告杀害了一个黑人告密者[1]。) 耶鲁停课一整周，还为抗议者安排食宿。耶鲁校长布鲁斯特上周发表声明说，他认为黑豹党人不会得到公正的审判，言语中似乎透露出为此甚至不惜让耶鲁关门的想法。在我看来，这无异于自取灭亡。虽然我也认为黑豹党人得不到公正的审判，但是耶鲁作为一所学校，到底是不应该卷入这种政治风波的[2]。不然的话，还要那些审判官、律师、陪审员干吗？难道看着那些示威者，终止审判，然后宣告无罪释放不成？(命案确实发生了，而且大家都心知肚明，这就是某个黑豹党分子所为，除了他们还会是谁呢？) 如果发生了暴力示威，耶鲁又能做什么呢？我觉得，示威无可厚非，但是耶鲁不该去推动它。要让耶鲁和中情局、国防部这种机构撇清关系，我们就不应该让它和这些左翼政党有什么瓜葛，虽说有个别教师可能会这么做，学生自然会想这么做。(我已经不知道自己在说什么了，我现在的语气就像《纽约邮报》的社论。实际的情况比这复杂得多。) 最近哈佛的骚乱也令人恐慌[3]。天知道这又是因为什么事情。其实，这些抗议活动都是因为那些学生，应了那句话，这是最好的时代，也是最坏的时代[4]。

不说不痛快，这边基本就是一种失望的感觉。春天……我们月底

---

[1] 包括鲍比·西尔在内的九名黑豹党成员，因涉嫌参与亚历克斯·拉克利谋杀案在纽黑文接受审判。哈德威克在1971年1月7日刊于《纽约书评》上的文章《好斗的裸体》中提到了西尔入狱一事。
[2] 见约瑟夫·B. 特雷斯特的《布鲁斯特质疑黑豹党能获得公正审判：耶鲁大学校长对于革命者能否在美国伸张正义"表示怀疑"》，刊于1970年4月25日的《纽约时报》。
[3] 见唐纳德·杰森的《哈佛大学骚乱损失或达十万美金》，刊于1970年4月17日的《纽约时报》。
[4] "这是最好的时代，也是最坏的时代"是查尔斯·狄更斯《双城记》开篇第一句话。

的时候会去奥尔加的家里①。

亲爱的,我今天必须要把"书信文稿"的事情处理完。那个鉴定师明天就到。这些书信文稿虽然不算整理得特别有序,但也还算有条理,这就够了。这样的话不管后面怎么处理它们,我们总能轻松点。我没时间一封封看那些信了,有成千上万封呢,还有数不清的文稿。但是看到一些好玩的东西我还是会列个表记下来的。我不会随便扔掉的,除非是"年轻女孩"的信!就像我之前和你说的那样,我只是把东西都归整到一起。出售文稿这类事情会比较复杂,一时半会解决不了的——所以不必担心!

我还会写信给你的。这封信写得有点冠冕堂皇,抱歉。我得为了这些"文档"好好写信了②。

永远爱你,我的心肝。

伊

如果我们搬去英国一年的话,这期间我们还可以去法国、苏格兰和爱尔兰走一走!

还有葡萄牙!

附:我找到了一些艾伦的东西——文章、评论等,立刻就给他打

---

① 奥尔加和亨利·卡赖尔家的房子位于康涅狄格州罗克斯伯里附近。
② 见哈德威克的"难道这封信写出来就是为了尘封在档案馆里的吗?是谁在诉说?"(《写小说》,刊于1973年10月12日的《纽约书评》)另见麦卡锡1973年10月12日写给哈德威克的信。

了电话，并会把东西寄给他①。当时我还没有看到你说的关于他那封信的事。可怜的艾伦，那么小的一个孩子，发着高烧，我们通话时那孩子一直哭个不停②。往日的时光如何再现！他们夫妇二人准备5月份去英国。

12. 罗伯特·洛威尔写给罗伯特·洛威尔太太

牛津大学万灵学院
1970年4月27日

最爱的：

我已经好几周没有看日历，三天一眨眼就过去了。在某些方面，万灵学院的条件真是好到让你难以想象：院长花园的窗户一直是关着的；睡到女仆敲门才会醒；在大学餐厅有人为我脱去学袍，然后由校工爬两层楼专门送到住处；食物可以和迈耶斯太太③做的相媲美；写信也有人帮我盖好邮戳寄出去。反常之处：像哈佛昆西堂那么大的宿

---

① 泰特于1970年5月12日写信回复洛威尔说："我要告诉你的是，伊丽莎白已经找到了'那些材料'并将其寄给我。不用说，这的确让我感到宽慰。但是你知道吗，哪怕是这本文集要延后出版，甚至不出版，都不至于让我这么难过（那些东西还不至于要了我的命），最让我痛心的是你那满不在乎的态度，都没有想到要把那些文章复印一份以备万一。不过现在——不用了。"〔引自威廉·多雷斯基主编的《我们的友情岁月：罗伯特·洛威尔与艾伦·泰特》(1990年)〕。
② 泰特和他的第三任妻子海伦·海因茨·泰特生了三个孩子：双胞胎约翰·艾伦·泰特（1967年出生）和迈克尔·保罗·泰特（1967年出生）以及本杰明·泰特（1969年出生）。在1969年版《笔记本》中的《父亲和儿子们》一诗中，洛威尔曾提到迈克尔·保罗·泰特的夭折。
③ 指艾格尼丝·迈耶斯。

舍楼，竟然只住了 20 个人左右；我的房间正下方是一个单人小间，门上面写着"Q. 霍格"（英国前保守党首相）。肯定有人过去认识丘吉尔、盖茨凯尔和艾德礼。还有一些反常的事情。我过去觉得不会太多，没想到现在完全是靠旧糖霜过日子。万灵学院完全没有第二性存在，我感觉自己又回到了 14 岁，就跟在圣马可学校①度假似的。

爱德华兹教授的信明天才会送到。不过，我已经和以赛亚还有约翰·维恩大致聊过了。主要问题似乎还是学生的示威游行，让人觉得不放心，情况跟伯克利差不多。另外，我也可以不住在镇上，那样的话可能就不会牵扯到其中，远离是非，平平静静。戴维觉得这个系是他见过的最好的文学系之一（他选择了它）。想要暂时离开美国，个中原因其实大家都心知肚明。如果我们决定搬来英国，我觉得你需要提前一周飞过来，等哈丽特的学校放假了，我们再决定具体的住处。好个道尔顿，\哈丽特/学校那些问题让我很不爽；它们就跟我十三四五岁时遇到的麻烦一样，所以我不怎么在意。我当时的成绩也不怎么样，而且几乎没人觉得我是个聪明的孩子。哈丽特心思深沉，虽然固执但有幽默感。上帝保佑她吧。

原先住在别人家里②，很容易就把你们放一边了。但是\在这里/我时时刻刻都在想念你们娘俩。我会打电话给你，方便你来找我。然而这里又有很多我喜欢的东西，是一次有益的学习经历。所谓何事？

全心全意爱你。

卡尔

附：这个租来的打字机真是让我欣慰，多亏有了它，邮件几乎都

---

① 位于马萨诸塞州索斯博罗的一所寄宿学校，1931 年至 1935 年洛威尔曾在此就读。
② 即海克在阿姆斯特丹的家。

回复完毕了。

\画给哈丽特的猫。画得不好,我在万灵学院找不到小猫来当我的模特。/

13. 罗伯特·洛威尔写给罗伯特·洛威尔太太

[明信片:卡拉瓦乔——《手提歌利亚头颅的大卫》,收藏于罗马博尔盖赛美术博物馆]

[牛津]

[写于1970年4月29日,邮戳日期为4月30日]

最爱的:

抱歉在电话里我没怎么吭声。刚才接通电话的时候,听筒里除了你的声音,还同时有另外两个人的声音[。]这里的石头开始变软了[1],每个人都是那么友善,不拘束。爱你们,祝一切顺心!我要离开这里去伦敦了[2]。

卡尔

---

① 见奥维德的诗句"那些石头(若不是有古老的│传说为证,谁会信啊?),本质纵使再坚硬,│也开始变软了,变得光滑,只为不久之后│获得更佳的形状;并且随着它们越变越软,│它们的本性也越发温和,不再那么粗野"[《变形记》,阿瑟·戈尔丁译(1567年),第1卷]。另见《洛威尔文集》(1987年)中的《奥维德的〈变形记〉》。

② 去参加由洛威尔在伦敦的出版商费伯出版社主办的聚会。参看伊恩·汉密尔顿主编的《罗伯特·洛威尔传》:"4月30日,费伯出版社为欢迎洛威尔举办了一个聚会。"列席嘉宾包括卡洛琳·布莱克伍德。

14. 伊丽莎白·哈德威克写给罗伯特·洛威尔[①]

[纽约州，纽约，西 67 街 15 号]
1970 年 4 月 29 日

亲爱的：

你寄来的第一封信我今天收到了，我真是太开心了。现在这边天气酷热，外面的电钻噪声出奇的大，好讨厌……梅茨多夫先生人已经到了，正在楼上，并且会在这里待上几天。他人非常好，也很专业。还有一些有意思的东西被我"挖掘出来了"——真是这么回事，因为弄得我满身尘土，一直在打喷嚏——我会一股脑地把它们全翻出来，以免日后又忘记了。这些书信文稿啊！（梅茨多夫先生 6 月要去评估埃伯哈特的东西。）我之前告诉过你，他受聘于石溪分校……现在，他说了，我自是不能引用他的原话，他说从这些书信文稿本身的角度来看，"适合"存放的地方只有一个，那就是哈佛大学[②]！还说哈佛可能不像其他比较新的地方能开出一个可观的价格，但也许他们可以找到一位捐赠者。梅茨多夫先生着实是一个好人，他觉得只有找到真正"适合"存放的地方，收藏才有意义。他还提到，最近有报道说，玛丽安·摩尔经不住一个年轻人的劝说，把自己的书信文稿卖给了罗森巴赫基金会，售价甚低，可惜了。最糟糕的是，这个基金会的文学底蕴非常薄弱，她的东西不"适合"存放在他们那里[③]。

---

① 与洛威尔同一天写的明信片互相交叉错过。
② 指哈佛大学霍顿图书馆，馆藏主要是珍稀书籍和手稿。
③ 玛丽安·摩尔于 1968 年 12 月以十万美元的价格将她的书信文稿卖给了罗森巴赫博物馆和图书馆。书商罗伯特·威尔逊将她介绍给了该图书馆的馆长克莱夫·德赖弗。见琳达·里弗尔著的《玛丽安·摩尔传》（2013 年）。

自从我和女儿回来之后，这三周时间我都在做这项工作，现在终于完成了，我非常开心。（当然还没有完全整理好，大概就是你说的那种初级或初步分类吧。）我们的收藏，或者说你的收藏吧，体量真是惊人。实际上，所有东西都保存着。早期的笔记本，一整箱《威利爵爷的城堡》[1]的手稿，工作记录表，等等。每本书都有大量的工作记录表，《笔记本》就更不用说了，简直多到难以形容。不过东西虽然多，但也都"各就其位"。还有一些剧作，以及后来成了《生活研究》的自传性文字[2]。书信就更是多得不可思议。你想都想不到，还有更多来自艾伦、威廉姆斯、艾略特、玛丽·麦卡锡、庞德、鲍尔斯、德尔莫的信，五封克洛德-埃德蒙特·玛尼[3]的来信，一封很奇怪的长信是金斯堡写来的，还有西奥多·罗特克（我在对着名单念呢）。彼得的信满屋子都是[4]。

梅茨多夫先生刚刚从你的工作室打来电话，说："你竟有两本《异样的国度》[5]！哥谭图书市场[6]卖出的最后一本价格高达一千美元呢！你知道吗？"我说我知道，当时我实际是把这两本放在了一边，列了清单，准备一本归伊丽莎白·哈德威克藏书室所有，另一本由罗伯特寄给外祖母[7]。

---

[1] 1946年版。
[2] 1959年版。指《里维尔街91号》之外的自传性散文，见《洛威尔文集》。
[3] 法国作家。——译注
[4] 欲了解洛威尔的收信目录——通信人主要包括艾伦·泰特、威廉·卡洛斯·威廉姆斯、T. S. 艾略特、玛丽·麦卡锡、埃兹拉·庞德、J. F. 鲍尔斯、德尔莫·施瓦茨、克洛德-埃德蒙特·玛尼、艾伦·金斯堡、西奥多·罗特克和彼得·泰勒等，以及他的论文和手稿的清单，见帕特里克·K. 米耶主编的《哈佛大学霍顿图书馆罗伯特·洛威尔书信文稿馆藏指南》（1990年）。
[5] 1944年版。
[6] 指位于曼哈顿西47街的哥谭书市。
[7] 指玛丽·德弗罗·温斯洛。

随便说了这一大通,只是觉得好玩,也是想让你知道整理这些东西真的是太有趣了。

除了毕肖普那数量惊人的信之外,最有意思的莫过于桑塔亚那和兰德尔①的来信了。兰德尔给你写了一封长信,内容是关于《威利爵爷的城堡》的②,十分详细。还有一大箱附有他手写笔记的手稿,包罗甚广。(梅茨多夫先生说,从交易角度来说,只要不少于一件都可以用"包罗甚广"来形容。)当然,还有你和兰德尔编选诗集时做的那些笔记,极为有趣③。我还没有读这些人的信呢,除了查看书信签名,没时间干别的任何事。你写给我的信啦④,我写给你的信啦,我们各自写给表姨妈哈丽特⑤的信啦,还有你写给那些年轻女性朋友的信啦,还真是包罗甚广!

梅茨多夫先生会不会把这些东西的评估结果告诉我,我不知道。今天我会去问问他进展如何。

我希望你来决定怎么处理这些东西,也希望我们能把家里的东西慢慢减掉一些,到时候也更自由一点,少些羁绊。

---

① 指乔治·桑塔亚那和兰德尔·贾雷尔。
② 见贾雷尔[1946年1月]写给洛威尔的信,收于《兰德尔·贾雷尔书信集》,玛丽·贾雷尔主编(1985年),又见贾雷尔[1945年11月]写给洛威尔的信,收于《兰德尔·贾雷尔书信集》。
③ "兰德尔和我正在做一本现代诗选集——我们想要的是五十首叶芝、五十首哈代等这样的体量,但成本太高了",见洛威尔1953年11月29日写给伊丽莎白·毕肖普的信,收于《罗伯特·洛威尔书信集》以及《空中的话语》。(洛威尔后来放弃了做诗选集的想法,但是这些文稿最终成为了霍顿图书馆的罗伯特·洛威尔藏品的一部分。)
④ 哈德威克1949年到1969年间写给洛威尔的信也成了霍顿图书馆的罗伯特·洛威尔藏品的一部分,而洛威尔写给哈德威克的信件却被挑拣出来,没有出售给霍顿图书馆,但哈德威克1991年将它们卖给了在得克萨斯大学奥斯汀分校的哈里·兰瑟姆中心。其中大部分后来在《罗伯特·洛威尔书信集》一书中出版。
⑤ 洛威尔写给哈丽特·佩特森·温斯洛的信,见《罗伯特·洛威尔书信集》。

哈丽特还好，只是因为排练现代舞觉得很累，她很期待今晚的演出。明天她去眼科医生那里复诊（上周去了一次），看看到底要不要配副眼镜。我们也知道，她倒也不是真的迫切需要这东西，只是在看书的时候戴一戴。周五晚上我们去波士顿，周六一大早再去帕特尼。我想当天晚上就回波士顿再回家。希望周日可以和你通电话。

费伯出版社为你举办的聚会肯定很精彩，如果我能在你身边就好了。去物色一个适合的住处吧。如果一切都准备妥当，妮可巴不得和我们一起去呢。我们要到9月才能去英国，因为哈丽特还得上学。我要在几所学校里面挑出一所最满意的，但也许最后还是会选择伦敦那间美国学校①吧。

最爱的，请别把我这些可笑的行为放在心上。愿爱与平安伴你左右，祝你健康。

伊丽莎白

15. 哈丽特·洛威尔写给罗伯特·洛威尔②

［纽约州，纽约］
［1970年4月？日］

老爸：

英国怎么样？你明年还想在那里教书吗？我真的很想你。萨姆纳也很想你。它在啃我的铅笔。

---

① 指伦敦美国学校，1971年定址于圣约翰伍德，而此前一直位于梅菲尔和摄政公园。
② 手写信件。

祝一切好!

哈丽特

16. 伊丽莎白·哈德威克写给罗伯特·洛威尔

[纽约州,纽约,西67街15号]
1970年5月3日

最爱的:

今天能和你聊天真是太好了。听你的语气,英国的生活着实很愉快,我为你做的这个决定感到开心。哈丽特对去英国这件事似乎没有二话,我这么说的意思是,虽然她会说她不确定自己是否想要离开,但至少没有为此难过得流眼泪或者真的怨恨我们。但她又怎么能够确定呢?我想她是把心放下来了吧。周末在帕特尼她表现得非常好,面试我认为是成功的。她想上艾伯特-安多佛寄宿学校①,放假之前我会去看看有没有可能。所以我愿意相信,哈丽特还是乐意去探索新世界的。如果离开,她最舍不得的应该是丽莎,她们已经成了非常要好的朋友。我还认为,比起道尔顿,伦敦美国学校应该更适合她。那些综

---

① 即艾伯特学院与菲利普斯学院,两校都是马萨诸塞州安多佛的私立寄宿高中,于1973年合并为菲利普斯学院。

合性学校接收的学生，都是在甄别考试中成绩不够理想上不了文法学校的孩子①。我觉得这种教育模式是有问题的，对小学生不公平。当然，这几年哈丽特在各个标准化期末考试中成绩都不错。SSAT 考试②的结果 6 月份出——这个考试是私立学校入学前要做的标准测验，那所美国学校也有这样的要求。我想哈丽特会取得好成绩的。我确信她现在唯一需要认真思考的问题就是怎样成为一名优等生。希望她能够在学校交到朋友，这是一定的。

我很想住在一个不错的社区。即使房子本身还不错，但周边却很沉闷或者很偏僻，那也不是我想要的。如果可能的话，我真的不想在出行上遇到太多麻烦——我讨厌交通不便被堵死在某个地方。像滨江道上埃里克家那样的公寓③，我是绝对不会住了，简直无聊死了。我们手头还宽裕，所以千万不要仓促做决定。我可以 6 月 10 日左右过来。哈丽特 6 月 28 日去夏令营。我想我们应该先带上她，然后再去缅因，而不是直接去缅因再回到康涅狄格。

……你喜欢埃塞克斯我真是太高兴了。

明天我就会和巴纳德④的人打招呼，也会和道尔顿打个招呼。你也该给哈佛写封信说明一下情况，要不然所有的事都得我去做了。

你的书信文稿现在已经是难以置信的 \ 井然 / 有序，而且趣味十

---

① "11 岁完成小学学业的学生需要参加一系列考试，这就是小升初考试，又称为'11+'考试。这些考试的结果决定了学生最后是入读文法中学、技术中学，还是现代中学。得分最高的学生被文法中学录取，并且有可能继续上大学。其他学生就读于现代中学或者技术中学。二战后，许多'综合性'学校成立，这些学校结合了文法、现代和技术学校的基本要点。"［参见《大英百科全书》中的"文法学校"词条（1998 年 7 月 20 日出版，2014 年 11 月 27 日修订）］
② 指中学入学考试。
③ 1960 年至 1961 年间，洛威尔一家住在埃里克·本特利位于滨江道 194 号的公寓里。
④ 哈德威克自 1965 年开始在巴纳德学院教授"写作实验"课程。

足。梅茨多夫先生的意思是，石溪那边考虑给出的价格区间是5万美元到10万美元。他说，如果价格高得离谱那就不是真的。比如苏珊·汤普森曾说过，你的一封信，并没有什么特别之处，是写给一位诗人的，她认为可能是写给路易斯·伯根或某个人，竟被《图书馆杂志》的一位经销商定价800美元。梅茨多夫先生觉得这很荒谬，谁会花这么多钱买这样一封信呢？不论如何，再等几周我们就会知道他的评估结果了。我准备给哈佛写封信谈谈这事，因为评估结果（其中包括完整的清单）一出来，石溪那边就会来要答复……虽然那些文稿本身确实很有意思，但是在信里跟你说这些很没意思……

天天做这些记录、料理家务、照顾孩子，我真的厌烦了，都不知道外面有什么真正的新闻。但是就算我快要被这些事情压垮了，还是得出门去处理各种事务：交税、买保险、处理房子问题、做研究、写论文、给哈丽特选学校、回复邮件、婉拒一些请求。每分钟都在忙，一直要忙到我们去缅因之前。简直太可怕了。从佛蒙特州一路开车回到机场真的太累了，而且我一上午都在弄本州的保险基金[①]，没办法，法律就是这么规定的……所以也只能这样了，我真是迫不及待想要摆脱这些杂务一段时间。

我这边好像没有留给你的邮件了，只有几本有趣的书。

亲爱的，知道你过得很开心我太高兴了。今天就写到这吧，我还得出门去邮寄东西。我很快会再给你写信的，写得更有趣一些。我和哈丽特都很好，只是非常想念你，越来越想念你，希望这封信能把我们的爱带给你。

伊丽莎白

[①] 纽约州保险基金，覆盖工伤补偿保险。

17. 伊丽莎白·哈德威克写给罗伯特·洛威尔

[纽约州，纽约，西67街15号]
1970年5月4日

亲爱的：

你能回复信中的附件①吗？我想如果你愿意是可以回复的。我们打算坐船去英国，我和哈丽特还有妮可，我还希望能带上萨姆纳！当然我们有很多事情要准备。

玛丽·麦卡锡从日本回来了，会在这待一天——今晚来家里吃饭。

兴高采烈为英国！心花怒放每分钟！

我们下周三就去艾伯特-安多佛。

卡尔，现在这边的情况很糟心，令人十分不安。归根到底，这是对人类毁灭的无情漠视，是一切悲剧的根源。一天之内，成千上万的北越人民被炸死，"避难所"被轰炸，这就是尼克松和米歇尔乐于见到的事②。当你越过那片田地③到达另一边，一路并无反感，那么，再不堪的违背道德的行为也似乎成了理所应当，甚至成了好事。如此

---

① 附件现已遗失。
② 1970年4月30日，《纽约时报》上刊登了一篇题为《盟军大扫荡，瞄准敌人的避难所》的文章。在当晚的电视讲话中，尼克松宣布美国军队进军柬埔寨，并表示"北越占领了所有柬埔寨与南越边境的军事避难所"（《总统就柬埔寨军事行动的国家演讲文字实录》，刊于1970年5月1日的《纽约时报》）。
③ 洛威尔译帕斯捷尔纳克："To live a life is not to cross a field（度过一生绝不同于走过一片田地）"（《俄罗斯的哈姆雷特，独白》第35行，《模仿集》）。哈德威克在《写小说》（刊于1973年10月18日的《纽约书评》）以及《不眠之夜》中引用了这句诗。

我们还能有什么指望呢?

比尔·阿尔弗雷德刚刚打来电话,他们想要你即刻提名一位图章协会诗歌奖章①的获奖者,把提名即刻寄到华伦大楼②。

爱你,想念你。迟些时候再写。

伊丽莎白

18. 罗伯特·洛威尔写给罗伯特·洛威尔太太

[牛津大学万灵学院,OX1 4AL]
1970年5月5日

最爱的:

你写的信真是太有意思了!你的那些个小玩笑,还有那个梅什么先生(就是那个鉴定书信文稿的人)。我去看了卡罗琳·麦卡洛那部电影③了,拍得特别棒,颇为出人意料,我总是对印刷作品或是图片中的自己带有一定的怀疑,甚至是厌烦。而这部影片的主角,或者说表演担纲,大家都觉得是一个奇怪的女性化的人,未见其人,先闻其声,而且是那种南部口音。玛丽·麦卡锡表现得很好。我觉得这部电影有一半都是在拍卡斯汀那场葡萄酒晚宴,时间很长。\很接近真实的生活,只是让我滔滔不绝讲得太多了。/

我已经接受了埃塞克斯的邀请,大概过个一两天就会收到确认通

---

① 这里可能是指图章协会艺术成就奖章(也称为图章协会奖章)。
② 1970年哈佛大学英语系所在地。
③ 指《罗伯特·洛威尔》(1970年),一部时长25分钟的电影,导演是卡罗琳·麦卡洛,当时在伦敦的国家电影剧院上映。

知，签字的是副校长①，也可能是其他某个奇怪叫法吧。我的薪酬是4000英镑，约合8000美元，但比一般购买力高了\许多/。这只是起步的薪酬，之后还会加薪的。聘期是两年，但我可以只签一年，也可以签永久的聘用合同——不过要交的税额也高得多。当然，两年是\不用/交税的（？）

上次和你通电话之后，也没发生\太多/特别的事。昨晚上我第一次作为学员朗读，读了我自己还有别人的作品。等一会儿我要去和莫里斯·博拉爵士一起用餐，他是个慈祥的老人，听力不好，但声音洪亮。伯林夫妇每年夏天都会请他去做客，目的有两个：劝他说摄政团或军政府不再专权，他可以回希腊②去了，要么就迎娶索尼娅③（我的想法）[。]但是他真的很友好，而且气质高贵。虽然我被淹没在各种单行本诗册中，但这不妨碍我挤出时间去阿诺德的坎纳山下散步④。大家都在留意为我们找独栋的房子或公寓呢，如果有可能，就在这边的一个公园附近。

爱你。祝一切顺心！

卡尔

---

① 指阿尔伯特·斯洛曼，1962年至1987年任埃塞克斯大学副校长。
② 见L.G.米歇尔的"1967年希腊的军事政变使他深感痛苦，并且也让他乐于看到沃德姆［牛津大学的一个学院］成为那些试图恢复民主的人的基地"［L.G.米歇尔撰写的"（塞西尔·）莫里斯·博拉爵士（1898—1971）"，见《牛津国家人物传记词典》（牛津大学出版社，2004年版）］。
③ 即索尼娅·奥威尔。（作家乔治·奥威尔的第二任妻子及遗孀。——译注）
④ 见马修·阿诺德的诗句："空气中弥漫着菩提树散发的｜香气，芬芳的花雨簌簌飘落｜在我躺着的这片草地上"（《吉卜赛学者》第27—30行）；"那温暖的绿荫笼罩的坎纳山"（第69行）；"坎纳山中一处孤独的家园"（第101行）；"你已攀过那座山｜登上坎纳山脊的白额"（第126—127行）。参看洛威尔的"我们已攀越烈风，为了能呼吸"（见1970年版《笔记本》中的《从牛津看美国》）。

\亲爱的哈丽特，这是爸爸快吃完饭的样子。希望你的眼睛没什么事。爸爸（老爸）/

19. 伊丽莎白·哈德威克写给罗伯特·洛威尔

[纽约州，纽约，西67街15号]
1970年5月8日，星期五

亲爱的：

　　过去一周这边真是史无前例。很遗憾你没看到，那个紧张呀，发生了很多匪夷所思的事情，国内的变动感觉就跟一场铺天盖地的暴雨一样，渐渐平息，然后又猛地砸下来。唏嘘饮泣，彻夜收听广播，结成各种新同盟，形势突然逆转。他们没有挺过去……肯特州立大学的学生被杀害①（我去过那个大学参加艺术大会，爱德华·麦格希就在那里教书，学生都是学家政、商科或基础教育的），战争升级，太过分了。多么骇人的错误啊，一切都是愚蠢的人类那丑陋、自私的虚荣心在作祟。就像你看到的相关报道那样，尼克松不得不召集学生、大学校长，结果只是做了一个疯狂的承诺：不会诋毁学生、让阿格纽不

---

① 1970年5月4日，俄亥俄州国民警卫队向抗议越南战争的示威学生开火，造成4人死亡、9人受伤。

要太强硬、几周内从柬埔寨撤军、组建一支自愿军![1] 沃利·希克尔部长写过一封信谴责当局惺惺作态,各行各业的人都在罢工[2]……现在,就期望学生们明天在华盛顿不要搞砸了[3]。眼下我要和哈丽特(她坚持要去)、芭芭拉、弗朗辛和克里夫·格雷一起去。我去百老汇大街参加了为俄亥俄州的一名遇害者举行的葬礼,成千上万人含泪默立,场面很是感人。斯波克在人群中演讲;林德赛和他妻子也在场,还有古德尔参议员[4]。我之前误会金曼·布鲁斯特了……一切都在起作用,学生们现在似乎明白,"革命"没有出路,他们只会失败不会成功,而且有趣的是,全体教师、行政人员和学生终于都联合起来了。斯蒂芬[5]说这和捷克斯洛伐克发生的情况如出一辙……现在我们就拭目以待吧。过去的这一周也真是太不同寻常了!

几件具体的事:我打算把房子租给带着宝宝[6]的卡洛斯·富恩斯特和妻子[7],租期是今年9月到明年6月。卡洛斯在纽约大学当老师,但是收入不高。我想,他们为了付全额租金也可能把房子租给什么我

---

[1] 见小罗伯特·B. 森普尔的报道《尼克松将禁止阿格纽等对示威学生发表不当攻击言论并召集50位州长开会》,刊于1970年5月8日的《纽约时报》。
[2] 见麦克斯·弗兰克尔的报道《希克尔在致尼克松总统的信中谴责当局有负于广大青年;抗议活动已经导致80余所高校关闭;阿格纽受到批评;不满情绪在各级政府中蔓延》,刊于1970年5月7日的《纽约时报》。
[3] 1970年5月9日,为了纪念全国性的学生罢工,超过100000人在华盛顿游行,见罗伯特·D. 麦克法登的报道《学生反战抗议日益激烈,200所高校关停,引发暴力示威游行》,刊于1970年5月9日的《纽约时报》。
[4] 1970年5月7日,肯特州立大学遇难四名学生之一杰弗里·格伦·米勒的葬礼在阿姆斯特丹大道和曼哈顿西76街上的河滨纪念教堂举行。见琳达·查尔顿的报道《斯波克发表悼词:肯特郡所有学校停课一天,以纪念四名遇难者》,刊于1970年5月8日的《纽约时报》。
[5] 指斯蒂芬·斯彭德。
[6] 指塞西莉亚·富恩特斯·马塞多(1962—)。(其父卡洛斯·富恩斯特是墨西哥作家。——译注)
[7] 指丽塔·马塞多。

们不认识的人再赚个 100 美元，那样还不如就按我们自己每月 350 美元的租金让他付吧。杰克·路德维希的房子就被他的"好"租户们给毁得差不多了。咱们的车卖给约翰·汤普森了，全款付清。我也把搬走的事告诉了巴纳德和道尔顿。哈丽特倒是很兴奋，现在她可成了学校里的"风云人物"了。这简直是历史性的时刻，她竟然突然转了性子，在学校表现得很好，更加自信、开朗，也更活泼了。她期待着夏令营呢，也很关心自己最后可能去的那所寄宿学校。

亲爱的，你现在就去查一查伦敦电话号码簿，找找伦敦那所美国学校的地址吧。

好开心，你的信刚刚到。我得赶紧去取。我也很想看一看麦卡洛拍的那部电影呢。亲爱的，我会尽快再给你写信的。要去英国了，我真是欣喜不已，妮可也会同行，这样我们一行就有四个人了。

爱你，爱你，噢，太想你！

伊丽莎白

20. 伊丽莎白·哈德威克写给罗伯特·洛威尔

[纽约州，纽约，西 67 街 15 号]
1970 年 5 月 8 日

亲爱的：

越洋电话不是太令人满意。我只能听见自己的回声，结果搞得我一直在大声尖叫。我感觉你像是在一个人声嘈杂的大厅里，同时在和两个人说话。但是无论如何，就算是感觉听不清，能和你说上话我还是很开心的。

我怀疑自己是不是听错了，你说的是 75000 镑？那可相当于

150000到200000美元啊！我想我可能是听错了。你说的也许是75000美元。你知道这上面的抵押贷款利率会有多高吗？远超我们的承受范围了。还有，为了在英国待9个月就去买一幢天价房，事后再把它卖掉，真的不现实。除非通过要价昂贵的中介，否则我又怎么把房子卖掉？即使是按阿祖玛①风格来装修，也要花上5000美元，我们的日子会过得很不舒服的，而且要把窗帘、各种东西和基本的家具置办好，也得花上好几个月的时间。床、台灯、桌子、凳子、地毯、椅子、窗帘、餐具、锅具、刀叉、炉灶、床单、毛巾、沙发、餐厅……所有这些非常简陋并不舒适的东西，都要花费一大笔钱，还要花时间组装。我确信我们可以找到那种带家具的房子或者大一点的公寓来度过这个冬天。

事实上我们可以决定是否要留在英国，我知道这是可能会面对的选择。但是我们毕竟是土生土长的美国人，在英国享受了几周美好的春日时光就要决定定居在那儿，这很难办到。过了这个漫长的冬天，你也许会想回来，或许不想……无论怎么说，这都不是一个随随便便就能做的决定，为何现在就非要得出个结果呢？

我计划最晚6月12日左右去英国，大约待一周。回来正好是"拱门日"②，也可能是哈丽特待在道尔顿的最后一日，我想要在这边陪着她。我们20日回来之前她可以去看看丽莎。如果不是为了秋天的住处，我并不是特别想去英国……

也就是说，就我个人的看法，我觉得我们不应该花钱去置办什么东西，因为我们两个人的收入并不高，甚至连日常的开支也只是勉强维持，不过，我认为我们能够应付得来……无论如何，亲爱的，先写到这了……

爱你的伊丽莎白

---

① 纽约一间平价进口商店。
② 道尔顿一年一度的学校活动，学生们从拱门下走过，标志着进入下一个年级。

21. 伊丽莎白·哈德威克写给罗伯特·洛威尔先生[①]

[明信片：贝尼尼——《被劫持的普洛塞庇娜》，收藏于罗马博尔盖赛美术博物馆]

[纽约州，纽约]

[写于1970年5月8日早晨，邮戳日期为9日]

我今天写的第三封信

那所美国学校位于伦敦摄政公园，离乔纳森[②]非常近。我们不是一直想让女儿住得离学校近一点吗，这样她就可以交朋友，带她们来家里玩了！斯彭德家住得太远——不是吗？

祝安好！

伊

22. 伊丽莎白·哈德威克写给罗伯特·洛威尔

[纽约州，纽约，西67街15号]
1970年5月14日[③]

最亲爱的卡尔：

现在这边的情况简直一团糟——其实一个月之前我们回来的时候就已经这样了。过去几周确实是陷入了"危机"的旋涡——处于一种

---

① 手写明信片。
② 指乔纳森·米勒。
③ 该信可能写于半夜或5月15日凌晨，然后于5月15日早晨继续（见下文提到的杰克逊州立大学的杀戮事件）。

适得其反的持久状态。我和女儿还有芭芭拉一起去了华盛顿——那地方真是酷热难耐,我都快中暑了。活动虽然无聊但却有必要。结束之后我们就飞奔回家。今天早晨又有学生死亡,这次发生在密西西比一所黑人大学,又是国民警卫队开的枪①。好生奇怪,在南卡罗莱纳大学之类的地方,学生(白人)爆发骚乱②都好几周的时间了!我笃定尼克松是要垮台的。事实摆在眼前,他这个人笨拙无能,已经无力应对眼下国家面临的诸多难关——股市日渐低迷,失业人数屡创新高,国会畏缩不前,不断有民众请愿,抱怨之声迭起。我以为只有到了最危急的关头,这个国家才会觉醒。你是真的可以想见,尼克松这样的人毫无诚意,他会愣头愣脑地摸出核武器去对付河内所谓的"敌人"。可惜麦卡锡退出了,要不然参议院还有这个国家的领导权都是他的。因为这场战争,人们又会掀起一场可怕的斗争,但是我笃定,因为尼克松一开始就很软弱,说话不算数,他的总统宝座怕是再也坐不安稳了。

但此时在家中,这种危机感也一直笼罩着我。自从回来就没睡过一个好觉,也不知怎么回事——就是神经紧张,对一切都极度焦虑。症状一度到了难以控制的地步。我觉得很大可能是因为更年期③到了,要不就是快到更年期了,我对哈丽特真是操心过度了。在某种程度上,我们两个都急于把她安排好,这样我们自己就可以无忧无虑地过二人世界了。她现在真的——也是自然——只有和同龄人在一起才开心。(对她来说,和我去华盛顿那次不是一回事。)我们晚上聊到很

---

① 1970年5月14日以及15日晚上,杰克逊市以及密西西比州的警察向示威者开火,导致杰克逊州立大学2名学生死亡,12人受伤。参看1970年5月15日刊于《纽约时报》的特别报道《杰克逊警察向学生开火》。
② 发生在5月7日和5月11日。
③ 见洛威尔的诗句"匮乏的更年期戳伤了他"[摘自《谈及婚姻的烦恼》,收于《生活研究》(1959年)]。

晚，但是周末的时候，要和我一起去公园或者找点其他的事情做，她就不是那么情愿了。她现在长大了，但是没几个朋友，常常是一个人；还是太小了，无法独自处理事情。还有，道尔顿的功课一天比一天多，她不懂的东西就更多了，把我弄得心烦意乱，这样对我们两个都没有好处。

哈丽特对要去英国这件事表现得很兴奋，我下定决心尽可能做到不让她失望……我们不能让她失望啊！这是她和我们在一起的最后一年了[1]，一定要把她照顾好。我想要住在中心地带，住在她学校附近，近一点，这样她每天上学就不会孤单没朋友，只能一个人走，周末也不会是无尽的空虚。她年纪太小，无法在伦敦独自生活，但在学业上，她自然会比以前大有进步的。她一下子就变得开朗多了，没那么害羞了……现在跟你讲讲一件很有趣的事。我们这周去了艾伯特高中，就在马萨诸塞的安多佛附近。那里的大课与聚会的机会都比道尔顿多得多。我之前写过信去要课程目录，后来收到一看，觉得还是有些让人激动的新东西。我真是明智！这是我了解的学校当中最美丽、最严谨、最令人印象深刻的一所。这都要归功于新上任的那位校长。那儿的女学生首先都穿牛仔裤、披斗篷、穿凉鞋，留着非洲式短卷发型，戴着红袖章（现在的学生罢课徽章）。负责招生的是一位年轻女士，最多也就30岁。这个学校很有活力，不像帕特尼有那么多条条框框，它成熟严肃，但也自由活泼。古老的新英格兰大地美得不可思议，高大的枫树随处可见，灌木花卉灿若云锦，还有留着一头浓密秀发的男孩子们徜徉其间。哈丽特是爱上那里了。她毫不掩饰自己满心的向往与期待。她环顾四周的时候，我能从她那闪闪发光的眼神中看出她是那样的陶醉。我认为她的面试是非常不错的，但我也担心，她

---

[1] 意思是哈丽特从英国回来就要去寄宿学校。

今年的成绩在下滑，报告单上的成绩普遍不理想，而且她也没参加什么活动，这些都是进入这所学校的阻碍。我打算去找凯西先生[①]谈一谈，跟他说应该尽量对学生持乐观的看法，但是他们真的没那么明事理。今年我刚给自己的学生填了大约六张申请表，（我）认为对申请表上所列内容进行任何形式的核查都是没有意义的……唉，你想都可以想到哈丽特在领导力、进取心和参与度上的表现……但她身上还是有闪光点的，有值得发扬的地方的，我知道，但前提是她需要一个发挥所长的地方，她需要自己去到这个地方并寻得成功之道。她可以从明年开始奋发，直到12月——在英国发奋，会有帮助的。我告诉你，她就是这么计划的！

关于"估价"一事……！梅茨多夫先生把他做的清单交上去了，上面完整地列出了名目和价目。保守估计，如果不把缅因的那些东西算进来，值价89000美元。我随即打了电话给哈佛大学霍顿图书馆的馆长邦德先生，把目前的情况告诉他。我还将一份清单副本寄给了他，可能下周他会派个人过来。另一边石溪也会马上给我回信；我真的拿不准，毕竟他们费了这么大的劲，可你又不是很想把东西卖给他们。做这份清单的费用是420美元，总是可以收回来的。噢，亲爱的，我一点也不后悔去承受这些，但我真心希望你能在这边接手处理。无论如何，都不能把这些东西就这么留着，万一发生火灾或是什么意外的话……不用说，我是不会去做任何决定的，还是等你回来定夺吧，而且要看哈佛那边什么时候能出一个方案。照现在的情况来看，石溪那边应该是拿不出这笔钱……

一直没收到你的信，很失望，但是……

谢天谢地，下周末，也就是23日，我会去奥尔加家，也很可能

[①] 道尔顿学校的管理者。

会去卡斯汀，过阵亡将士纪念日……不知道你有没有想过我去伦敦的事。如果不方便的话，我自己可以过去，你不用去伦敦接我。行李太多，还带着猫，这么多东西，没地方住，所以我们秋天搬过来应该不太可能……另外，我也并不是很想过去，考虑到费用等种种问题，但我想我还是必须去的，除非出发前有什么实际的原因。哈丽特已经做了安排，说如果我去伦敦的话，她就去丽莎家。我可能会在6月12日晚上出发，然后20日回，或者更早。最晚20日。一切都悬而未决，而且要来回跑上好多趟，跑缅因，回来清理这里积累的避难所（讲到这个词就倒胃口）[1] 然后再离开。

我会在信封里附上几样东西。希望你现在过得开心。我们确实很想你——不知怎的，这一切很奇怪，很不真实，很难想象你现在和我们在一起是种什么感觉……你此刻一定是去曼彻斯特，也可能是利兹或者别的什么地方了吧。

祝一切安好！

伊

23. 伊丽莎白·哈德威克写给罗伯特·洛威尔

［纽约州，纽约，西67街15号］
1970年5月16日

我想你应该不会再来信了。我甚至怀疑你是不打算让我们明年去英国了。你想想我的处境吧，我日夜为哈丽特升学的这些事情操劳，毫无乐趣可言。道尔顿划掉了，公寓租出去了。今天收到了伦敦的美

---

[1] 见哈德威克1970年5月4日写给洛威尔的信。

国学校寄来的入学申请表,它9月将搬到劳登路,钢琴家娜塔莎·斯彭德也住在同一条路上……①但即使是这样,就算你想让哈丽特去英国,我也对买房没有一点兴趣。我只是想让你知道这件事,或许你可以去和娜塔莎说一声,让她在周围多留意一下。

伊

当然了,现在都还不知道哈丽特会不会被顺利录取,但是能做的都做了,学校情况听上去还不错,哈丽特不会觉得学习上有太大难度的,但这所学校听起来好像确实缺乏想象力。

24. 伊丽莎白·哈德威克写给罗伯特·洛威尔先生[②]

〔明信片:拉斐尔——《抱着独角兽的年轻女子肖像》,收藏于罗马博尔盖赛美术博物馆〕

〔纽约州,纽约〕

〔1970年5月16/17?日〕

我得到的建议是,哈丽特必须要和她父亲建立感情。她已经长大了,你要尊重她,应该郑重写封信告诉她,你现在正在做什么,明年对她来说意味着什么。如果你不想\写信给/我,这都没关系,但你好歹也该和她有点交流吧。

---

① 斯彭德夫妇住在圣约翰伍德的劳登路。伦敦美国学校于1971年迁至劳登路的韦弗利广场。
② 手写明信片。

25. 罗伯特·洛威尔写给罗伯特·洛威尔太太[①]

牛津大学万灵学院
1970 年 5 月 17 日

最爱的:

抱歉这么长时间没有给你写信,我的打字机出了故障。———一周都在改正长条校样[②]。我已在伦敦,先是格雷[③]帮我,然后是一个学生,明天是伯顿·费尔德曼(就是那个在《异见》上控告我是"新左派"的家伙[④])。下周要去曼彻斯特、利兹和布里斯托。至于万灵学院——不知该怎么形容——不对我胃口,但蛮有趣的。古老的波士顿习俗,美丽的乡野、村庄。我很喜欢这里——英格兰。

那栋房子 3500 镑。我托娜塔莎给那所美国学校写信了。学校离得很近。我的确认为我们想要在这里住上两年。

---

① 这封信与哈德威克 5 月 14 日和 16 日写的两封信以及 5 月 1 日寄的明信片互相交叉错过。
② 指为 1970 年版《笔记本》校稿。FSG 档案室的长条校样(现收藏于纽约公立图书馆)的校改工作,主要是由洛威尔和卡洛琳·布莱克伍德完成的。洛威尔原计划在 1970 年 1 月校完 1970 年版《笔记本》。见伊恩·汉密尔顿的"1970 年 1 月,弗兰克·比达特在西 67 街的工作室里面待了足足一个星期,'我们没日没夜地工作了整整一个星期,这些修订文字非常复杂,FSG 出版社想要更清晰的抄本,所以洛威尔让我帮忙把这些文档都归总在一起'"(《罗伯特·洛威尔传》)。在 1 月到 6 月的这段时间,洛威尔又添加了一些诗歌,包括《以有诗歌的信答复有诗歌的信》[组诗《献给伊丽莎白·毕肖普》第 3 首]、《在家庭中》[组诗《二月和三月》第 11 首]、《休假》[组诗《二月和三月》第 12 首]。1970 年 5 月至 6 月至少又添加了两首新诗:《墙镜》[组诗《夏天》第 17 首],有题献词"致卡洛琳";《从牛津看美国》,日期标注为 1970 年 5 月 5 日。
③ 指格雷·高里。
④ 针对《笔记本 1967—1968》的一篇书评,刊于《异见》(1969 年 11—12 月刊)。

你要是信任我，把话说明白，我会找到一栋美式房屋或者公寓的。我是真心喜欢住在郊区，但你可能又偏爱更中心一点的位置，房子什么样倒无所谓。我想先问问一些有经验的人，之后应该能做出决定。这里。

啊，上周真是糟心。先是传得沸沸扬扬，然后就完全蒸发了，半数报纸上都看不到美国的一点消息了。甚至在形势最严峻的时期，人们却改变话题聊起了牛津八卦。我想，我们寻求改变这种想法本就是无情的，因为对事实麻木不仁。然而，就连我也一时冲动，认为事情有可能改变，而且只可能变好。亲爱的哈丽特是怎么看待华盛顿的？你呢？即使不参与到政治中，也难确保自身安全。

天哪——我好想你。之前没到过这里，否则怎么样也会给你写信的。我已经正式接受埃塞克斯的聘书了，也给哈佛写了信。

很快，我们［将］全家在一起，如一切顺利，会有更多闲暇的时光①。

祝一切好。

卡尔

\示威游［行］中的哈丽特/

---

① 见洛威尔的诗句"我们已攀越烈风，为了能呼吸"（1970年版《笔记本》中的《从牛津看美国》第14行）。另见马修·阿诺德的诗句"怎样消闲以养智？｜如在岸上沐浴阳光的孩子，｜沉埋在一波海浪中，｜第二波海浪成功了，此前｜我们还有时间呼吸"（《纪念〈奥伯曼〉作者的诗节》第72—76行）。

26. 伊丽莎白·哈德威克写给罗伯特·洛威尔[①]

[纽约州，纽约，西67街15号]
1970年5月19日

最亲爱的人：

很抱歉，我在最近几封信里表现得很不高兴，因为你似乎对我们没有丝毫的关心，搞得我每一天都垂头丧气。如果你有时间，就好好给哈丽特写封信吧。我说过，她已经长大了，而且对我们两个有很大意见，因为她落在地板上的几张便条被我看到了，是她与丽莎交换的\便条/。精神科医生希望你去找找原因，我当然是找过了，但我也不完全赞同他们的观点。哈丽特抱怨我太唠叨，她巴不得马上18岁，这样就成年了永远自由了！她说她觉得自己不像是你的女儿，就算你对她表露过一点关心，也只是把她当成是一个没长大的孩子而已。你可千万别和她提起我看到了！让人惊讶的是，丽莎在便条上说自己说谎了，去年她在夏令营过得并不开心，每个人都讨厌她，但即使这样也比待在家里好！我知道这些事都会过去，但是整个春季我确实一直在对哈丽特唠叨个不停，我不能这么下去了。都是升学的事给闹的，过去几个月我只顾着想这事了。这真是个难以言明的错误，我成了一个爱管闲事的母亲，我让她觉得不安了。我正在努力改进自己。我确实觉得她很喜欢艾伯特，也希望她能去到那儿，因为她确定想离开家。我去过道尔顿了，凯西先生真的很好，他说会在推荐信上尽可能帮忙。所以，我不会因为这事太上火了。我们可爱的女儿真的很好，她诚实、美丽、勇敢。从小在纽约，她只能默默看着那些有兄

---

① 与洛威尔1970年5月17日写的信互相交叉错过。

弟姐妹的同龄人过着朋友相伴左右的有趣生活，默默听着他们嬉笑玩耍，自己却只能忍受孤独；暑假无疑是寡淡无味的，每个周末也都是孤单冷清的，她常常**孤独**一人没有朋友陪伴。我真的想要让她独立，尽我所能给她帮助，给她关爱，希望能让她过上更好的生活……

我想你，我们两个都很想你。这段时间对我来说真是煎熬。现在我迫不及待想去英国了。我不知道找房子需要做些什么。你知道我们一共四个人①——房子最好是供暖方便，有藏书有唱片，而且离学校近，尽可能靠近中心区吧。说到离娜塔莎很近的那栋房子，我不知道你信里说的是 3500 镑还是 35000 镑。如果是 3500 镑就是另一回事，是可以考虑的。至于别处的，我相信娜塔莎或其他人会给你较好的指导意见的；如果你找到了，不妨信任他们，也要相信自己的感觉。

亲爱的，我之前不知道你是在伦敦忙你那本精彩作品的长条校样。向你致以亲切的慰问。原谅我抱怨你没有写信回来。

我只能写到这了……想去寄这封信了。爱你，宝贝。

伊

27. 罗伯特·洛威尔写给哈丽特·洛威尔

牛津大学万灵学院，OX1 4AL
[1970 年 5 月 25 日]

亲爱的哈丽特：

我也不知道要怎么形容这个英格兰，不过我希望明年秋天你能来亲自感受，你会爱上这里的。你就想象，这是一个比纽约州更大的地

---

① 这里指的是洛威尔、哈德威克、哈丽特以及妮可四个人。

方，到处都是绿色的田野，村庄里都是石头房子，出租车大得你可以站在里面，这里早餐有时喝茶有时吃鱼。气候也不像我们那边，不冷也不热，比较温和，只是多雨。每时每刻，我都觉得自己是在美国的某个地方；每时每刻，往往是某个口音或建筑的细节让我明白自己是在英国。我想你会发现这里很迷人，生活节奏不紧不慢。你可以在这里到处玩耍；比起美国，这里的公园更多，而且少有或几乎没有暴乱分子。但是伦敦的交通状况非常糟糕，不过跟罗马的情况又完全不同。

很高兴你去参加了游行。我很想念你。牛津有很多漂亮的步行小径，你要是愿意我们可以一起去走走。我还没有进过一所教堂，但是昨天在布里斯托，当玛丽·麦卡锡光彩照人地出现时，我觉得要提高一下自己的思想境界了。万灵学院，我在牛津大学住的地方，就像是一间寄宿学校，只不过一个本科生也没有①。里面有二十来个男人，年龄从二十五岁到九十岁，他们做的事情都很奇怪，比如有人在写四卷西西里的历史故事，还有书籍装订，我的意思是，他们写的内容是关于书籍装订的，不是说他们在装订图书。

我很想你。大多数时候，你都是个外表深沉而且头脑清醒的孩子，你比我们都聪明多了，除了萨姆纳——那个最漂亮的女孩，过不了多久你就是个大姑娘了。

向妈妈转告我的爱。

卡尔（爸爸）

附：我想知道一些关于艾伯特高中的事。

---

① 万灵学院是一所进修的研究型学院，自1438年获得创办许可后就一直没有本科生在读。

28. 罗伯特·洛威尔写给罗伯特·洛威尔太太

牛津大学万灵学院，OX1 4AL

1970年5月26日

最亲爱的丽兹：

出什么事了？话说得这么冒火，还都是用电报或无遮拦的明信片[1]，这是恨不能让全世界都知道啊。让万灵那个走路不稳，既邪恶又和善的老门房去取你那封刺人的电报[2]，真是让人恼火。不过也没什么大不了的；对于此刻在纽约的你来说，你也是处处担着压力。

格雷和宾戈[3]，主要是宾戈，在忙着找房子。她已经和三四家中介机构接触过了。我觉得在摄政公园或者汉普斯特德附近对哈丽特来说最好，离市中心不会很远，旁边有公园，环境又好。我不希望一出门就是车流，即使是牛津这里，也像车海似的。

我刚刚在布里斯托为克里斯托弗·瑞克斯办了一场诗歌朗诵会；格雷开车送我过来的，玛丽·麦卡锡从伦敦坐火车赶了过来，还带了一本格洛斯特郡的旅游指南。在布里斯托乡间散步，享用晚餐，真是美好的一天[4]。

我给哈丽特认真写了一封信，这次没有什么搞笑画也没有开什么小动物的玩笑。

还有什么要说的？对了，宾戈觉得，\我们/完全可以找一处不

---

① 见哈德威克写于5月1日（或6/17/18日？）的明信片，但此处洛威尔所指的可能是其他现已遗失的明信片。
② 现已遗失。
③ 指桑德拉·宾戈，格雷·高里的第一任妻子。
④ 在格罗斯特郡拉斯伯勒的瑞克斯家。

用非要让你来一趟不可的房子。他们已经有三处选择了。样样东西都有，很不错的地方，不过房子里的主要供暖设备很可能需要另外加装插入式加热器。

至于信件——亲爱的，我不能把它们全拆开倒出来。每封信都会带来一波新的冲击，有些还必须回复。今天，德斯蒙德·哈姆斯沃斯寄来的一封信很有意思，附有瓦雷里的《海滨墓园》的翻译[1]。此外，从万灵寄出去的信似乎四五天之后才能收到。

想念你们两个——祝好。

卡尔

29. 伊丽莎白·哈德威克写给罗伯特·洛威尔

[纽约州，纽约，西67街15号]
1970年5月27日

亲爱的卡尔：

太多的事情我都不知道该怎么办，但我在犹豫，是否要继续去做这么多待办的事。以下是我需要的最起码的信息：

1. 你的返程日期。
2. 你的工作室。每月160美元的租金，实际上不是那么容易找得到人租的。我认识的几个人以为可以和你一样，把它当作写作的工作室，但又嫌租价太高。我在计划把我自己的工作室租

---

[1] 保罗·瓦雷里的《海滨墓园》，德斯蒙德·哈姆斯沃斯译，刊于《亚当国际评论》第35期，1969年。

给两个茱莉亚音乐学院的女孩,她们是查克·特尔纳[1]一个朋友的侄女。我倒不是急着要把这些小地方租出去让人家全天使用,用来做饭呀什么的,只是钱真的很重要——我的意思是这样我们就不用付租金了。我需要知道你怎么安排你的工作室,因为等到我们8月份回来,周围都没有人了,再想出租就困难了。

3. 现在家里的经济状况不佳,我说的家里,是指美国,还有我们这个家。

4. 关于石溪的情况:那边希望等你回来做决定。报价是10万美元(不是一次性付清)。他们还问我有没有兴趣去当这批书信文稿的收藏负责人,每周去一次即可,给的薪水也不低。还希望我担任一个这样的角色去建议把别的都加进来……还有更多细节。你可以考虑考虑。哈佛那边没有任何回音,甚至不曾回复是否收到我给他们寄去的清单,那还是他们求取的。如果你不想卖的话,那我们就只得找个储藏间或者保险柜来存放这些文稿了。

5. 你能否给伦敦的那所美国学校打个电话?问一下能否让哈丽特入读八年级,这样可能加速她入校就读。负责招生的是默多克太太,该校的联系电话是01-486-4901。你还可以再问问开学时间,课程目录上说是9月中旬,这样的话我们就得9月1日左右启程出发,最晚20日要离开缅因。我最迟得在8月20日就把出租房子的事情搞定。卡洛斯·富恩斯特说公寓能免费入住的时候让我给身在巴黎的他去一封信。

6. 哈丽特6月28日去夏令营。我们就不带她去康涅狄格的康沃尔了,到时会在奥尔加家里住一晚。当然,前提是你愿意。

---

[1] 指查尔斯·特尔纳,律师。

这封信没什么有意思的内容，我没听说什么八卦。斯坦利[1]身体很好，梅瑞迪斯[2]打电话来，说他在新闻里听说你打算移居英国。倒也不是因为"压抑"而追随小说大师和艾略特[3]的脚步，我说你的原因简单得多——在英国玩得很开心罢了。

抱歉总是"催"你回信。从意大利回来以后我忙得都快疯了——飞波士顿、租汽车、看学校、在高峰时段开车急着赶回机场。跑道尔顿，处理推荐信、邮件、账单，采购夏令营要用的东西，看牙医（拆牙套！）……现在终于感觉好一点了。这段时间几乎每晚都陪着哈丽特，努力帮她至少是完成一些难得离谱的作业，希望最终的成绩不会对她的今后造成灾难性的影响。我们相处得很愉快，现在我们读到了《古舟子咏》[4]，她晚上会大声朗读给我听。我白天一直在翻看杰克·贝特写的传记[5]，为的是写——呃——或者说帮她写一篇"概要"。

有人上门来看我的工作室了。我们要去卡斯汀，和丽莎一起过阵亡将士纪念日长周末。打电话叫了沃德韦尔太太[6]，她现在正为我们开房门，她说一切都"好可爱哦"。

很抱歉问了这么多问题。

我们很想你，祝一切安好。

哈丽特现在还没放学回来，回来就会看到你的信等着她呢。

伊

---

[1] 指斯坦利·库尼茨。
[2] 指威廉·梅瑞迪斯。
[3] 指两位移居英国人士：亨利·詹姆斯（即文中的"小说大师"）和 T.S. 艾略特（TSE）。
[4] 作者塞缪尔·泰勒·柯勒律治（作于1798年，修订于1817年）。
[5] 指沃尔特·杰克逊·贝特的《柯勒律治》（1968年）。
[6] 洗衣妇。

附：把穿的衣服鞋子在伦敦找人保管。

附：显然那两个音乐学院的女孩会租下我的工作室，你是不是突然意识到工作室里没有梳妆台也没装窗帘，而且你也不会喜欢两个人日夜在那。但是已经说定了！

30. 伊丽莎白·哈德威克写给罗伯特·洛威尔

[纽约州，纽约，西67街15号]
1970年5月29日

亲爱的卡尔：

只是简单说几句，不用回信。哈佛那边说对你的书信文稿很感兴趣，会尽快安排人过来看。等你回到这边时可以和两边都谈一谈。只有谈过以后你才能好好考虑这件事。也不知哈佛那边报价如何。

去信之后我便收到［那所］美国学校的回信，他们说要等道尔顿的最终成绩和中学入学考试的结果出来，再决定是否录取。我已经给道尔顿写信了，希望他们尽快出成绩，也希望他们能给哈丽特一个让人愉快的评语。

我大约一小时之后开车去道尔顿接哈丽特和丽莎，然后去卡斯汀度过阵亡将士纪念日的长周末。今天纽约天气好极了，微风和煦，公园绿意盎然、春光明媚——上周末在康涅狄格，那满目皆绿的景致让人仿佛置身英国，小小村落里镶着白框的屋子静谧而精致，感觉远处的田野薄雾缭绕。迫不及待想要看看我们去年8月种下的海棠是不是已经开满学园街的整个院子。希望还有时间去打开你的谷仓，多少收拾一下。亲爱的妮可因为疝气又要去做手术了。情况乐观，她很好，只是手术还是得做，所以她也必须待在医院里。有个朋友会照顾她。哈丽特不在，有沃德韦尔太太进出帮忙倒也还好。这两个月不用付妮可的工资，这对我们来说也是减负。她有失业保险的。

去趟缅因很花钱，但是哈丽特对此行特别高兴，特别期待，丽莎也是欣喜若狂，她们两个都计划到了那里要染 T 恤，还有各种胡来。当然，如果没带上丽莎或其他朋友，我也是不会去的，要不然哈丽特就没法玩得很开心。不得不说我也很想去，我还记得去年我们在那个小地方一起度过的快乐时光。我空邮了三个大包过去，这样我们去的时候可以减少些麻烦。但是如果这些包今晚到不了班戈，那可就麻烦了。

最近这边没什么新闻。你的书即将面世，可喜可贺。我当然希望不用我过去你们就能找到\一套/房子。让我失望的是，没能找到一个有藏书有唱片有图片适合作家写作的住处。一想到大多数人称之为家的那种常见荒原，我就害怕。

上封信里问你的那些问题，不用费心写信回答，一张卡片就够了，就说说你几时回，你的工作室租还是不租，等等。

但愿你一切安好。这边的情况令人十分担忧。我想尼克松会顺水推舟。"策略性"使用核武器的说法越来越多。不来一场世界大战，北越又如何能抵抗南部势力……真是让人痛心。

我想我还是继续读柯勒律治吧，感觉"舟子"最后崩溃了。读到最后几节我明显感受到哈丽特很失望，但是我跟她解释，它们表达的不是那个意思！你看，对于文学的研究永无止境！这也就证明了长大成人的好处，你大可以自己去定义事物。

出发去班戈了……再说一次，但愿你一切安好。

伊丽莎白

第一部分：1970   111

31. 罗伯特·洛威尔写给罗伯特·洛威尔太太

牛津大学万灵学院，OX1 4AL

1970年5月31日

最亲爱的丽兹：

典型的牛津一日：站在人群当中观看伊希斯河上激烈的\8人/划艇对抗赛[1]；和艾丽丝·默多克和她的丈夫[2]、艾琳[3]、大卫·塞西尔勋爵、彼得·莱维神父一起用午餐；在圣玛丽教堂参加恩妮德·斯塔基的葬礼。下午阅读斯帕罗收藏的莎士比亚作品[4]。还有昨天，我从戈斯托[5]一路走回牛津，好长好长一段路，三英里的草地上遍地毛茛、孔雀[6]、牛群和云雀。"欢乐的精

---

[1] 指在牛津举行的年度8人划艇对抗赛。
[2] 指约翰·贝利。
[3] 指艾琳·伯林。
[4] 来自约翰·斯帕罗私人图书室的珍稀藏本。
[5] 见马修·阿诺德的诗句"而且，在戈斯托桥上空，当晒干草的时间到来时│六月，许多镰刀在阳光中燃起火焰"（《吉卜赛学者》第91—92行）。另见卡洛琳·布莱克伍德写给洛威尔的一封信，具体日期未知，但写于1970年夏天："至于未来——上帝知道——他可知道？卡尔，快好起来吧，我非常爱你［。］爱戈斯托沼泽。"
[6] 见洛威尔的诗句"牛群停在了戈斯托草地上，│一只孔雀转动尾巴来散去燥热，│然后转向，变成一张柳条椅，│令人生厌的短尾巴头犹如蓟花。│此时正是羽毛般的五月和英国，但酷热难耐│是美国的夏天。两周便用去了三个月；│在家里，大学已停课放暑假，│学生们游行……铜管吹手刺破柬埔寨，│他的笔已丢失，剑在手中折叠如毛毡——│假如我睡得安好，真理就在这里\与你同在／吗，│旁观者？孔雀在旋转，革命尚未\牵涉到我们／……│一股热流使得│空气如此疏远、闷热，我可能是在家里……│我们已攀越烈风，为了能呼吸"（1970年版《笔记本》中的《从牛津看美国》）。"与你同在"和"牵涉到我们"的更正是卡洛琳·布莱克伍德手写的。参看诗集《海豚》中的《从牛津看美国，1970年5月》和《牛津》［组诗《红崖广场》第3首和第4首］。

灵"①——才不是呢,这里的云雀唧唧喳喳唠唠叨叨,吵得人疲惫不堪,就像我们头顶的繁星。我是和西德尼②一起走的。与阿尔·阿尔瓦雷斯在电话里相谈甚欢。

宾戈和我(如果可以这样措辞的话)在《泰晤士报》上刊登了一则租房广告,下周应该就会有人来联系我们。我要下决心去弄弄我的牙齿,现在有五个龋齿洞,大到舌头都可以伸进去了,还好不痛。

最近也没什么特别的事情。我在牛津大学诗歌协会朗读诗歌、回答问题,跟在国内差不多,只不过还叫我读了玛丽安·摩尔的诗。牛津的景色真是美得让人难以置信,花儿争奇斗艳。我想我已经对英国诗歌有所了解——有点过于学院做派。现在是怎样一回事?我想尽办法读到了最后那篇详尽的报道③——周六我和罗纳德·德沃金④\ 对这个虚幻世界/⑤必须说点什么。只能到这了,打字色带出了问题,还要参加高桌晚宴。我觉得等完成这里的学业,我就可以拿到我的六级

---

① 见珀西·比希·雪莱的诗句:"你好啊,欢乐的精灵!"(《致云雀》第 1 行)参看马修·阿诺德的诗句"你们,在渡口,欢乐的牛津骑手,│夏夜把家回时,遇见了│[……]在一个悲伤的梦中向后靠,│在你膝盖上培养出一堆的花"(《吉卜赛学者》第 71—72 行和第 76—77 行)。
② 指西德尼·诺兰。[(1917—1992),澳大利亚现代艺术家。——译注]
③ 1970 年 6 月 4 日的《纽约书评》上发表了若干篇有关柬埔寨、尼克松、纽黑文的黑豹党审判以及学生抗议的文章。
④ 应牛津大学学生的要求,德沃金和洛威尔讨论了越南问题、民众抗议、尼克松问题以及"一系列其他问题"。"当时只有我们两个和一屋子的学生。唉,具体谈话的细节我已经记不清楚了,但是洛威尔当时那种愤怒还有他对政治时事的见地,还是让我印象深刻的。"(罗纳德·德沃金于 2004 年 1 日 25 日发给本书编者的邮件内容)他们的谈话后来发表在 1970 年 6 月 8 日的《伊西斯》上,题为《蓝色溪流中的泥浆:罗伯特·洛威尔和罗纳德·德沃金谈柬埔寨之后的美国》。
⑤ 见洛威尔的诗句"我极度崇尚理性,却又投身于空想主义"(1970 年版《笔记本》中的《事后思考》)。

预科学位了。

爱你们。

卡尔

32. 罗伯特·洛威尔写给罗伯特·洛威尔太太

牛津大学万灵学院
1970年6月1日

最爱的：

阴沉、微凉的一天。我开着一盏大灯，坐着看我打出的文字，查尔斯·蒙塔斯10点左右会过来一起喝咖啡。这里不像夏天的卡斯汀，天气温和，既不好也不坏。万灵学院很古老，气氛也不那么活泼，但是坐在一旁观赏暴风雨中那些鳞次栉比的房屋，倒也是一种快乐。

回答你那些问题。1. 我计划25日离开。24日这里会搞个最后的聚会，然后我想要在这里伦敦和一位文字编辑仔细检查我的校样。你想也想得到，我手稿很容易发生误读。接着就是去看牙医，其实我也不想那么早去……噢，希望永远别去，但是不能再拖了。2. 我想我的工作室应该租出去，如果租给一个英美后裔当然事情会好操作一点，不过可能事与愿违。4.[①]100000美元简直难以置信，这样一来我们得从中支取多少来付税费？我也不知道这么多东西应该存放在哪里比较合适，把它们运到偏僻无人的斯托宁顿去，这样就好

[①] 原文序号如此。——译注

像让它们长眠于长岛老兵公墓一样，比尔的母亲[1]就葬在那里。石溪的人会帮我把每样东西都复印[2]一份吗？我死后这些东西的隐私性能维持多久——我的意思是大家都不可以看吗？有些私人信件还是要拿出来的——多不多？5. 今天是周日，我明天一早打电话给那所美国学校。6. 你说得对，我就是喜欢上了这里。我才不要步埃兹拉·庞德的后尘[3]。7. 我会在伦敦把所有应该准备的东西都准备好。你打算坐飞机来呢还是坐船来？我确信我们会待上两年，有足够长的时间让这股新鲜劲消耗殆尽。我告诉过你玛丽 7 月中会去缅因吗？可怜的人儿，评论她文集的文章四篇中就有三篇是在批评指责[4]。我知道这些东西有多么伤人。今天下午我会给哈丽特写信，感谢上帝，她似乎很乐意搬家。告诉鲍勃，即使我在这里待上几个月，也永远进入不了被该杂志某个投稿人或崇拜者遮暗的房间。布里斯托的某个人还等着下一期去了解大家对炮击柬埔寨事件的看法呢。想念\你/，祝安。

卡尔

---

[1] 指玛丽·班扬·阿尔弗雷德，公墓是指纽约法明代尔的长岛国家公墓。
[2] 此处原文拼写错误（xerox 写成 zerox）。
[3] 见前文哈德威克 1970 年 5 月 27 日写给洛威尔的信。
[4] 玛丽·麦卡锡的《墙上的凶兆及其他文学随笔》（1970 年）在英国出版之后收获诸多褒贬不一的评论，包括：弗朗西斯·霍普的《未完的争论》，刊于 1970 年 5 月 28 日《新政治家》；朱利安·米歇尔的文章《正在发生何事》，刊于 1970 年 5 月 28 日《卫报》；《使之耳目一新》，刊于 1970 年 6 月 4 日《泰晤士报·文学副刊》；克里斯托弗·瑞克斯的《玛丽与玛莎》，刊于 1970 年 6 月 11 日《倾听者》。

33. 罗伯特·洛威尔写给哈丽特·洛威尔

牛津大学万灵学院

1970年6月1日

亲爱的甜心：

我在想象你把牙套取下来的样子，像毕业典礼一样——整齐亮白的牙齿；下巴轻松多了，你便更可以快言快语，但是千万别像我和你妈那样，话太多。

今天有点凉，天色阴沉——我希望你周末的卡斯汀之行是愉快的，但又有什么关系呢，不就是天气吗，我们可以做不同的事呀。我此刻正和一个真叫以赛亚·伯林伯爵的人吃午饭。你见过他，不过可能已经忘记了。我住的地方叫"万灵"，是个学院，里面住的都是上了年纪的人，跟你在罗马见到的格蕾斯·斯通差不多，只不过全是男的。有个块头很大的女佣会来叫他们起床吃早餐。

我不是很清楚美国学校的事。它在郊区，有点像乡村，比道尔顿的绿色植被更多，空气也更清新。想进这所学校应该不难，明天我就去找招生办的负责人聊一聊，再多做些了解。幸运的话，我们会在学校附近住下来——我从来没用过这么差劲的打字机色带，换都没办法换！到时候你就不用坐公交车上学了，还可以随时去找朋友玩。这边对小女孩来说很安全，当然，对谁来说都很安全。

我也不知道该怎么和你形容英格兰——这里的乡村有点像康涅狄格，和你开车去帕特尼和艾伯特高中时路上看到的景致相像。只不过一切都有人照料——树篱、溪流、树木、花园。伦敦有点像一个大号的波士顿，但又不是很像，绿色更多。爱你，天哪——我必须空出位置来画一幅画，但是画什么好呢？现在我们的走廊里站着一个名叫昆丁·霍格的人，他以前是英国保守党内阁的成员。他进来的时候，呼哧呼哧就像只海豹似的，砰的一声关门，弄得整栋房子都在摇晃。有次他出去之后，另一个人，利弗勋爵，拿来锤子、大头钉、毛毡条，修好了霍格的\门/，后来关门的时候一点声音都没有了①。

\大头钉/老爸

\锤子/　\毛毡/

34. 罗伯特·洛威尔写给罗伯特·洛威尔太太

牛津大学万灵学院

1970年6月2日

最亲爱的丽兹：

我出发去伦敦了，去一个叫ICA的地方做译作朗读活动②，听说

---

① 见杰里米·利弗爵士的回忆："我想，罗伯特·洛威尔提到的'利弗勋爵'指的应该就是我了，但不管是当时还是现在，我都没有过这样一个头衔。也可能是当时工党里面有个和我年纪差不多的人就叫'利弗勋爵'，所以搞混了。昆丁·霍格当时是黑尔什姆勋爵，就住在校长住宿楼的顶楼，住我隔壁[……]他晚上下班回来，走进卧室时，我就会听到一声巨响。那是因为他把他穿的一只厚靴子扔到了房间对面；最糟糕的是你不知道他什么时候扔另一只，不过有时也莫名其妙，他不扔第二只。因为在1959年至1960年期间，他担任过枢密院大臣，所以我有时会开玩笑说我的邻居是一只海豹（一种大声吠叫的动物）。尽管如此，我对这位伟人仍然是充满敬畏的，所以我无论如何都不会真的去说一些对他不敬的话。我猜罗伯特·洛威尔一定是听到我拿我的海豹邻居开玩笑，才编出这个故事。"（见2014年10月7日写给本书编者的邮件内容）

② 1970年6月3日在当代艺术学院举行。

到场的听众水平都不一般。之后我会和格雷去湖区待几天，主要是去看看华兹华斯当年生活的场景，也会去拜访格雷的一个偶像——巴塞尔·邦廷。福特①过去总暗示说庞德一定是把这个名字给美化了，但他的确很厉害，这样也有助于了解一个地区的某个人。

几个小时后我就到伦敦了，我会去看看哈丽特的学校。公寓的事我也会和宾戈保持联系。不会有什么问题的，我保证。

在这里度过了"8人划艇比赛"周，离开也是高兴的。

爱你们两个，祝开心！

卡尔

\希望缅因之行愉快。/

35. 罗伯特·洛威尔写给罗伯特·洛威尔太太

[电报]

[伦敦]
[1970年5月2日]

纽约市西67街15号公寓
罗伯特·洛威尔太太收
有空寄成绩单来哈丽特基本会被录取

卡尔

---

① 指福特·马多克斯·福特。

36. 伊丽莎白·哈德威克写给罗伯特·洛威尔[①]

[纽约州，纽约，西 67 街 15 号]
1970 年 6 月 3 日

最亲爱的卡尔：

得知你 6 月底才能回，我整个人都消沉了。还以为你如今随便哪天都能回呢。

感谢关于那所学校的电报。是的，我知道他们在等成绩，但是道尔顿今年出成绩很晚。

哈佛派来的那个手稿研究专家今天就会到。我想等他回去说明情况之后哈佛应该会给你一个报价，希望如此吧。对，石溪没什么吸引力。但是，我认为这一切还是先放一放。在我看来，谈判、你对这些材料的研判、你对各项事宜做最后的声明，都需要一段时日。然后是与律师商讨，与税务师商谈\钱不是一下子就全部给/，这真的是一件很费神劳力的事。我会去问一问哈佛关于复印的事，当然了，也不是所有东西都需要复印一份，你也不会愿意的。我会去了解这些文件将如何处置——我们死后，它们存放在哪里？无论如何，手稿和信件都终于安排妥当了，我终于松了一口气。也只有你或我能做到，分门别类、指出重要性等。所以，至少这事已经暂告一段落。

我们真的没什么钱了。今年要付的个税很高。第一季度要预扣的税款已经到期缴纳了，还要付租金和一些日常维护的费用，当然哈丽特的夏令营也需要钱。我想知道你现在是如何维持的。也许你在费伯出版社还有些版税可以拿来买回程机票。

[①] 这封信与洛威尔于 1970 年 6 月 2 日寄出的信互相错过了。

在《泰晤士报》上登广告，这样做得不偿失。到时收到的回应会多得不可思议。之前我还希望会有作家、画家这类职业的人出现，然后把房子留下。你知道的，我们12年来都是这么过的，如果一下子去到一个新的环境中，没有书、唱片、图片，没有工作室，没有自己的餐具，也没有自己的空间，那真的是很难接受的。我希望你心随所愿，想在英国待多久就待多久，只是现阶段不需要做太长远的规划，一年就足够了。现在要操心的是纽约这套房子又要租出去，这样又有一大堆东西要整理了。

我会尽快去看一看你的工作室。我已经在《书评》[1]上登了一则广告了，但或许应该早点刊登。现在除了等你回来，我和哈丽特不知道应该做些什么了。缅因之行很愉快。我已经把你的工作室归置好了，一切都整理好了，虽然筋疲力尽但也没那么无聊。如今的政治形势风云变幻，也没什么好谈的了。

我很担心你的牙齿。

亲爱的，不知道等到你回来的时候我和哈丽特会在哪，不过我会提前告诉你的。我会给石溪和哈佛都去封信，就说你会比预计的时间晚回来。之前我是想9月1日左右坐船出发，那时候可能会有些想租房子的人。我也在信里和你说过，那样的话就意味着最晚8月20日我就得从缅因返程了。刚才我就在把交税的一些材料整理到一起准备随身带着……

我知道你肯定觉得我写的这些挺没意思的，写信者本人都觉得无聊，更别说读信人了。我会努力扛下去的，祝你一切安好。

伊

---

[1] 指《纽约书评》。

37. 伊丽莎白·哈德威克写给罗伯特·洛威尔

［纽约州，纽约，西 67 街 15 号］
1970 年 6 月 3 日

今天的第二封信

亲爱的：

哈佛打算出价 90000 美元！可以 10000 美元一付，也可以 15000 美元一付！或是随你喜欢。这还只是用来购买你现在要出手的。如果你之后还收集整理了其他东西，他们也愿意买下！是不是很棒！他们刚刚买下了卡明斯的东西。

我真是太开心了。回纽约之后我什么事也没做成，但是我竟然帮你达成了一笔 90000 美元的交易！这笔钱将帮助我们渡过明年的难关，摆脱我信中所说的那种一无所有的境况！

只能写到这里了。爱你……等你回来，你会很有兴趣看到这一切，然后做出决定。

匆忙写到这，祝安。

伊

如果你需要的话他们可以复印，一切都很好。图书管理员欣喜若狂，他觉得这些材料非常有意思，也非常重要。真是有趣，唉，写人写得这么好的也是找不到第二个了。现在得赶紧寄信去了；刚刚打电话到牛津，方才知道你不在学校，要周日才能回！不管你在哪里，希望你过得开心。意大利电视台刚打来电话，希望能就翁加雷蒂的离世发表一篇文章①。

　　如果你觉得不用等到回来也可以做出基本的决定，那至少我可以先回绝石溪那边。哈佛似乎不在乎什么限制，虽然他们给出的报价比较低，但比以往给其他作品作家的都要高出很多，而且你可以去那里使用自己的任何文稿。

　　\你的工作室还要租吗？从今年9月到明年6月的租金大概是

$$\frac{160}{9}$$
$$1,440—/$$

　　如果你确实决定要多待一段时间，那就可以把工作室租出去。或者，倘若找上门的人真的合适，或是某个真正靠谱的访问人员，现在就可以定。我可以把钥匙和租房条款留给芭芭拉，如果有某个作家需要，也付得起租金，就像奈保尔那样……②我们就可以放心出去了。

　　爱你！

伊丽莎白

---

① 意大利现代主义诗人翁加雷蒂于1970年6月1日去世。见洛威尔对翁加雷蒂诗歌的翻译，包括《模仿集》中的《你将自己打倒了》以及《献给联邦烈士》中的《回归》。
② 见帕特里克·弗伦奇的"当时，那个疯子诗人罗伯特·洛威尔（"唯一读过我作品的美国人"）和他的妻子、评论家伊丽莎白·哈德威克提出把他们位于67街上的那间摆满图书的工作室租给他［奈保尔］住，因为他们当时（1969年）要去以色列和欧洲旅行。为了省钱，他抓住了这个机会"［《世事如斯：奈保尔传》（2008年）］。

38. 伊丽莎白·哈德威克写给罗伯特·洛威尔[1]

[卡片：威廉·詹姆斯·班纳特——《1828年，纽约市，从少女巷看南街》，铜版蚀刻画][2]

[纽约州，纽约，西67街15号]

[1970年6月3日]

今天早上我理解错了你信里的意思，以为过了25日你才能回来，所以有些消沉，心有不解。现在我又反复读了几遍，才知道你只是25号动身去伦敦！

这是今天写的第三封信了，但我还是得写。创巨痛深。我得好好思考一下。

伊丽莎白

39. 弗兰克·比达特写给罗伯特·洛威尔

马萨诸塞州，坎布里奇，哈佛街383号508室

1970年6月4日

亲爱的卡尔：

我刚刚得知今年秋天你不会回来了。没有你的坎布里奇将是多么冷清啊，不过得知你在英国一切都很好，我也为你开心。也许此举就是创作《笔记本》唯一自然的结局吧。即使诗节还源源不断，但特点

---

① 手写明信片。
② 背面有洛威尔的手写笔迹"［以赛亚·］伯林6511"［。］

会有所改变……也许此举将提供新的主题、新的尝试,你今年春天提到过。但是,我会想念你的!

我有个消息要告诉你。几周前我把我的诗寄给了《新美国评论》的理查德·霍华德,刚刚接到一封他的回信,说他想把那些诗作为一本诗集来出版[1]。他在为布拉齐勒出版社策划一个新诗系列,希望我能成为他书单上的第三位诗人。那次我在附信中提到 FSG 出版社很有可能会出版它们,他表示理解。无论如何,有人对我的这部作品(虽然还没有完工)表现出这么浓厚的兴趣,令我振奋不已。他是除了我朋友之外第一个如此明确表达肯定的人。当然了,我还是会让 FSG 来出版的。

夏天的时候我们也许能见个面聊聊天(你会去缅因吗?),我可以和你聊聊怎么回复那个提议,我觉得霍华德也没必要马上知晓。

我已经迫不及待想要一睹你写的任何新作了,还有《笔记本》的最终版。

向高里问好。

比尔·阿尔弗雷德说毕肖普明年秋天可能会来,这当然很棒,但怎么也弥补不了……唉,如果你能找到一张坎布里奇的航拍照片,发现市中心有一个特别大的洞,就知道那是因为罗伯特·洛威尔先生已经不在昆西堂了[2]。

祝福你!

弗兰克

---

[1] 指弗兰克·比达特的《金色国家》(1973 年)。
[2] 见洛威尔的诗句"'你的学生写信给我,说如果他乘飞机 | 经过哈佛,在任何角度,任何高度, | 都会看见一个失踪的人,*罗伯特·洛威尔先生*。'"(诗集《海豚》的《在邮件里》第 1—3 行)。参看哈德威克于 [1970 年] 10 月 16 日下午 5 点 13 分写给洛威尔的信,洛威尔 [1972 年 4 月 2 日] 写给哈丽特·洛威尔的信,以及哈德威克 [1972 年夏,具体日期不详] 写给洛威尔的信。

40. 伊丽莎白·哈德威克写给罗伯特·洛威尔

[纽约州，纽约，西 67 街 15 号]

1970 年 6 月 5 日

卡尔，亲爱的：

我也不想把这封信强塞给你，但别无他法，确实有很多事情需要和你商量，包括改变的计划和上封信里的感触。实际上完完全全交换一封信、一个回答，等待回信差不多要十天。我在第二封信里也告诉过你，我打过电话到牛津，但是他们说你已经走了一个星期了。

6 月 29 日我会坐 BOAC[①] 的 594 号航班出发，到达时间是晚上 9 点 50 分。28 日我会先送哈丽特去夏令营，然后开车回来，第二天早上启程。我现在无事可做，这里又闷又热，孤独无依。无论如何我都不会收拾行李开车去缅因，在那儿把东西放下，安顿下来，然后再接哈丽特回康涅狄格，又再折回缅因。这是不可能的，而且我也从未觉得独自生活在缅因对我会是一个好的选择，我待在那里不会开心的。整个春天我都在跑来跑去，跟做噩梦似的，开车，独自料理一切。实际上，我唯一担忧的是，哈丽特还有半个多月才去夏令营，这段时间我们母女俩究竟要怎么打发。我希望有人找她出去玩，要是没有的话真是不堪忍受。现在这里已是盛夏，她也不会想一路颠簸去缅因又赶回来，到时候也还是我们两个大眼瞪小眼而已，我真是太难了。如果你在就不一样了，我们一家人在一起，还可以中途去探望萨拉姨妈[②]。

[①] 英国海外航空公司的缩写。
[②] 洛威尔的姨妈萨拉·温斯洛·科廷。

你能借到一套公寓吗，能够的话，我来之后就可以省下一些钱，我就可以出去找房子，去那所学校看看，甚至还可以采买些东西。我们什么时候从英国回来呢？我想让哈丽特还在夏令营时就知道，还有我们具体的住处\以防万一／。还有，亲爱的，关于文稿的事我还是要问问你的想法。我们现在已经过得很拮据了，我今早打电话给《时尚》杂志了，希望为他们写点东西，赚些稿费来支付这趟旅行的机票钱。

亲爱的，我是不是需要去问普拉特曼医生［女］要一张处方，或者让他开一些药[①]？还有，哈丽特的牙医推荐了一位牙医，这是他的名字。(现在找不到了，找到的时候我会附信寄给你。)

亲爱的，很抱歉一直写信打扰你，但是我真的迫不及待想要见你，我和哈丽特两个真是太孤单了，我们都很思念你。你没法在哈丽特入营前回来，我心里还是不舒服，但是我知道如果可以的话你一定会回来的。不管怎么说，送她去夏令营之后，也就没有其他事情绊住我了，我就可以去见你了。

写得太多了，下不为例。如果你有什么想知道的就写信来。

永远爱你！

伊丽莎白

附：我正在写一篇 600 字的文章评论弗朗辛的书[②]。该书在《纽约时报》上被一个卑鄙的耶稣会会士猛烈抨击[③]。还有一篇 600 字

[①] 指锂。
[②] 指哈德威克的《〈神圣的不服从〉，"重要记录"》（评弗朗辛·杜普莱西·格雷的《神圣的不服从》），刊于 1970 年 8 月 1 日的《时尚》。
[③] 指安德鲁·M. 格里利的《天主教作为娱乐的最新英雄》，刊于 1970 年 5 月 31 日的《纽约书评》。

的文章评论玛丽的①。所得的稿酬用来支付这趟旅行将绰绰有余。为《时尚》撰写的，虽然无足轻重，但他们杂志上还确实是有很多篇幅较短的批评类的文章，我可以借这个机会为两位作家写点东西以正其名——也让我赚点路费去见你！得去工作了。亲爱的，祝你一切顺心。

41. 罗伯特·洛威尔写给罗伯特·洛威尔太太

牛津大学万灵学院
1970 年 6 月 14 日

最亲爱的丽兹：

听到你的声音很开心，虽然如同从\四方/庭院对面传过来的，但很清晰。我会预定好 24 日回程的票，也可能是 23 日，比我在电话说的时间晚了一两天。原因是我计划\希望/下周二或周三同布莱尔一起去波兰。他要去看一个朋友②，她现在和丈夫分居了。我们本来早就打算去苏格兰进行一场"寻祖"之旅，现在换成了去波兰。

今天早上我要去韦恩夫妇③家看望海克和朱迪思。幸运的是，我的朋友们互相之间也都认识。之后奥马尔④会开车带我去剑桥看望 D. P. ⑤。也不见得会很有意思，但毕竟是一个多月以前就说好了，得履行诺言。

---

① 指哈德威克的《书籍:〈墙上的凶兆〉》，刊于 1970 年 9 月 1 日的《时尚》。
② 指乔安娜·罗斯特罗波维奇。(波兰诗人。——译注)
③ 指约翰·韦恩和艾里安·玛丽·詹姆斯(韦恩第二任妻子)。
④ 指奥马尔·庞德，埃兹拉·庞德与多萝西的儿子。
⑤ 指多萝西·庞德。

我们开车经过坎伯兰郡、兰开夏郡和诺森伯兰郡,去拜访了巴塞尔·邦廷,一路都很愉快。他是华兹华斯的崇拜者,庞德的弟子。(即将开启的欧洲之行似乎就围绕着庞德。)我之前也有和你讲过燕卜荪,"我现在觉得,通往来世(他的退休时光)的隧道尽头,炫光刺目,令人窒息"[1],而且"来世如今呈现的几乎都是埃及的模样"。要说那些喜欢分门别类的艺术批评家,"一派胡言,但绝对是在大放厥词,胡说八道"[2]。

我想我的书房最好还是租出去,储藏费用要一千多美元,我们承担不起。我相信哈佛会编出一份目录来,这样我就能掌握(知道)我有哪些东西、需要哪些东西。我在想会不会还有以前遗失的诗文是可以打捞回来的?应该也没有了。

你又是忙着选学校又是忙着整理洛威尔那堆"料",一定累坏了吧。我写给艾伦的第一封信中就漫不经心\俗气地/使用了这个词,他在每封回信中都把这个词打上引号又送了回来[3]。我在想,那些学校买这些文稿时只是论斤两,并不是出于感兴趣。一想到他们用一堆堆的纸塞满一个个仓库,简直恐怖。当机器搞定一切时,学究们可以终其一生来列出清单、活出变体。又或者,电脑也能做到这点?

---

[1] 见洛威尔的诗句"若是我们在隧道尽头看到一束光,|那是一列迎面而来的列车的光"[《自从1939年》第45—46行,见《日复一日》(1973年)]。
[2] 见威廉·燕卜荪的"一派胡言,但绝对是在大放厥词,胡说八道,就像一根软管在巨大压力之下喷出来的,在人类的话语中,只会让人回想起《等待戈多》中'幸运儿'的那段话"[《英语诗歌的节奏和意象》,刊于(1962年1月)《英国美学杂志》第1期],转载于威廉·燕卜荪的著作《论证:文学和文化论文集》(1987年)。
[3] 例如,见泰特1970年5月12日的信。

我想我已经看开了。自从接受锂治疗后①,这还是头一回,我已\是/几乎赋闲在家——消闲以养智②。我不再是刚开始创作《笔记本》时的那个我了,那时还在进行各种摸索,竭力抵达。

向哈丽特转达我的爱,告诉她我给你们两个都带了不错的小礼物。

爱与祝福来自"万灵"之中的你的灵魂。

卡尔

42. 罗伯特·洛威尔写给罗伯特·洛威尔太太

[电报]

[肯特郡,梅德斯通]③
[1970年6月20日,周六晚10点40签收]④

纽约州,纽约,西67街15号

罗伯特·洛威尔太太

个人困难无法即成纽约之行祝好卡尔

---

① 根据伊恩·汉密尔顿的说法,洛威尔的锂治疗"似乎是始于1967年春天,也就是他从麦克莱恩医院出院后不久开始的"(《罗伯特·洛威尔传》)。
② 见《德训篇》"经师的智慧,从悠闲中得来;事务不繁忙的人,方能成为明智之人"(第38章第24节),塞缪尔·约翰生的"将你的眼睛屈尊看向逝去的世界,│暂别文字,让自己变得睿智"(《人类愿望之虚幻》第158—159行)。又参看马修·阿诺德的《纪念〈奥伯曼〉作者的诗节》第71—76行,引用于洛威尔1970年5月17日写给哈德威克的信。
③ 靠近布莱克伍德的乡间别墅米尔盖特庄园。
④ 该电报在哈德威克手中。

43. 伊丽莎白·哈德威克写给罗伯特·洛威尔

[纽约州，纽约，西67街15号]
1970年6月23日

亲爱的卡尔：

我不知道你人现在何处，但我还是会把这封信寄去费伯出版社，即使到不了你手里也没有太大关系。周末不在家，回来才收到你的电报。看见它躺在地板上时，我就知道你要说啥了。

这个周日我会送哈丽特去夏令营。她有好几次都说自己不想去，我当然也舍不得她走，可是这样做对她才是最好的，我接下来就是算着日子等她回来。送走她之后，我会去和奥尔加待一晚，然后回到这里，面对自己何去何从的抉择。

不得不说，我觉得自己和寡妇没什么区别。你的东西、你这个人、你的人生、你的家人、你的衣服、你的工作，你的旧鞋子、领带、冬衣、书，似乎每个角落都是与你有关的一切。想着你快要回来了，我还为你把打字机整修一新，放在你书房，就好像你人在那里一样。你所有的小物件、文稿、书，你的书桌还是你离开时的样子，还有你的床。我以为它还是你离开时的样子，但又不准确，因为它干净许多，等着人来"创造性地"弄脏呢。我在你的衣服上撒了一些樟脑丸，然后环顾我们的起居室，你的家人，你无处不在的过去。我觉得你是患上了失忆症，已经把我和女儿忘得一干二净，但是我们却把你牢牢记在心上。

我准备把凯西·斯皮瓦克的这篇评论[①]寄过来——即使算不上有

[①] 指凯瑟琳·斯皮瓦克的《生活之中：罗伯特·洛威尔的〈笔记本1967—1968〉》，刊于1970年6月的《诗歌》。

趣，还是很友善的。

我坐在这里帮你回复邮件，说："我的丈夫出门在外，不确定什么时候回来。我想他是不会愿意写文章谈他的风格观的，因为这并非他喜欢做的事。但我会把你友好的来信转寄给他的。"现在就是这样，不断有作品送过来，电话也响个不停。

我不知道自己为何要写这封信。眼下哈丽特和我面临那么多亟待解决的实际问题。我都在信里和你说过，但是并未收到回复，你甚至对此只字不提，所以我就在想，许是这些问题真的让你觉得恼火了。我确实为这些事情忧虑，但真正令我痛心不安的却另有其他事。哈佛来人之后我就给你写信了，因为我觉得他们开出的价格你应该会满意，但是要等你回来亲自去和他们接洽。石溪那边我还没有写信过去，不过我会写的。我没办法单独去和哈佛的人谈这件事，他们自然是希望和你本人谈，而且这件事也不能处理得太草率。他们考虑之后应该会给出一个具体的回复截止日期，也是为了你考虑。还有那些材料——（咳！）很有趣，你会想看看的，这样你会知道哪些东西是你想要复印的，所以，你总有一天肯定会回到这里。\ 奇奇怪怪的旧手稿，你会感兴趣的。/

我有没有跟你说过，我给艾伦又寄了一批东西。此刻我想我找到了一本他送给你的书[①]，我会把书寄给他。确切地说，那不是一本诗集。大概一周前看到的，后来就忘记了，要等到可我当时觉得书是他的不是你的。

对我们可爱的女儿来说，道尔顿最后的那段日子简直就像一场灾

---

① 指艾伦·泰特的《盘旋的飞蝇及其他散文》（1949 年）。"亲爱的伊丽莎白，谢谢你寄来《盘旋的飞蝇及其他散文》这本书，我想所有遗失的书单都已经找齐，非常感谢你。"（见泰特 1970 年 7 月 17 日写给哈德威克的信，收藏于 HRC）

难。跟它说再见，感觉新的充满希望的东西就在面前，这些都令她万分欣喜。那东西恍若就在她面前。因为要照顾她，我没能和你一起去英国，虽然我是那么想要和你在一起，与你共进退。如果当初我们没有分开，也许你还会爱我如初吧。

我会尽我所能做好一切的。写这封信只是为了向你表明永恒不变的爱，还有一种莫大的失落感——不只是我，还有你的女儿。

伊丽莎白

附：我从安妮医生那里听说毕肖普已经和《纽约客》杂志签了一年的合约，为他们撰写诗歌评论[①]。是不是很了不起？也只有她能把这当成是一项取悦自己的工作吧。这里没人谈论诗歌，所以我觉得这是好事。我希望她能评论你的新版《笔记本》，写一些给予它真正值得的关注。好作品真正需要的不是模棱两可的溢美之词，而是鞭辟入里的客观评价。我在整理你此生的累积时，只有兰德尔的东西我读得最多，而且愈发觉得他是那么的伟大。让我想不明白的是，随着他的逝去，文化中的某种东西也走到了尽头，我无法对这种东西下定义，如今，像他一样肯为文学事业鞠躬尽瘁的大家简直寥若晨星。远远不够啊！看了英国的出版物，我觉得他们的情况比我们更糟糕，也许是因为他们有着更为古老的传统吧。不，不能说他们更糟糕，那些评论文章，周刊月刊上的文化景象，只是平庸无奇罢了。当然，不管是英

[①] 毕肖普曾对安妮医生表示："我想我应该会接受为《纽约客》撰写诗歌评论的工作，其实这就是我想要做的事。一年也就写个4到6篇——而且主题可以由自己定，所以我想自己应该能够胜任，这也将会是'安全感'的一个小小来源（我非常需要钱）。"（见毕肖普1970年3月7日写给安妮医生的信，收于罗伯特·吉鲁克斯主编的《一种艺术：书信集》）但毕肖普后来放弃了这个想法［见乔勒·比勒主编的《伊丽莎白·毕肖普与〈纽约客〉：通信集》（2011年）］。

国还是美国，文学界的老前辈依然熠熠生辉。但是我却觉得他们虽生犹死，他们也同样来自一个不复存在的世界，类似那个楼下女佣世界。（我是指遗失的文化底蕴，而不是真的在说女佣。）难道这种喧嚣的底层真的能孕育出文化底蕴？

英国人里面只有两位是我愿意打交道的——西德尼和以赛亚[1]。请向他们转达我的问候。只是等他们来美国的时候我却不能和他们一起叙旧了，真是遗憾。当然还有乔纳森[2]，但他与他们还是有些不同。

今天进行了民主党初选。一场场竞选演说真是无聊至极，一败涂地的政治形势让人提不起兴趣。但是今晚和朋友们一起听听选举结果还是蛮好玩的吧。

如今这边经济倒退（萧条）的景象真的很吓人。股市低迷不振，股价好不容易涨了一点又立马跌了回去。宾州中央铁路也破产了，这意味着此前以百万计贷款给它的银行也都陷入了风雨飘摇的境地[3]。我现在也是身无分文，今天还得动用哈丽特的储蓄账户，支付她夏令营的费用。大概一周前，鲍勃·吉鲁克斯给我打了3000美元，我拿来支付了6月15日要交的所得税分期付款，联邦税是2800美元，州税加起来是2000多美元，所以我们刚支付了5000美元。我现在还另需3000美元应急，用来支付后续的一些账单，包括去波士顿看学校、去缅因的路费、租车的钱，每个季度1000多美元的维护费，这个月

---

[1] 见以赛亚·伯林的"我认为我见过的最聪明的女人是［……］伊丽莎白·哈德威克。伊丽莎白·哈德威克的思想是女性主义的。比玛丽［·麦卡锡］的更动人，但更犀利、更有独创性"［见弗朗西丝·基尔南的《看玛丽平淡无奇：玛丽·麦卡锡的一生》（2000年）］。

[2] 指乔纳森·米勒。

[3] 见琳达·查尔顿的报道《宾州中央铁路根据破产法被授予重组权；服务不中断；此举阻止收回7500万美元月底到期的债务》，刊于1970年6月22日的《纽约时报》。

也到期要续交了。还有缅因的一些费用。支付了这 3000 美元之后我还需要 3000 美元来支撑从现在起到 9 月这段时间的开支。明年，如果我们两个不在一起，那么我就还需要 2 万美元，这已经是最少的预算了，再少我可能就没办法生活，甚至连税都付不起[①]。明年之后可能情况会好点。

我也不想在信里和你说这些跟钱有关的事，让人觉得掉价。我的初衷分明是想表达我对你全部的爱，如今好像我只是为了钱。但事实不是那样的，所以，读这些内容时，只需想着那是我们共同建设起来的家园就好了。我们得离开生活，得付房租，哈丽特要花钱，打电话要花钱，去到哪里都要花钱。我当然会尽量精减开支，实际上，除了无法节约的家庭日常支出，我基本上不花什么钱。但是情况太可怕了。妮可今天疝气发作又住院了，上帝保佑，所幸今年夏天她的薪水将由保险支付。一切都贵得那么离谱。

现在除了这些琐碎的小事也没什么可说了，希望今夏明秋能有一些更值得记录的大事吧。

我说过，对这封信能否送到你手中我真的不抱希望，即使送到了，天知道那时又发生了什么事。但还是寄给你吧，连同我的爱，如果你想要的话。

伊

*

再附一笔……刚刚收到奎因修女的信，我会回复她的，就说"我

[①] 见洛威尔的诗句"靠不到三万美元的收入我们不可能在纽约逍遥度日"（《海豚》手稿本中的《越洋电话》第 1 行），以及"靠杜鲁门时期的收入，我们不可能在纽约逍遥度日——"（诗集《海豚》中的《越洋通话期间》第 1 行）。

丈夫出门在外"之类的话。真想要一张类似埃德蒙卡片[1]可作统一答复的东西。它（那封信）也没说什么，就是讲某个年轻人对《被缚的普罗米修斯》[2]感兴趣。还有彼得·法尔布的小说《扬基歌》[3]……噢，天哪。一张350美元的账单，是去年的所得税公司开出的，实际上非常合理。还有为妮可购买3个月社保之类的125美元。还有保险……也有很多美好的事情，很多好玩甚至痛快的日子，我现在感觉好极了。所以……我这就把信寄出去，又想着还是等一等，可是等什么呢？

那天我的确是说了句好笑的话，我知道你是永远不会再犯这种错的，只不过是时机正好我没忍住。我说布莱尔·克拉克就像一个"怂包"[4]。

深爱你，深深爱着你！

伊丽莎白

---

[1] 该卡片通常有如下文字："非常抱歉，埃德蒙·威尔逊无法做到以下事情：读手稿、订写文章或书、写前言或介绍，发表以宣传为目的的声明，做任何类型的编辑工作，做文学比赛的评委，接受采访，授课、做讲座，发表讲话或演说，参加广播节目或在电视上亮相，参加作家大会，填写问卷，参加任何形式的研讨会或'座谈会'，出售手稿，向图书馆捐赠自己的图书，给陌生人签名，允许自己的名字印在信笺上用作抬头，提供个人信息，提供自己的照片，提供针对文学或其他主题发表的意见。"见杰弗里·迈耶斯的《埃德蒙·威尔逊传》（2003年），以及刘易斯·M.达布尼的《埃德蒙·威尔逊：文学人生》（2005年）。
[2] 指洛威尔的剧作《被缚的普罗米修斯》（1969年）。
[3] 1970年出版。
[4] 见南希·舍恩伯格的"布莱尔·克拉克是一位高大的波士顿贵族人士"[《危险的缪斯：卡洛琳·布莱克伍德女士传》（2001年）]。

44. 伊丽莎白·哈德威克写给罗伯特·洛威尔

[纽约州，纽约，西 67 街 15 号]
1970 年 6 月 23 日

亲爱的：

我给费伯出版社寄了一封信，希望他们转交给你，信封是蓝色的。我现在想要把女儿和我之间这段感人的对话讲给你听。她周五就和韦杰一家去了斯托克布里奇，要到明天才会回来。她在电话里说她很想我，然后用甜甜的声音问：

"爸爸那边有消息吗？"

"嗯嗯，爸爸发了电报过来说因为工作原因这周不能回来了。但是我想最晚下周他就会回来。"

"那等他回来了，休息好了，就立刻让他开车来康涅狄格接我吧。"

"没问题，宝贝。到时候我们去野餐。"

"不不，我要和你，还有爸爸，好好待上两三天。"

你看，亲爱的，我盼望着早点见到你，下周就回来吧。有很多事都需要我们一起去解决。我不知道你现在人在哪里。这真不是你的风格，任何人都不会这么做事的。我很想见到你，也会继续在纽约等消息。需要处理的事情太多了。

千万不要忘了我们啊！这里是我们的家，过去是，现在也依然是。我和女儿需要你的爱，那么多事情无法决断，我们真是太无助了，我们需要你回来给我们一些安慰。

深深爱你！

伊丽莎白

哈丽特需要你。\她的担心不比我少。/

45. 罗伯特·吉鲁克斯致查尔斯·蒙塔斯

［电报］

［纽约］
1970 年 6 月 23 日

伦敦费伯出版社蒙塔斯（收）

伊丽莎白和哈丽特因卡尔未返纽约很不安，烦劳询问并复电我他何时带回校样。感谢。

FSG 出版社吉鲁克斯

46. 查尔斯·蒙塔斯致罗伯特·吉鲁克斯

［电报］

［伦敦］
［1970 年 6 月，日期不详］

纽约 FSG 出版社罗伯特·吉鲁克斯（收）

刚和卡尔聊过。答应会马上打电话给伊丽莎白。说要在这过完夏天。

查尔斯·蒙塔斯

47. 伊丽莎白·哈德威克写给玛丽·麦卡锡

[纽约州，纽约，西67街15号]
1970年6月25日

玛丽，亲爱的：

我今天下午和卡尔交谈过（如果可称之为"交谈"的话），他说你12日要去缅因，还打算写信给我。之后鲍勃①说你8日来这。即使你已经给我写了信，我还是想将这封信寄出，告诉你我的计划。

这个周日，也就是28日，我会送哈丽特去夏令营，然后在奥尔加那住一晚，回来之后用一周时间收拾东西，\在纽约/给哈丽特物色一所新学校[。]你8日来的话，我在的。我租了一辆大旅行车度夏，到时候我们开车，带上东西，你想去哪里就去哪里。所以我才想要让你知道……起先我以为自己不想去缅因，但是上周末我去了长岛，本以为会在那儿住下来，然而我回来了，毕竟还是自己的窝舒服啊，好想卡斯汀。哈丽特不在身边我会很想她的，但我又希望她去夏令营，在卡斯汀她也没什么事可做。还有妮可，希望上帝保佑她，去年夏天她做了一个疝气手术，但并不成功，今年夏天又复发了。我给她找了一家正规医院，还有一位顶级医生，明天她就出院回家了。她至少得休息一个月，而且我也不是真的需要她帮我。只是有她在，我就很快乐也很放松，真心希望她能早日康复。

我知道卡尔另有新欢了，也为此难过了好一阵，不过也是今天下午才知道那女孩就是~~卡洛林~~卡洛琳。那一刻我仿佛解脱了，不禁放声

---

① 指罗伯特·西尔维斯。

大笑起来①，然后马上就给他去了电话，他在卡洛琳的家里，却要装作自己是在工作室。电话打了一个小时，我笑着跟他开玩笑说，你的赡养费都花在这通电话上了②。哈丽特得知她爸爸不会回来了，在电话里哭得很伤心。但是洛威尔却说他担心的不是女儿，而是我，尽管此前我跟他说过我很好，而且这也是实话。我还告诉他，知道对方是卡洛琳之后我反倒好过些了。

我并不觉得她和卡尔会是认真的。我觉得这件事有点可笑，无论如何我不会放在心上……但是玛丽，鲍勃·西尔维斯现在非常痛苦。那天卡尔打电话给我，告诉我他"外边有人"了，显然是卡洛琳先前就打给鲍勃坦白了和卡尔在一起的事实，所以不会和他按先前约定好的去旅行了③。其实我已经很久没有和鲍勃通电话了，因为我并不想自己的消极情绪影响到他。我选了一位朋友日夜打电话，每分钟的想法都不一样，我觉得一位就足够了。我想告诉你的是，鲍勃并不像我一样把这件事当成一个笑话，他现在情绪崩溃了。可怜的鲍勃，他甚至不想让任何人知道这件事。在他看来，卡洛琳是那样智慧超群、那样魅力四射，全世界也没人能比得上她。他认为卡洛琳把在英国的生活安排得有滋有味，如神仙一般，谁还会离开呢，她和卡尔要永远在一起了……卡洛琳来过我家，但之后就一直没见过了；她当时不爱说话，

---

① 见洛威尔的诗句"那个新妇——｜听到她的名字时，我还得要笑"（参见《海豚》手稿本中的《来自我妻子》[组诗《远岸》第 1 首] 第 8—9 行）；"……那个新的美人儿，｜听到她的名字时，我还得要笑"（诗集《海豚》中的《声音》[组诗《住院 II》第 1 首] 第 8—9 行）。
② 见洛威尔的诗句"她叫我别说下去了，我们不该损失你的钱"（参见《海豚》手稿本中的《越洋电话》第 14 行，另见诗集《海豚》中的《越洋通话期间》第 14 行）。
③ 罗伯特·西尔维斯"基于事实"否认此处以及本段的其他叙述（根据其 2016 年 12 月 22 日写给本书编者的邮件内容）。

很孤僻，忙着在地板上为孩子换尿布，让人看着着实恐怖①。我相信鲍勃说的，卡洛琳在英国生活得更有条理，"一切都有人帮着搞定"。

我想卡尔精神状态并不会很好，应该很糟糕吧。我感觉到他很生气，虽然不是对我而是对其他人。他似乎漫不经心，把过去的事忘得一干二净，像得了健忘症似的，而我是记得清清楚楚的。不管怎样，药物应该也多多少少起了点作用，但可能剂量还不够。我不是特别想让他回来，我都下决心辞职准备一起去英国了，可是现在知道了那个人就是卡洛琳。我打电话告诉他，说我认为这件事很糟糕真的就是一个笑话，他说："哦，你这是自以为聪明！"我现在做不了任何事情，他也一再强调，他不想我有任何举动。卡洛琳竟然还没有和卢西安离婚②。我现在担心的是，卡洛琳热衷于生孩子，生了自己又照顾不

---

① 南希·舍恩伯格说，1959年"卡洛琳用从艾维信托继承来的家族股份，在西12街250号买下了一栋褐砂石建造的房子"，"1964年，卡洛琳又生了一个女孩，取名叶夫根尼娅，又名根尼娅。于是很快，这栋装潢精美、挂着弗兰西斯·培根画作的漂亮联排屋，逐渐变得像一个有小孩的波希米亚家庭——现在的情况实际上也是如此。一片混乱"，"卡洛琳第一次见到诗人［洛威尔］是在1966年，也就是女儿伊万娜出生的那一年［……］西尔维斯经常带她去洛威尔家做客，参加一些家宴"（参看舍恩伯格的《危险的缪斯》）。卡洛琳·布莱克伍德写信告诉伊萨·汉密尔顿说："当年我和鲍勃［西尔维斯］在一起时，他常常带我去西67街那儿吃晚饭，但是我不能说话。因为他告诉我说卡尔只谈诗歌，别的任何事情都谈不来——这纯粹就是胡说。以前我对他的印象就是：除了诗歌，一切都让他感到厌烦。换谁遇到这种人都会觉得可怕吧，所以气氛有时候就会陷入令人尴尬的沉默。在我看来，如果他只是聊诗歌，或者根本不开口说话，也至少比说'你喜欢豪斯曼吗'之类的话要好得多。所以呢，我就只是坐在那儿，保持绝对沉默。但是我又总是被安排坐在他边上，这一度让我很恐惧。有一次，为了打破沉默，我就说，我觉得这汤还不错。然后他说：'我觉得这汤简直不能更糟了。'于是，我们都不说话了，气氛很尴尬。"（见《罗伯特·洛威尔传》）

② 指卢西安·弗洛伊德，他与布莱克伍德1953年结婚，1959年离婚。离婚当年，布莱克伍德嫁给她的第二任丈夫伊兹雷尔·契考维茨（见舍恩伯格的《危险的缪斯》）。1970年，布莱克伍德与契考维茨尚未离婚。

了……哎呀，天哪！

　　我真正想说的是：我很好，不用担心。如果一个月左右这件事还没有了结，我是不会接纳卡尔，让他回来的。我已经把纽约这里租出去的公寓收回来了，做好了不去英国的万全准备。真正绝望的人是鲍勃，所以才要告诉你，因为你会见到他。卡洛琳有可能会毁了我的婚姻——我的意思是，没有卡尔她也办不到——不过，他们的事坚持不了多久。我觉得长不了。但将来的事谁又说得清楚呢……

　　明后天，我会为《时尚》撰写一篇近六百字的关于你那本书的评论文章。纵使可以，你也不要说这本杂志的不是。大家都在写这种东西，因为他们给的稿酬很可观。我因为手头紧就去了电话，要求写点关于你的东西。他们给了我四篇的版面，所以我会挣到一点钱。今年夏天我计划写很多东西，其中的大部分已经开始着手了。

　　我边喝着波旁威士忌边看新闻边写这封信，所以说得有些乱。祝你和吉姆好[①]。告诉我该不该等哈——不对，无论如何我在8日之前是不会离开的，如果你那时候能来，又愿意去\卡斯汀/的话，那么我就没有空等一场。

　　祝好。

伊丽莎白

[①] 指詹姆斯·韦斯特，玛丽·麦卡锡的丈夫。

48. 伊丽莎白·哈德威克写给罗伯特·洛威尔

[纽约州，纽约，西 67 街 15 号]
1970 年 6 月 26 日

最亲爱的卡尔：

你务必放弃埃塞克斯，9 月份就回来。哈丽特整个人都垮了，情绪非常低落。她需要你陪她一起迎接新的学年，需要你的帮助，需要你这个爸爸啊。要不然，我真担心她活不下去啦。

你待人不能随心所欲，你和卡洛琳都不能这样。卡洛琳简直就是个瘟神，是个疯子。你现在就像寄生虫一般粘着她，跟她之前的那些情人没什么两样。可怜的伊兹雷尔，正过来看他的女娃子们呢①。世间富贵肮脏龌龊，无感丧能还极尽掩饰。你竟然叫哈丽特去"你们那个乡间豪宅"②探望你，当时就把我吓着了，那又不是你的房子，我也绝不允许女儿去那种地方，变得恃宠而骄，冷漠无情，罔顾他人感受。我唾弃寄生虫。真没想到你竟然到了像个女王样舍不得离开英国的地步，迷恋上了一个富家女能给予你的一切\轻松舒适/，还对此侃侃而谈。她会毁了你的，这点都用不着去想——或者你想过这点，却感觉不到——她还会毁了哈丽特。这种胡闹、目无一切的混乱生活一定会葬送你的。

你是一个优秀的美国作家。从前你告诉过我们，我们是怎样的角色；你也向麦尔维尔看齐，用自己的作品将英国文化发扬光大，当然还有美国和其他国家的一些东西。你作为作家的影响不仅在于我们，

---

① 指伊兹雷尔·契考维茨和他的女儿娜塔莉娅、叶夫根尼娅和伊万娜。
② 指布莱克伍德的住处，米尔盖特庄园。

在于这片土地,在于你过去的那些日子,更在于你的祖国人民还有你的家人。你不是英国作家,你代表着美国作家的灵魂,因为你,人们才得以发掘出这个不一样的国家的精神所在。如果你离开了,如果你投奔了那种奢侈糜烂只顾自己享受的生活,那将是美国文化的一大损失。

你必须,你务必,9月回国。哈丽特要开学了,她很需要你,需要你的父爱,需要你这个父亲给她情感支撑,让她如愿以偿地进入梦想的艾伯特高中。光靠母亲是无法做到这些的。这些必须由你来完成。如果你无法做到,你不仅是毁了哈丽特,你自己也不会有什么颜面。你现在或许是一副咄咄逼人、不可一世的样子吧,但是别忘了,你也只是一个平常人而已,那种生活不是你应该过的。终有一天,你的美好生活将会分崩离析,到那时候你转过头,只会发现自己在这边建立起的一切也都因自己的错误而不复存在了。你不该继续和卡洛琳沉迷在那个虚幻世界,跟索尼娅[①]这种人打交道,过着别人的生活,丢弃对你而言真正重要的东西。我对你很重要,你是知道的。我不仅救了你的命,我还给了你自由,让你被爱包围,还给了你轻松幽默的氛围。我想要你9月回家,回来重新开始你的事业吧,你有那么多文稿要处理,有那么多作品要创作。我瞧不起你现在的这副样子。我不是出于嫉妒,只是感到震惊,感到害怕。我怎么可能嫉妒卡洛琳呢?她有魅力是不错,但也很差劲很不靠谱。

可怜的鲍勃,我不知道他和卡洛琳的关系是不是真的,但是你们的事他在意得要命,痛苦得无法释怀。我很久都没有和他聊过了,要不然也不至于现在才知道那个人就是卡洛琳。我情绪低

[①] 指索尼娅·奥威尔。

沉困顿，找了另一位朋友倾诉，我觉得叨扰一位朋友就足够了。鲍勃什么都没说，无论他的爱情是基于什么样的幻想，遭遇背叛的是他，他被深深地伤害了。我很是心疼，也曾十分担忧他。他和你不同，尽管他难舍对英国富家女的那种在旁人看来近乎可笑的迷恋，但他不会追她到伦敦，因为他清楚自己的事业在美国，这才是属于他的东西。我的意思并不是说鲍勃本可以赢得美人归。虽然卡洛琳并不是真的像很多人口中说的那样，但是至少，鲍勃能够克服心底那种不顾一切的冲动就难能可贵。他在继续自己的工作，努力做着正确的事情，忠诚于他心底了然的东西，美国虽然现在看来不是很太平，但是我们这些生长于斯、头脑清醒的人，真的可以创造我们自己的文化①。

我震惊的是，你竟然说令你烦恼的，是不知为我做点什么，而不是要为哈丽特做点啥。你\明明知道/作为父亲更该为她做点事。至于我，如果失去了你的爱，又还有什么是我需要的呢？可她不一样，她十分需要你。你还以为让女儿去你们那个乡间豪宅就是在做点什么吗……想想都觉得荒诞，要是仆人都走了，那宅子的主人会照顾她？怕是饭都没得吃吧。

我本想到长岛去，但是在那待了一个周末之后，还是觉得今年夏天花点时间待在自己的屋子和仓房为好。至少现在我可以挂上我喜欢的照片了。如果你跟我说你9月份不回来，我不知道自己还会不会去缅因。我不喜欢那里，原因有很多，我还得和哈丽特商量一下……我会很想她的……和你通话之后，她说不想去夏令营了，但是这事也由不得她。奥尔加和弗朗辛就在那附近，她们会去看她，

---

① 罗伯特·西尔维斯否认本段的陈述（根据其2016年12月22日写给本书编者的邮件内容）。

让她不会觉得自己是个没人要没人疼的孩子。而我一从缅因回来就会打电话或者写信给她。选学校真是个让人头大的问题。于我而言，只要解决了这个问题，一切都好办。我也不知道到底什么时候才能有回音，也在担心有没有合适的学校能让她顺利入读。我们现在的处境可谓是彻彻底底的浮萍无根了。我想念巴纳德学院，那里本来于我意义非凡，可是他们已经找到人来填补我空出的职位了。这一切都拜你和卡洛琳所赐，那么令人不齿、残忍的事，你们两个自私自利的小人竟做得出来！

至于你的工作室，我就看自己的心情来处理了。我把自己的工作室租给了两个女孩子，我情愿这么做，因为它离我的公寓比较近，而你的工作室里面塞满了东西，不知为何我总以为你在那里，无法面对两个沉闷无趣的女孩住在里面。我是这么想的，先把工作室租给认识的人，租几个星期，然后就当客房用，因为我喜欢人多热闹，只要不是在我自己的公寓就好。

我已经，或者打算吧，给哈佛和石溪那边写信，说你要离开，反正不是什么急事，以后再做决定。我还觉得在出手卖掉那些文稿之前，你还是花上一周的时间好好看一看为好。但说价格会往上涨，我却是不敢苟同。你的身价会一直上涨，毕竟你是个十分了不起的人。但是大学没钱了，图书馆没钱了，这里的每个人都没钱了。

对了，爱丽丝·米德[①]前几天来过。她虽无意，不想竟然成了英勇的妇女解放运动人物，勇敢地住进第72街的一家宾馆里。然而，她要埃弗拉德不通过律师就给她一栋房子，还要了好多好多钱。但她

---

① 指爱丽丝·温斯洛·米德，洛威尔的大表姐，嫁给了小埃弗拉德·K. 米德，两人于1969年离婚。

人还是很友善的,有些古怪,我觉得她很像萨拉姨妈,和她一样阴柔妖艳却又极度自律。

我打算尝试和玛丽埃塔·特里取得联系,她在联合国学校有些影响力,我还和波比·汉德曼交流过,她女儿是那个学校的尖子生,但是她和我说要取得这个学校的面试机会很难,而且本年度的面试已经结束了。即便如此我还是得一试。如果你从此不回来,我和女儿明年夏天就会去伊万·伊利奇的跨文化中心①,因为她说,她想很快就学好西班牙语,再学习那种文化。

哈丽特昨晚与海伦·爱泼斯坦待在一起。对她来说,走出家门也许是件好事。芭芭拉打电话来称赞哈丽特是个可爱而不失深沉的孩子,说她很特别。我真是有一个好女儿。"好"不足以表达,我想说她不仅可爱,还有自己的想法,懂得隐忍,心地善良,我可怜的孩子。一想到整个夏天她都不在我身边,我心里就十分担忧。她是我所有的快乐所在,如果她\伤心/,我又怎会不难过。我已懂得什么是真爱,在这点上我以为自己还是很幸运的。

我正在写作一些东西,今天给《时尚》写关于玛丽那本书的评论;关于穆丽尔·斯帕克②和弗朗辛的评论也差不多完成了。就这些了。鲍勃给我分配了很多任务,我现在又在继续写那本关于家乡

---

① 指墨西哥库埃纳瓦卡的跨文化文献资料中心,参见洛威尔1969年版《笔记本》和1970年版《笔记本》中的组诗《墨西哥》第1—12首,以及诗集《献给丽兹和哈丽特》(1973年)。[伊万·伊利奇(1926—2002),社会批评家与理论家,生于奥地利,后移居美国,后又移居墨西哥,并在那里创办了一个跨文化文献资料中心。——译注]
② 见哈德威克的《〈驾驶座〉:最纯粹的信心》,1970年10月1日刊于《时尚》。

的书了①。还有，睡不着的时候我就写日记，写关于你的日记②——但是我也不知道自己到底应该以什么"角色"自居。

你必须结束那种寄生虫般的生活，9月就回家来吧。我知道你可以回哈佛工作。亲爱的，你还要离开我们多久？一年半？还是两年？那绝不可以。\我不是卡洛琳，我活在现实里。/你是清楚的。你和她在一起根本不现实，简直荒唐至极，损人害己。背弃故土，追求那种虚幻的奢靡生活，这样会毁了你自己，这是必然的。我把话放在这，因为我并非危言耸听，只是据实相告。你无法傍着卡洛琳过日子的，你不能步伊兹雷尔·契考维茨他们的后尘，那些都是可怜之人，你还要重蹈覆辙吗？你不能沦丧道义，丢弃一个父亲的责任，置你女儿于不顾。不要去不遗余力地做个时尚的伦敦人，那样毫无意义，你的才华只会荒废在那。你如果离开了，失去你的不仅是我和女儿，更是美国文学界乃至这个国家。

你要制造生气也随你吧，你想怎么趾高气扬都随你。但这是事实，在我看来这无可争辩。

这里没有什么闲言碎语，我也没收到什么邮件。希望你的书一切

---

① 一个写作项目，脱胎于哈德威克1969年7月刊于《哈珀斯》上的文章《回美国的家：肯塔基莱克星顿》，最终成书为《不眠之夜》。
② 见哈德威克的"关于我的'笔记本'，当时我告诉卡尔说，我正在写一本东西，类似回忆录。我用精美的纸张把这本回忆录装订成漂亮的皮质书，那些纸还是约翰·桑普森送给我的礼物呢。卡尔当时对这本'笔记本'寄予厚望，我当时给取的名字是'微笑着走过'，有点开玩笑的意思。我只写了一点点，后来又继续写了一些，然后就扔下了。我想，卡尔希望这本书的风格应该是既言辞犀利又'别有趣味'的。然而，我写好的那一小部分调子有些感伤，我把它给撕掉了，就像许多写得很糟糕的开头一样"（见伊恩·汉密尔顿的采访，《罗伯特·洛威尔传》）。比较标题"微笑着走过"与歌词"那双蓝色的眼睛｜一直在微笑，｜对我微笑！"［阿瑟·A. 佩恩的歌曲《微笑着走过》（1918年）］；同时比较简·考尔的剧作《微笑着走过》（1919年）。

顺利,老宙斯。希望你身体健康、行事庄重、心境平和、为人仁善。希望你文思长存、人寿年丰。虽然我鄙视你现在这副样子,却依然爱你。

伊

伊丽莎白

刚刚收到了封邮件。还是照例回复了几句"我丈夫出门在外,但是……"之类的话。玛丽那边还没有消息。你们见面的时候她还不知道我已经知道"那个人"就是卡洛琳小姐。但是我已经写信给她了,希望和她一起开车从纽约出发……没想到我竟然得到一笔 500 美元的稿费,很开心。我想要靠写作挣钱,当个女作家。哈丽特也有此想法,昨天她一直心情不好,去了爱泼斯坦家,夜里 12 点半才回!我收到一个邮包,里面是诺尔·斯多克写的关于庞德的一本书①。我要开始写德莱塞、克莱恩的系列评论文章了②。我可以把庞德加进来吗③,他还蛮适合的,抑或你不想我评论他,是吧?如果你 9 月不回

---

① 《埃兹拉·庞德的一生》(1970 年)。
② 这些文章并未发表。哈德威克曾在《虚构编年史》中写过德莱塞,刊于《党派评论》第 15 卷第 1 期(1948 年 1 月);后来又在《纽约书评》上先后发表了两篇关于他的文章,包括 1988 年 1 月 21 日的《沃顿太太在纽约》,以及 1991 年 9 月 26 日的《草原来风》。她在《党派评论》第 20 卷第 6 期(1953 年 11 月至 12 月)上发表关于克莱恩的文章《书信中的安德森、米莱和克莱恩》。
③ 哈德威克曾致信达瑞尔·平克尼,因为后者曾问她洛威尔是否针对她文章中那些"思想内容"说过些什么。她回复说:"我必须说,他对这些内容不是很能接受,常常显得很尴尬。有时候他认为我太急躁,[……]我还记得,在《纽约评论》刚开办的时候我在前几期上发表了一篇评罗伯特·弗罗斯特传记的文章,其实写得很温和了,但卡尔很就恼怒——只是一时之气吧。后来我在他与兰德尔·贾雷尔的通信中看到,他对我那篇文章还是有一点点赞同的。所以我对自己说,好吧,卡尔,你到底是什么意思啊?不过总的来说,卡尔都是持鼓励态度的。"[见达瑞尔·平克尼对哈德威克的访谈《小说的艺术》第 87 期,刊于《巴黎评论》(1985 年夏)]

来，那么我们个人之间便没有什么干系了，只是法律意义上还是夫妻，那样我就可以随心所欲了。我不是在计划一场攻击，只是想研究一下"美国景象"① 对写作者的影响，那是怎么个景象。如果你不希望我这么做，我就不会做，但我肯定，你根本就不在意。不管怎样，未来几周我还写不到他头上去。

爱你的妻子。

伊丽莎白

我已经给银行写信了，希望他们能明白我的意思。我不会后悔这么做，因为我们急需用钱，令我宽慰的是［你］并不需要。

49. 伊丽莎白·哈德威克写给罗伯特·洛威尔

［纽约州，纽约，西67街15号］
1970年6月26日

我必须要加上这句，你们两人夺走了我珍视和需要的东西，让我陷入了莫大的恐惧之中。我想要回到巴纳德继续工作，可是今年已经没有职位空缺了，预算已满。

［……］我极度鄙视你们两人，是你们给两个从未伤害过你们的人带来了莫大的痛苦②。

---

① 比较亨利·詹姆斯的《美国景象》（1907年），哈德威克的文章《论华盛顿广场》，刊于1990年11月22日的《纽约书评》。
② 引述于伊恩·汉密尔顿主编的《罗伯特·洛威尔传》（省略部分为伊恩·汉密尔顿所写内容），原信现已遗失。

50. 伊丽莎白·哈德威克写给罗伯特·洛威尔

[纽约州，纽约，西67街15号]

1970年6月27日，星期六

亲爱的卡尔：

我想为之前信里说的那些失态的话道歉。这周以来我都生活在噩梦当中，因为我没有办法回去工作了，还有，哈丽特很消沉，令我十分难过。今天和你通话之前，我刚从镇里租了一辆车开回来。连租车的人都要让我开一张400美元的支票，付完整个夏天的租金，这很可能不是什么好事。起初我是想用大来信用卡支付的。……联合国学校那边好像又有些希望了，我还会尽力一试，但是前几天似乎一点出路都没有，一切都毁了，所以我才变得怒气冲天。

我没事，哈丽特也没事，她只是需要几天时间恢复。我们刚给她买了一件很可爱的复古风奶奶裙。她开始期待去夏令营了，有很多长辈们都在关心照顾着她，芭芭拉还认为她是世界上最可人的小东西……大家都愿意从康涅狄格去夏令营看望她[，]奥尔加啦、弗朗辛啦……当然，哈丽特也可以去看你。我们想着，比方说，和我过完圣诞节，她就可以过去，玩到学校开学——如果确定了一所学校的话。也就是七八天吧。要是你们那时忙聚会不方便，我们也可以再找时间去。夏令营那段时间自然是不行的，要到8月15日才结束，然后我们会去看望萨拉姨妈，在那儿待几天，因为哈丽特很想去。可能等学校的事情有眉目再回纽约。

原谅我。还好你不需要用钱，要不然，大家一起过穷日子，那才是一场噩梦。我真希望银行能早点回复我，我简直把自己过成了禁欲的清教徒了，银行里什么都没有，写张支票都提心吊胆……不过会好起来的。我盼着去缅因。我不觉得难为情。如果不和玛丽一起去，我会请一个朋友开车载我过去，再不然我就在波士顿停留。希望经济形势好转起来，因为我想把学园街的房子给卖了，然后用你的仓房替代它，在仓房旁边加盖一间温馨舒适的小房子。但是如今房屋买卖的行情不好，而且建房成本高昂。弗朗西斯·古德温建在海边的那栋房子是件典范之作。我有很多东西要写。我会知足的。我最疼爱最担心的就是哈丽特，今年对她来说并不顺利，但奇怪的是，她竟突然变得开朗活泼起来，我想她会变得非常出色，成为一个有趣的人。你见到她之后就会明白我的意思了。

写这封信主要是请求你的原谅。亲爱的，不用担心，这里一切安好，相信你也一样。我希望你在英国过得快乐。不要真的去恨纽约和美国——虽然它确实可恨，但我们并非真心恨它。是承受不起后果吧，我想［。］

伊丽莎白

51. 罗伯特·吉鲁克斯写给查尔斯·蒙塔斯先生

［纽约州，纽约，联合广场西19号，FSG 出版社］
1970年6月29日
【私密】

亲爱的查尔斯：

很感谢你在洛威尔的事情上提供的诸多帮助，还烦劳你发来电报。你来电话之后卡尔便给伊丽莎白打了电话，就在几小时前，显然是你给他打过电话，他才这么做的。最坏之事伊丽莎白也知道了，还好她没有方寸大乱。她现在最担心的就是哈丽特。这两天她（从他们伦敦的一个朋友那里）得知和洛威尔在一起的人是卡洛琳，便说"我不禁放声大笑起来"[1]。她认为这件事再加上其他证据，卡尔多半是发病了。她正在向他的医生咨询。她次日给卡尔打了电话，并说他在电话里语调低沉，"不仅没有气势汹汹，竟然还带点关切"。前一天她还在计划离婚，但我想，这不是她现在的打算了。不管怎么说，就像你电报里说的那样，卡尔今年夏天是不会回来了。很感谢你能够劝服他去打电话，伊丽莎白庆幸自己终于从上周那种虚幻、懊恼、不知所措的状态走了出来。

就像我在电话里和你说的那样，我刚刚计划好8月去一趟伦敦。从巴黎出发，周三，也就是8月12日到达。周四（13日）或者周五（14日），可否与你，还有彼得[2]和马修[3]，见上一面？这一刻我还无法确定到时是住在康诺特饭店还是住在蒙特街和一位朋友在一起。这是我未来五年的第一次访问，在伦敦有九天时间，非常期待可以见到费伯所有的朋友。

致以最美好的祝福！

颂安！

[鲍勃]

罗伯特·吉鲁克斯

---

[1] 见哈德威克1970年6月25日写给麦卡锡的信。
[2] 指彼得·杜·索托里，1970年为费伯出版社副社长。
[3] 指马修·埃文斯。

52. 伊丽莎白·哈德威克写给玛丽·麦卡锡

[纽约州，纽约，西 67 街 15 号]
1970 年 6 月 30 日

玛丽，亲爱的：

刚收到你的信，好暖心。我也不记得之前在信里和你说了什么，那天我写了好多封信，简直就跟赫索格①似的。现在没事了，顺其自然吧，我在日夜赶工，要写的东西内容庞杂。哈丽特很不安，因为卡尔说到\哈丽特/飞英国等事情时，是你熟悉的那副事不关己、乐不可支的样子，他也并非故意。哈丽特已经去夏令营了，学校的事情还没有敲定，道尔顿是不会再去了，去年就恨死它了，就此别过吧。所有地方都不会安排面试了，都招满了，等着择校的人还有一大堆，只能到 9 月份看情况了。不过，我觉得我会有办法解决的，已决定不再担心。哈丽特似乎好一些了，因为我刚给在营地的她打过电话。

我会留在纽约，至少待到 [7 月] 18 日吧，因为马上要到夏令营的第一个探视日了，地点是在康涅狄格。我应该会先去那里再去卡斯汀，8 月 15 日再回来接哈丽特去缅因。这周末我会去康涅狄格。上周我去了卡赖尔家，所以虽然这里烈日炎炎，倒也不算一个人孤单无聊。我会把这里的一切事情都处理好，至少把我或卡尔的一间工作室给租出去，也准备好了——让一切回归正常。

我真的很想去卡斯汀，还好之前在长岛的汉普敦待了一个周末，这让我知道我不会想再去那里——给我的感觉就像一对退休的夫妻离

---

① 见索尔·贝娄的"他已经着了魔，一直在给全天下的人写信。他越写越起劲，以至于从 6 月底开始，无论走到哪儿，他都要带着一只装满信纸的手提旅行箱"[《赫索格》(1964 年)]。

开自己生活的小镇,坐上一辆拖车去了佛罗里达过日子一样。我还是想要有自己的家。

上次和卡尔通电话时,我觉得他状态似乎还好①。目前各方都在冷静下来,一切会好起来的。我会在缅因见到你吗,如果你在我之前到了那,就打个电话到纽约来。爱你们。

伊丽莎白

5月30日我还在缅因的时候,得知166[道]上的达比·贝茨那栋漂亮的房子在打折出售,牧场很美,草坪上还有柱子。问问谁能买下来,我们该有个新的社区,或者互助社。

53. 罗伯特·洛威尔写给罗伯特·洛威尔太太

[电报]

[伦敦]
[1970年7月1日]

纽约州,纽约,西67街15号

---

① 见麦卡锡的"我才在伦敦见到了卡尔……我们聊了一个晚上。他说了很多关于你的事,语气里满带着遗憾和温柔。……我觉得当时的他就像是一个老兵,在那儿回忆着自己身经百战的那些过往,包括他躁郁症发作的那些事,但是他的状态很正常。兴奋但理性,在某些情况下,这是他性格里冷静的一面。至少据我判断,这次他是认真的,卡洛琳也是。等过了这个夏天就能知道了。其实我第一次听到这个消息时(在电话里得知)确实觉得很震惊,也很想马上和你聊一聊。……因为单从卡尔这边的描述,我没办法准确了解你真实的精神状态。也许这样想是过于乐观了,但我更愿意这件事对你来说不失为一件好事。去年夏天,你也是那么不开心,这不是我愿意看到的。但在信里说说这些事,就好像没有那么严重了。我也是在不好的情绪里沉湎太久了"(玛丽·麦卡锡1970年6月25日写给伊丽莎白·哈德威克的信)。

罗伯特·洛威尔太太
来信甚暖多谢圣诞后即佳时[1]
祝好

卡尔

54. 伊丽莎白·哈德威克写给玛丽·麦卡锡

[纽约州，纽约，西67街15号]
1970年7月1日

玛丽，最亲爱的：

好陌生的交流……这事有点混乱。我昨天才给你写信，今天就收到你的来信，得知你的计划已改或要生变。现在我的计划有点改变。

我想我也会在10日、11日或12日出发，完全无须有人一同开车去，我一个人就可以，如果行的话我还打算带上一些家具。最近老是做开车的噩梦，希望到时候我不会成为一个马路杀手才好。我明天会出门，4日与弗朗辛·格雷在一起。周日，也就是5日，再去夏令营接哈丽特，带她回纽约。最累人的是下周二7日，我得带哈丽特去一趟联合国学校，之前收到通知去参加面试，忙完这事后再开三小时的车送她回康涅狄格的营地，然后回纽约，整修一下我的工作室以便租出去，然后收拾行装尽快去卡斯汀。把这些源源不断的实际问题暂时搁置一会儿，也将是一种解脱。至于联合国学校那边的最终结果，要等到8月下旬才会知晓，因为现在他们已经招满了，要等等看有没有

---

[1] 即哈丽特赴英国看望洛威尔（见哈德威克1970年6月27日写给洛威尔的信）。

学生撤销申请。可怜的哈丽特，这种调整一般都比较难，但她还是表现得很兴奋，也很期待能够办成。总之我是不会让她再回到道尔顿了，她不喜欢那儿，也过得不开心，何况也已经离开了。道尔顿现在也招满了。相比之下联合国学校好多了，若是能进那里，我想哈丽特也会感觉很神气、很自豪的。

她倒是还好吧，我之前就不行了。面对我们所有的问题，面对卡尔处理事情的残忍方式，我当然对他怒不可遏。虽然现在冷静下来了，但伤痛却无法抹去，要忍受这种分离之苦，那是要拼尽全力才能平复自己的绝望，让自己不至于崩溃啊。而我却不得不承受这些，因为卡尔并没有完全走出我的生活，他的痕迹还在这间房子里，这里有他的一切，他的书，他的邮件，他的业务，他的税单，他的衣服。而他却很委屈地说："我是要写信给你和女儿的，但自从离开牛津后就找不到邮票了。"

顺其自然并不会让你马上就变得无欲无求，那只是一种状态，于我而言是一种新的状态，但我很欣慰自己能有这种状态，它就好像是一个适时出现的访客。我上一次见着卡洛琳，那应该是她的一段低谷时期，客厅里全是婴儿的尿布，屋里40个奶瓶却没有一丁点能吃的东西，也没有保姆照料。鲍勃说现在她在英国处境好了很多，我想这应该是实话。她在英国能够拥有那么多，也必然是舍弃了一些东西的，谁又知道呢。不过这些都与我不相干。卡尔还是老样子，让这边的大门敞开着，直到两周前，才在电报里说，我的爱人啊，无法即刻就回。但是现在，门永远关上了。我猜想这就是发生在你身上的那种怪事吧，你知道了就不再想要了。我是在说我自己，当然对卡尔来说也是一样的。

我很想去缅因，我们一定会在那里度过一段美好时光的。也在计划着请一些客人来。我倒是从未想过琼就住在长岛①,因为我当时在长岛的另一端,但是我不喜欢那个地方。即使是别人载我,即使是晚上10点出城,走长岛高速公路也要开三个小时的车——太恐怖了。我讨厌海滩上那些100000美元的棚屋,讨厌那些出版商,讨厌那里的人。

我现在正想办法回巴纳德工作,哪怕一个学期也行,因为我真的喜欢这份工作。我也相信一切都会好起来的。

写得急,有件事忘了,吉姆的孩子们②不会去,我真为他难过。如果哈丽特准备好了,明年复活节我会让她去看看卡尔,前提是卡尔他们会照顾她,不会耽误接机!孩子们还这么小,真是舍不得和他们分开,我该是会数着日子等她回缅因来陪我吧。

最亲爱的人啊,我们会很快见面的。也许是13日,只会早不会晚。

伊

---

① 琼·斯塔福德(洛威尔的第一任妻子)住在东汉普敦的斯普林斯。见麦卡锡的"你要来卡斯汀,我们当然是很高兴的。不过这样想却也有一些自私的成分。长岛肯定不是一个好去处。你应该已经想到琼了吧,其实她在长岛对我来说肯定是会成为一种威慑"(1970年6月20日写给伊丽莎白·哈德威克的信)。
② 指丹尼尔、埃里森和乔纳森·韦斯特。

55. 查尔斯·蒙塔斯写给罗伯特·吉鲁克斯先生

伦敦，WC1B 5ED，罗素广场24号，费伯出版社
1970年7月3日
【私密】

亲爱的鲍勃：

很感谢你上个月29日的来信，得知卡尔已经给伊丽莎白打过电话我甚感欣慰。你和我说过之后我就去找卡尔聊，那时他承诺会与伊丽莎白联系。至于我，其实以前也见过卡洛琳很多次了，我完全能够理解伊丽莎白知道这件事后的情绪！她确实有理由相信卡尔是躁郁症复发了，如果有我能帮上忙的地方尽管告知，我定当不遗余力。我想知道的是，在伦敦是否有合适的医生，还能和纽约那边的医生取得联系，卡尔能找到这样的医生吗？

得知你要来伦敦真是令人喜出望外，彼得、马修和我都很期待和你见面。如果方便的话，能不能在8月14日那天，也就是周五12点15分左右到这儿？我们可以在办公室聊聊书的事情，先聊半个小时再去吃午餐。唉，虽然我很希望你能来牛津一起度周末，但是整个8月学院[①]都是闭校的。下次再来的话一定要在牛津待上一个月！

颂安！

查尔斯

[①] 指万灵学院。

56. 伊丽莎白·哈德威克写给罗伯特·洛威尔

[纽约州，纽约，西67街15号]
1970年7月8日

我最亲爱的人：

跟伦敦那些放纵之人一起鬼混就是这般，我听说你住院了[①]。亲爱的，我只想表达我，还有哈丽特、萨姆纳等人的爱意。我们这边所有的人，你所有的朋友，都很爱你，珍视你。宝贝，别担心，你会没事的。

如果需要钱，就让人给我写信，我会联系银行，缺其他东西也可以写信给我。我只是想帮你，不是要害你。我非常珍视你，你的女儿亦是如此。有时候，我们都不敢相信你永远、永远、永远、永远不会回来了[②]，还觉得你哪天就会从楼上走下来，会带上甜椒芝士酱去你在水街的工作室。但是，哪怕离开我们是你的愿望，你永远都不再想要这一切了，我们也会想尽一切办法来帮助你。

[①] 见伊恩·汉密尔顿的"在7月9日[此处——比较哈德威克这封信的日期，7月8日]，洛威尔被送进了伦敦圣约翰伍德的绿廊疗养院。哈德威克接到玛丽·麦卡锡的电话（从巴黎打来，麦卡锡是从索尼娅·奥威尔那里听说这个消息的）"（见《罗伯特·洛威尔传》）。

[②] 见"你是永不回来了，｜永不，永不，永不，永不，永不"（《李尔王》第五幕第三场）。哈德威克在评论1964年彼得·布鲁克导演的这部戏时说："这部剧中的开场场景是三姐妹一连串的问题和回答，如同柯勒律治所说，一开始像是个童话故事，而最后的结局却是毁灭性的，是关于权力、衰老和死亡的悲剧。当你看过这部非凡之作时，你会感受到那些台词的力量，它们赋予文本的特色，如果肯定不是唯一的，那也是巧妙合理的。这部剧中所有具有存在主义意蕴的词语'虚无'和'永不'都具有特殊的意义。"（见哈德威克的《〈李尔王〉："巧妙合理"》，1964年8月1日刊于《时尚》）

7月4日那天,我开着车在西边的高速公路上足足转了四个来回。那个周四我在弗朗辛家度过了一个愉快的周末,和米勒夫妇①一起游泳,和比尔·柯芬的妻子②打网球,再开车把琼·范登·赫维尔送回去。(我听说你对她写的那本关于肯尼迪的③书评价颇高。)哈丽特已经参加了联合国学校的面试了,但是我还是很担心她。她第一次和你通话时哭了,之后心里特别难过,一句话都不愿说,真是让人担忧。我亲爱的女儿,她是那么那么的聪明,但跟其他人又是那么那么的不同,她是我珍爱的小宝贝。不说学校的事了,那简直就是个噩梦。

公寓完好无损地要回来了。富恩斯特的便条写得很贴心,上面说:"我爱您,尊重您。"然而我都算不上认识他。亲爱的,我没事,你猜我现在在干什么?你之前也这样干过。边喝波旁威士忌边读新闻呢!我已经把之前计划要写的那些小文章都写完了,就要开始写自己的书了。关于这本书我已经有了一些很棒的想法,它会拯救我的生命的。……如果可能的话,我想写一些过去的事情:共产主义思考、妇女解放运动、曾经与我同床共枕的那些臭男人,还有我作为一名女性实现自我的奇迹。我想,如果不是因为作为一名女性有责任维持尊严、诚实和正直的品质,我绝对接受不了发生在自己身上的这一切。我现在的状态很好,很快就要投入到创作中去,开始写第一章"归乡篇"。抱最好的希望吧,至少积攒一点声望。

谢谢你在《笔记本》里面为我和女儿写的诗④。昨晚我读完了整

---

① 指亚瑟·米勒和英格·莫拉斯。
② 指哈丽特·吉布妮·柯芬。
③ 指琼·斯坦恩的《美国之旅:罗伯特·肯尼迪时代》,乔治·普林顿编(1970年)。
④ 见1969年第一版和第二版的《笔记本》。

本诗集，真是一部不可思议的精彩作品。说"喜爱"是很肤浅的，对于真正的佳作，我是不会那般简单地去"喜爱"的。但我知道，你的这本书至关重要，尤其是在重新编订、扩充内容之后[1]——哦，天啊。你上次在电话里跟我说你在英国有12个粉丝，但在美国只有1个粉丝，这个说法我不同意。我是知道的，哈佛的学生都钟爱你的作品——你指的是哪12个？这就要看你的崇拜者是谁了……在这边，我们都对你的写作十分了解，爱你至深，对你的创作天赋深信不疑。

　　再见了，亲爱的。……你永远都是我心中所爱，去做你想做的事情吧。诺尔·斯多克写的那本关于庞德的书真是太糟糕了，极其乏味，怎么会写成这样？如果没见过庞德的那些照片，是不会知道他其实很有趣的。那本书就像这样：

　　"然后鲁齐小姐[2]……然后庞德太太……"她们就像秘书似的。

　　"多少文人墨客，为那些倒下的古树哀悼……"记得这句话是我去卡斯汀的时候，在帕尔格雷夫的一本书上看到的[3]。我已经迫不及待想要去那儿了。我想周日就去缅因……刚刚收到维尼·麦基的来信，他是我新认识的一个朋友，因为抵制服兵役而入狱了。有人说哥伦比亚大学可能开办不下去了，没钱……我不信……明年吧，我想在耶鲁找一份工作，因为我觉得在那儿工作会很有趣。我和哈丽特今年都会住在康涅狄格弗朗辛的家里。等到了明年，我们就每周末去那

---

[1] 指1970年秋季《笔记本》第三版即将出版的新诗。"文本不同于1969年5月的第一版和7月的第二版。改写了大约100首旧诗，有些改动较大；同时新增了90多首新诗"（参看"新版注意事项"）。
[2] 指奥尔加·鲁齐。
[3] 见"许多人哀叹｜那些老树的命运"（华兹华斯的《1803年作于昆斯伯里勋爵的地产奈德帕斯城堡》第8—9行，收在弗朗西斯·特纳·帕尔格雷夫编辑的《英语歌曲和抒情诗的金库》）。哈德威克在《在缅因》中将其引用为"多少文人墨客，为那些倒下的古树哀悼"，见1971年10月7日的《纽约书评》。

儿。哈丽特说她不想圣诞节去英国。还没准备好。也许复活节去吧。到了她能够面对的时候,她总会去的……爱你,永远。

伊丽莎白

57. 罗伯特·吉鲁克斯写给查尔斯·蒙塔斯先生

纽约州,纽约,联合广场西19号,FSG出版社
1970年7月3日

【私密】

亲爱的查尔斯:

这周收到你的信不久,伊丽莎白就打来电话,说卡尔在一家疗养院。整个欧洲大陆文坛现在都行动起来了。是玛丽·麦卡锡从巴黎给伊丽莎白打了电话,在那前一天,她还和卡尔聊过,就觉得卡尔"很亢奋"(要说明白总是不太容易)。然后索尼娅·奥威尔(我不知道她如今的夫姓)[1]又打电话给伊丽莎白,想让她去把卡尔带回家,然而这件事哪有那么简单。伊丽莎白很清楚,自己是劝不动卡尔的,那样做只可能适得其反。当下最好的消息就是卡尔进了疗养院。以我的经验来看,他在疗养院的时间越长,越有利于他的康复。要想让他把情绪平复下来需要一些时日,而且之后他也会陷入情绪低谷。如果他能愿意去疗养院(这一点并没有讲得很清楚),他就能够意识到自己需

---

[1] 见伊恩·安格斯的"1949年10月13日,[索尼娅]与[乔治]奥威尔结婚,后者患有肺结核,于1950年1月21日去世;之后她大多时候使用奥威尔这个姓氏。1958年8月12日,她嫁给了迈克尔·奥古斯都·莱恩·福克斯·彼得-里弗斯(1917—1999),一个富有的农夫,但这段婚姻在1965年以离婚告终"[见《牛津国家人物传记大辞典》(牛津大学出版社,2004年)词条"布朗内尔,索尼娅·玛丽(索尼娅·奥威尔)(1918—1980)"]。

要静养才能康复。他内心已如沸腾的火山,外表显然是在极力克制,有时甚至很乖巧,毫不知情的人若是一味鼓励,当他毫无拘束、饮酒过量、口无遮拦之时,激情便如烟花开始绽放。

伊丽莎白说她给诺兰太太打了电话,但是后者拒绝把消息转告西德尼。西德尼和卡尔一起工作当然是能够创造出一加一大于二的奇迹的,几年前的某个夜晚我也曾亲眼观看过那部歌剧。那些医生似乎对卡尔的情况有些不知所措。伊丽莎白正在打听那位伦敦医生的名字,方便让鲍姆医生[1](那个女医生应该是叫这个名字)和他取得联系。在那个难忘的歌剧之夜,我和西德尼把卡尔送到了鲍姆医生处,当时她说:"卡尔,你怎么能这样?想想人家会怎么议论我呀。"

查尔斯,坦白说我也不知道你能再帮什么忙,其实你做的已经够多了。伊丽莎白现在正准备带着哈丽特去缅因州的卡斯汀,会在那里过完这个夏天。她觉得自己还是应该尽量为这个孩子考虑,我知道不论做什么她都不会推托的。你放心,我写这封信给卡尔,只是要告诉他我现在正在法国度假,之后会去英国。只要他有需要或者有我可以帮上忙的,我就会去见他(我把费伯出版社作为我的联系地址)。

周五这天,也即8月14日,我没有别的事,我会按你说的那个时间——12点15分去找你、彼得和马修的。至于牛津,我会找个比8月更好的时间再去。顺便说一句,我很高兴你在负责彼得·汉德克的《守门员面对罚点球时的焦虑》[2]这本书。这位作家的另一本书

---

[1] 可能是维奥拉·伯纳德医生,治疗洛威尔的精神病医生之一(伊丽莎白·毕肖普的医生安妮·鲍曼也为洛威尔和哈德威克治疗过,但只是普通诊治,而非精神健康方面的专门诊治)。
[2] 迈克尔·罗洛夫(1972年)译。

《卡斯帕以及其他剧本》① 我们已经出版了，我正要给马修寄一本呢。

安祺！

[鲍勃]

罗伯特·吉鲁克斯

附：谢谢你的校对，那工作量可不小！那本书可以说是他最出色的作品了。甚至那首最新加进去的（基调最为悲伤的）诗《墙镜》也感人至深②。

58. 伊丽莎白·哈德威克写给罗伯特·洛威尔

[纽约州，纽约，西 67 街 15 号]
1970 年 7 月 11 日

亲爱的卡尔：

多么奇怪，早晨 6 点就在这里打电话，但这是我每天醒来的时

---

① 迈克尔·罗洛夫（1969 年）译。
② 见洛威尔的诗句"月光烈酿会说我们可以重新活一次，｜乞求大自然那干净的罗马大道｜绕一圈回来……绕开黑夜的旁道，｜白日，什么都看不见，什么都不想念，上帝……｜这些画被吹到地板上，哗啦一声，自由了，｜风是给予它们一种色彩的那位艺术家吹来的。｜你那镶着蓝宝石玻璃垫的墙镜，｜有卷纹边饰和钩形叶，捧着我们的脸庞，｜这种风格让坐在镜前的人像他们的肖像一样死气沉沉，故意忘却。｜夏天已经看得比本身更远了，｜叶子被街头涂鸦和被抛弃的女孩染上枯萎病。｜我们在散光的十字路口。一个夏天，又一个夏天——｜这个夏天也是如此。你。一条命换\我们／两条命——｜我们停顿，很不自在，做人我们卑微如尘埃"（《墙镜》，题献卡洛琳，插入《笔记本》校样中的打字稿［组诗《夏天》第 17 首］。参见《海豚》手稿本和诗集《海豚》中的《秋天周末在米尔盖特》［第 1 首］）。

间，我喜欢早晨。我已经迫不及待想去缅因了，令人绝望的是，这里还有一大堆事，没处理完就走不了。玛丽告诉我缅因景色很美。托马斯夫妇①打电话来问我在哪里，还等着我玩网球双打呢。我和你说过，之前在康涅狄格我打过一次网球，那是在室内，还很潮湿，我都觉得自己要中暑了，但体验还是愉快的。必须承认，我现在的状态并未好些……

昨天我在检查自己的文稿时，发现了一篇描写多萝西娅和艾弗·理查兹的文章②。写得还挺不错——不过也够奇怪的，我竟尝试过这些晚辈做的事，这些事以前总是令人生厌的。后来我突然意识到，这应该与一个事实有关，我的文字真的总是围绕着那些自己熟识的人，就像亨利·詹姆斯谈到的地点描写一样，要么内容翔实，要么一笔带过③。其实，对所写的地方不甚了解反而会成就一部好作品……我可能会向这个方向多尝试几次，这么做可不是为了写作品赢得身后名，只因此刻的我真的太空虚了……不为名声，只为出好作品才能支撑我继续走下去。

前不久我在公交车上看到斯坦利了，他看上去状态相当不错；他们离开去度假之前我和他们④聊过，但那是一段时间以前的事了。我

---

① 指玛丽和哈里斯（"汤米"）·托马斯。
② 该文不在哈德威克的文稿中。
③ 见詹姆斯的"那种通常能引起幻想的地方，为什么在这个时刻偏偏无法满足想象力的特殊需要呢？我在那些美丽地方，一再回顾这个问题，始终感到不能理解。我想，实际情况是：在这种要求面前，它们呈现的东西太多，多得在这个场合使用不了。这样，人们终于发觉，自己的工作与周围的景物格格不入，不像在那些不好不坏的普通景物面前那么得心应手，因为在这些景物面前，我们可以用我们的幻想来丰富它们。威尼斯这样的地方太骄傲了，不会接受这种施舍。威尼斯不需要施舍，它永远只是慷慨地赐予"[《一位女士的画像》（1908 年）的前言]。
④ 指斯坦利·库尼茨和埃里丝·阿什尔，他们在马萨诸塞州普罗温斯敦一起度夏。

随信附上阿德里安娜寄来的一张卡片①,不过是平常的无聊邮件。各种文选集——全都存在了这里的某个地方或其他位置,搞些不正常研究的社会学家寄来的采访请求,两首寄来请你评判的诗,就好像上帝本人能对几行诗句说些什么似的……

亲爱的,没必要因为这次的复发就怀疑锂疗法的效果。我想你已经对它进行了终极测试,它会有作用的,它确实起了作用……比尔·阿尔弗雷德说你最好今年回国,以防万一,哈佛这个学年的第二学期应该还没有确定授课的老师,伊丽莎白②和菲茨杰拉德③两人上的都是第一学期的课……我没有理由认为你会想要那份教职,只是把话带到而已。你知道我现在作何感想吗?我刚刚在一本旧笔记本里(这些东西我都会带去肯塔基)看到一句来自棒球比赛的老话:"好人难做!"④我想这句话很适合我吧,至少在某些方面很适合当下的我。如果我现在知道怎么当个坏人,我就不做好人了,但看样子是找不到场合喽。(当然我只是开个玩笑。我太清楚自己只能当个"好人"了。)

美国的形势差不多已经稳定下来了,虽然看起来还是令人匪夷所思,不过该做的也做了。尼克松为人虚伪,他现在显然已经一败涂地,我们坐等就是。美国已经让这个世界对毁灭和死亡麻

---

① 指阿德里安娜·里奇,附信卡片现已遗失。
② 指伊丽莎白·毕肖普。
③ 指罗伯特·菲茨杰拉德。
④ "Nice Guys Finish Last(好人难做)",利奥·杜罗切(美国职业棒球布鲁克林道奇队的经理)之语,但也可能是一篇社论对他的原话进行了删减,弗兰克·格雷厄姆对此有过报道:"好人全都在那里,在第7排。"[刊于1946年7月7日的《纽约美国新闻报》,后被弗雷德·夏皮罗引用在《耶鲁语录》(2006年)中]该短语首次出现在纸媒,是在利奥·杜罗切的文章《好人难做》中,刊于1948年4月的《时尚》。

木不仁，我想也只有各地的经济困难才是最引人注目的事。昨天我听说了一件不可思议的事，所有的富人都卖掉了自己在加勒比地区的房子，把大片大片的海滨别墅留在了牙买加那些地方。鲍勃告诉我下一期会刊登奈保尔写的一篇很有意思的关于特立尼达黑人权力的文章。我扫了一眼，讲的是那些黑人在等待伟大的非洲酋长，犹大之狮海尔·塞拉西的到访，最后却发现他长得像一个矮小的东印度人[①]。

　　亲爱的，我，还有我们大家，这里的每一个人，都为你送上最温暖的祝福。爱你，我亲爱的老伴儿。我很快又会给你写信或打电话的。

伊丽莎白
卡斯汀，缅因
207-326-8786

[①] 见 V. S. 奈保尔的"最近，皇帝访问了牙买加。拉斯塔法里教的信徒以为他长得像一头黑色雄狮；他们却看到一个像印度人的人，相貌温和，棕色皮肤，身材矮小。失望是巨大的，但这个教派却得以某种方式幸存了下来"（《权力属于加勒比人民》，刊于 1970 年 9 月 3 日的《纽约书评》）。

59. 卡洛琳·布莱克伍德写给罗伯特·洛威尔

[地址未知]①
[1970年夏,日期不详]

亲爱的卡尔:

我无时无刻不思念着你,无时无刻不爱着你。刚刚收到你的信了。你说得对,我不该说是"你"病了②。是我病了。或者我们病了。这就是问题所在。我知道,等你不再发脾气时再与你相见或说话,那样更好一些,但我是那么思念你,没有你的日子是那么的空虚、了无生趣,时时刻刻都是煎熬。而我自己,似乎还陷在某种不清醒的状态中,无法规划未来甚至无法思考。但是这只是暂时的。只是我现在处于一种奇怪的心态中,虽然一切确实在朝好的方向发展,可我却不甚乐观。不过不急于这一刻。就像你说的那样,我们越过了戈斯托沼

---

① 对于布莱克伍德在1970年7月中下旬所处的位置,记录与传记作家看法不一。布莱克伍德从爱尔兰的巴利康尼利给布莱尔·克拉克发了一封关于洛威尔的电报(没有日期,见"布莱尔·克拉克文件",收藏于HRC),而且伊恩·汉密尔顿郑重表示:"'卡洛琳在爱尔兰。'(《罗伯特·洛威尔传》)南希·舍恩伯格说,"她带着孩子们去了乡下,她在肯特郡梅德斯通刚刚买下了一幢18世纪的房子"(《危险的缪斯》)。也可以参考洛威尔的诗作《诊断:给远在苏格兰的卡洛琳》(见诗集《海豚》)。
② 见布莱克伍德几天前的信:"我要离开。如果我在你生病的时候看到你,我知道我们之间的一切都会变得别扭并且完蛋的。你的病让我如此痛苦,我和你是如此紧密地联系在一起,所以我不能帮助你,我自己也会再次崩溃的——但这又无济于事。我还是一如既往地爱你——你可能认为这话很虚伪,但这并不是格雷试图告诉你的那样。至于未来——上帝知道——他可知道?卡尔,快好起来吧,我非常爱你[。]爱戈斯托沼泽。"(布莱克伍德写给洛威尔的信,日期不详,但是写于1970年夏天,见"罗伯特·洛威尔书信文稿",收藏于HRC。)

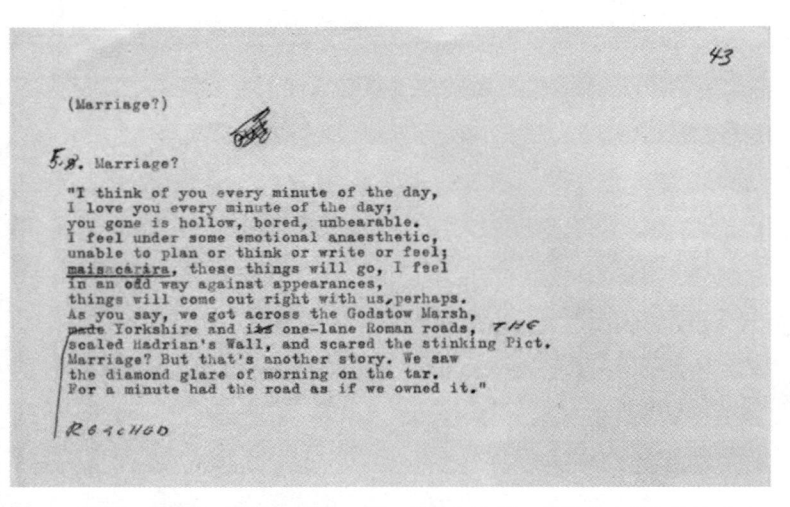

```
(Marriage?)

5.8. Marriage?
    "I think of you every minute of the day,
    I love you every minute of the day;
    you gone is hollow, bored, unbearable.
    I feel under some emotional anaesthetic,
    unable to plan or think or write or feel;
    mais carara, these things will go, I feel
    in an odd way against appearances,
    things will come out right with us, perhaps.
    As you say, we got across the Godstow Marsh,
    made Yorkshire and its one-lane Roman roads,   THE
    scaled Hadrian's Wall, and scared the stinking Pict.
    Marriage? But that's another story. We saw
    the diamond glare of morning on the tar.
    For a minute had the road as if we owned it."

REACHED
```

《婚姻?》[组诗《婚姻?》第95首]，摘自《海豚》手稿本，创作并修改于1970年至1972年1月（比较诗集《海豚》中的《婚姻?》[组诗《卡洛琳》第4首]）

泽，征服了那条仿佛没有尽头的军用道，最后到达了哈德良长城。

你现在还在创作吗？你那儿的书够看吗？随时寄信来红崖广场，我都能收到的。你说想读《墙镜》，我随信附了一个抄本。现在我只觉得自己很低，都低到尘埃里去了[①]。

爱你的卡洛琳

---

① 见洛威尔的诗句"我们停顿，很不自在，做人我们卑微如尘埃"（《墙镜》[组诗《夏天》第17首] 第14行，1970年版《笔记本》）。

60. 伊丽莎白·哈德威克写给罗伯特·洛威尔

[缅因，卡斯汀]
1970年7月14日

亲爱的卡尔：

从缅因给你写信。这里天气很热，但是风景很美，空气清新，阳光怡人。昨天和老伙计们一起打网球。来时开车很辛苦，不过我先去了波士顿，在那过了一晚，和比尔·阿尔弗雷德还有彼得·布鲁克斯在雅典餐厅[1]一起吃了饭，彼得是回来修缮房子的，准备再租一年。相聚很愉快，我们几乎是走路回坎布里奇的。不过说起来，哈佛广场真是个奇怪的地方，盛夏时节挤满了打赤膊的孩子，身上脏兮兮的，神情呆滞。库普书店的入口处，霍里约克中心广场周围，垃圾遍地，脏乱不堪。那时候我开始明白埃丝特的话是什么意思了，何以见得？因为地方太小，人们会莫名其妙地以为这会威胁到小孩子的心智[。]纽约、中央公园、格林尼治村——太大了，人们不会和陌生人混在一起，所以似乎有所不同。还是波士顿让我着迷。

玛丽在这里住得很开心，杜皮一家今晚会到，拉夫8月份才会来。他把西奥在葡萄园那幢带花园的漂亮房子给卖了，那房子一直都是西奥的财产，价值不菲，富丽堂皇，临水而立，典型的西奥风格。可是出售契约签了没两天，它就被烧了，夷为平地。令人毛骨悚然，是不是？[2] 西奥的东西一点都没留下，大家都是这么想。她离开了，彻彻底底地离开了。

---

[1] 指波士顿后湾区斯图亚特街的雅典奥林匹亚餐厅。
[2] 1968年9月25日，拉夫的第二任妻子西奥多拉·杰伊·斯蒂尔曼死于波士顿灯塔街329号的一场火灾中。

好啦，你当然不会从这里消失的。你的那件红色羊毛衫、那件黑白格子羊毛衣、那双运动鞋、那条棉布裤、那张从仓房搬来这里的床、那架双筒望远镜、那双沾满泥污的旧靴子①……完全就像哈代的一首诗②。鸟儿正在屋子里东一处西一处地筑巢。挂着天仙藤的棚架彻底塌了，我来之前就塌了，我现在正盯着那株天仙藤，想着接下来怎么办。

我想知道你现在怎么样了。之前给你打的几个电话让我心情好不忐忑，现在打电话贵得难以置信，所以我是不会打了，除非你让我这么做③。如果你需要安慰，我会写信给你的。现在哈丽特和我与你相隔数百万英里，仿佛我们从未与你相识过。我肯定你对我们的感觉也是一样的。……我寄给你的那本《杂烩》杂志应该收到了吧，里面有一篇很棒的文章，是罗伯特·布耶斯④写的。也没别的可说的啦。我的邮包还没有从纽约寄出来，不过在这里我很忙碌也很快乐，过得很开心。我在把屋子布置得温馨舒适一些，以迎接即将到来的冷天。我还在写作，这是我想要做的事情。这里天气宜人，我已经在期待8月15日的到来，那天哈丽特就能回到我身边了。索

---

① 见洛威尔的诗句"在缅因，我希望死在那的故乡，｜每件空空的毛衣和空洞的书架都伤人，｜要它们服务的借口都已消失"（《海豚》手稿本中的《一封未写出的信的笔记》[组诗《远岸》第3首] 第8—10行；诗集《海豚》中的《信》[组诗《住院II》第2首]）。
② 尤其参看托马斯·哈代的《伤逝》（哈德威克在《不眠之夜》中引用了此诗），以及哈德威克1973年5月24日写给洛威尔的信。
③ 1970年，从纽约打一个三分钟的电话到英国需要3.6美元（根据消费者价格指数计算器，按照2019年的美元计算，大约是23.33美元）（见"表13：'1950—1997年，美国电话电报公司对特定国际点持续3分钟的通话的住宅费率'"，琳达·布莱克和吉姆·兰德合著的《美国国际电信工业趋势》）。
④ 见罗伯特·布耶斯的《论罗伯特·洛威尔》，刊于《杂烩》第13期（1970年夏季刊）。

普先生①帮我处理屋里屋外的杂事，托马斯家的房子已翻修一新，现在看起来棒极了。你的仓房也收拾整齐了，等下我会邀请杜皮一家过来晒日光浴，小酌几杯，顺便让他们参观参观。草坪绿草如茵，隔板抵风挡雨。萨莉的房子很漂亮，帕特总是骑自行车之类的在水街上下溜达，鲍勃的大船泊在海港。布斯夫妇露过面，不知怎的很阴沉②。

好啦，如果你愿意寄信的话，希望你也写几句，告诉我你的情况。

爱你！

伊丽莎白

61. 伊丽莎白·哈德威克写给罗伯特·洛威尔

[缅因，卡斯汀]
1970 年 7 月 16 日

亲爱的：

能听到你的声音好开心。今天下雨了，还带点雾气，但是这一切都不重要了。你可以想象我和玛丽正在计划一个大型活动。先是为杜皮一家举办鸡尾酒会，然后接他们回到这里吃晚饭。昨天我们在仓房里打了网球，今天我把大家又都请来了，我们围着篝火，外面大风呼啸，感觉真是棒极了。我还突然有了一种放飞自我的自由感，觉得自

---

① 爱德华·A. 索普，杂工。
② 卡斯汀的邻居：萨拉·奥斯汀（萨莉）、帕特丽夏（帕特）、罗伯特（鲍勃）·比克斯、菲利普和玛格丽特·布斯。

己可以随时开上车随便冲上一条高速路，我现在也完全不怕晚上一个人待着了。其实我想要享受一个人在家的夜晚，能让我静静地读书再早早入睡。

今天也没有什么需要特别提及的。如果你要打电话过来的话就在英国时间的早上11点到12点打吧，那时候这里大概是早晨六七点左右，我是一定会在家的。……但好像也没有什么非打电话说不可的事情。我觉得用蓝信封寄信很奇怪，我打电话给你只是为了确认你不会因为这个而觉得困扰。我只是想要给你一些安慰，或者你觉得怎么形容合适就怎么说吧，总之我是想帮你。

一定记得告诉医院，还有医生，把账单寄回家。道富[①]换了一个人负责你的事，我把他的名字记下来了。洛林先生退休了，尼科尔斯先生好一阵子都没有过问你的"账目"，有些年头了。亲爱的，可能过两天还会有事要和你说。原谅我又写了一封这么无聊的信，但是我想告诉你我有多爱你，我盼你早日康复。振作起来，一切都会好起来的。我有信心，也希望你能对自己有信心。这不是什么虚妄之言，而是基于我自己的认知和观察，以及相当丰富的经验。

无比爱你！

伊丽莎白

[①] 指道富信托公司。

62. 伊丽莎白·哈德威克写给罗伯特·洛威尔

[缅因，卡斯汀]
1970 年 7 月 20 日

亲爱的卡尔：

我随信附上这篇评论，这样你就一定会看到了①。我希望你现在是健康的。卡斯汀是个美好的地方，温暖晴朗，这段时间过得很愉快。麦卡锡参议员的秘书今天来电话了，但是我说你人还在英国，而且大概率不会回来了。并未直接和参议员通话，也许他会过来。玛丽和我都挺想见见他的，只不过我觉得无法要求和他私下聊天。

你似乎离得很远很远，信件往来变得越来越困难。我想哈丽特现在在夏令营正玩得很开心吧。

爱你！

丽兹

63. 伊丽莎白·哈德威克写给罗伯特·洛威尔②

[缅因，卡斯汀]
1971 年［1970］7 月 21 日，星期二

亲爱的卡尔：

我的打字机完全卡住了，滑动托架根本动不了。我希望这封信能

---

① 附件现已遗失。
② 手写信件。

早点寄出去。卡尔,亲爱的,你愿不愿意我去英国照顾你,让你能够早日康复,去做你想做的事情?亲爱的,这里白天黑夜电话都响个不停,都是求助电话(不是打到我们家的,而是打到别人家的)①。得知你尚未好转,还不能出院,你的状态仍然亢奋,还不是我们爱着的那个深沉、严肃的罗伯特·洛威尔,我的心情感到十分沉重。亲爱的,你会没事的——没人比我更了解这点。如果你需要我——因为很多人都离开了伦敦——需要我去陪伴你,和你聊聊天,或者帮你把那边的事情理顺,是必须理顺,我会的,用不了多长时间,因为我没多久就要去夏令营把哈丽特接回来了。周五或周六打电话或是发电报给我吧。我会以朋友的身份来做这事,更何况是帮助我孩子的父亲。于我自己而言自然是不想去的,我在这里过得很开心。但是我知道自己能够帮上忙。亲爱的,你要是不愿意,就当我没说过这件事。需要打电话或者发电报的话,一定要在你的时间——早上 11 点或 12 点。我最多只能待十天,但是我会设法帮忙,你可以把出版书的大体安排告诉我,我也可以和你讲讲这边发生的新闻,或者聊一聊趣闻逸事,你的

---

① 伊恩·汉密尔顿引用了布莱尔·克拉克 1970 年 7 月 21 日—26 日的笔记,并对这一时期做了如下描述:"罗伯特·西尔维斯与布莱尔·克拉克的电话记录,1970 / 7 / 21——情况令人担忧:卡尔在卡洛琳伦敦的家门口,找了清洁女工让他进去——他喝醉了——卡洛琳无法忍受,但是医生说不能告诉他。他们不会为后果负责。哈德威克与布莱尔·克拉克的谈话记录,1970 / 7 / 21——'2:30 左右我和卡尔聊天,他说她和(他)一样精神崩溃了,要住院两周。'罗伯特·西尔维斯与布莱尔·克拉克的电话记录,1970 / 7 / 22——卡洛琳打算把伦敦的房子关了——玩消失又担心他找不到她——卡洛琳引用他的话说'我负不起这个责任',但'还没想好事情最终该怎么办'〔……〕哈德威克与布莱尔·克拉克的谈话记录,1970 / 7 / 27——(卡尔)说,就像说自己得了感冒一样——'问题是卡洛琳已经崩溃了'"(见《罗伯特·洛威尔传》)。克拉克还记录了 7 月 21 日与乔纳森·米勒的电话交谈内容,米勒说洛威尔在伦敦认识的每个人"都消失了,甚至连他自己也不见了",他"担心卡尔"从医院出来时"找不到一个真正可以联系的人"("布莱尔·克拉克书信文稿",收藏于 HRC)。

工作，等等。

无比爱你！

伊

我只是出于好意，不是要宣誓什么妻子的主权。如果我想那样做的话就不用等到现在了，几个月前就会做了——至少是试一试。

64. 伊丽莎白·哈德威克写给罗伯特·洛威尔

［缅因，卡斯汀］
1970年7月28日

亲爱的老伴：

我喜欢和你说说话①。菲尔②捧来了一大束花草，那一刹那，我的眼泪一下就涌了上来，菲尔说，那是涌自肺腑的眼泪。玛丽一直都是个忠诚好友，点子又多，很贴心，对我非常好，我会永远爱她的。这是一个完美的夏天，虽然酷热，但也热闹，朋友们一起打网球，一起小酌，很是开心。鲍勃和芭芭拉从纽约打来电话亲切地问候我。哈丽特一样，也有很多好朋友，真是热心得令人难以置信。丽莎在第一个探望周和最后一周都去了营地探望她。梅丽莎的父母来看女儿，因为离得不远，梅丽莎就带他们一起去看了哈丽特。她们两人都说哈丽特是个漂亮的可人儿，对来看望她的人笑脸相迎，感谢他们的赤诚相待和所做的种种努力。从这去夏令营需要八九个小时，我当然是无法

---

① 1970年7月27日是哈德威克54岁的生日，7月28日是洛威尔夫妇结婚21周年纪念日。
② 指菲利普·布斯。

开那么长时间的车的。8月16日到时候接她回卡斯汀度过剩余的8月时,开车去再开车回,我害怕吃不消,但是我会提前一天出发,去奥尔加或者弗朗辛那儿待上一两晚。日复一日过着没有父亲的生活,她\哈丽特/很痛苦,尤其痛苦的是要永远失去一个非比寻常的父亲,一个令人难以忘怀的陌生人。她说,爸爸笑起来也不出声,真是太有趣了。

镇上有头黑熊![1] 就在庄园[2]附近出没!埃德·米勒牧师很困惑,正在苦苦思索,但我注意到,在讨论比尔·柯芬还有了不起的摩尔主教时,他抑制住了那澎湃的激情。从一位圣贤那里打听另一位圣贤,就好比是从乔治·欧特曼那里打听罗伯特·马瑟韦尔。爱你,我最亲爱的卡尔。

伊丽莎白

65. 伊丽莎白·哈德威克写给玛丽·麦卡锡[3]

[伦敦]

1970年8月2日,星期日

玛丽,最亲爱的:

我之所以寄信而不是发电报,是想告诉你这个地址,其他的地址你都有了。

---

[1] 见洛威尔1970[1971]年1月6日写给哈丽特·洛威尔的信。
[2] 卡斯汀的一座废弃房屋。见哈德威克1976年1月29日写给玛丽·麦卡锡的信。
[3] 手写信件。

英国伦敦

樱草花山路

克莱夫酒店①

不知怎的,这里让人感觉十分压抑,我再次认识到,在卡斯汀我过得是多么快活。卡尔还没有真正意识到自己的情况有多糟糕,大概还要折腾一阵子,我想应该还得再过两到三周的时间吧。他的身体状况极差,能起身走动一个小时已经是体能极限,再动怕是要累瘫了。明天我会去找一下医生,我想一定是甲状腺出了问题②。看到他佝着身子缓慢而行,一点力气都没有,我就抑制不住自己的眼泪。索尼娅真是很过分。她到航站楼接我们③,酒店在回城的途中,很不错,隔壁就是卡尔的医院。她竟一个字都不让我说。在宾馆点了咖啡,我说我不想喝咖啡,看在上帝的分上我想见卡尔,于是就去了隔壁,他已经在那儿等着了。我只是希望我和比尔在这里的时候她能回避,但我

---

① 见伊恩·汉密尔顿的"7月29日,哈德威克[告诉布莱尔·克拉克][……]她决定去伦敦[……]她给布莱尔·克拉克打电话说,'——我决定了——比尔·阿尔弗雷德和[我]一起去[……]'",然后报告了她从伦敦听来的流言蜚语,说洛威尔"'被允许外出——穿着睡衣——光顾酒吧——偷手提包中的东西[……]他们不理解——他喝酒——我要和医生谈谈[……]——卡洛琳这事还是其次:他要是想娶她,那就让他娶吧——这样又吃药又喝啤酒的,他一倒下就可能死掉的——比尔会陪他去酒吧,给他理发,给他买鞋——直到他们能控制他为止——坐在那里陪着他。卡尔真的是一个才华横溢、自尊自重、气质高贵的人,不是这个不管不顾的蠢货——在情感上没有表现出他的真实个性'"(《罗伯特·洛威尔传》;伊恩·汉密尔顿的材料来源是1970年7月29日的"布莱尔·克拉克的笔记")。
② 见托马斯·A.特雷尔的"既往病史包括1968年至1969年间的治疗甲状腺功能减退症。甲状腺肿胀,他的情况最终似乎有所改善(甲状腺激素在1969年3月停止使用),所以有人认为他患有甲状腺炎"(见凯·雷德菲尔德·杰米森的《罗伯特·洛威尔:放火烧河》,2017年)。
③ 指哈德威克和威廉·阿尔弗雷德。

对此表示怀疑。原先还觉得两天后她会赶回城里!

真正令人恐惧的是,这些人没一个是正常的,大家精神都有问题,程度不同而已,希望是吧。卡洛琳,伊兹雷尔,宾戈(格雷的小娇妻,之前有过一次精神崩溃),这群人中也只有索尼娅还能帮上点忙。想到卡尔未来的日子我就悲从中来,关键时刻根本没一个能顶用。

卡尔不怎么说话,状态很差,连啤酒都只能喝一品脱,不过还在尝试创作。他开口也只是说个笑话,大家为他做了些什么他全然不知。但有时候,某一瞬间,他脸上会闪过一丝难以言说的失落,让我忍不住又要流泪,但是转眼他就用一个无心的笑话把那种情绪推开了[1]。他已经渡过了好些难关,但恢复还是需要一段时日。在我看来,朴素的形象倒是不假,也是一种放松的方式,但是"偷东西"就大错特错了——当时在电话里听说此事我看实吓了一大跳。索尼娅那里的书,还有一张伦敦地图,她"以为"地图放在手提包里,可最后却是在卡尔的床上发现的[2]!我说:"书!它们不算!"伦敦有一种噩梦般的可怕特质,让我很是讨厌,比尔也感觉到了,它在卡尔身上还好一些,但在他周围那个不幸、无助、无益的圈子却相当严重。上帝帮帮他吧,我待不了太长时间——我估计还需要些时日,我没办法等到卡尔痊愈了。我自然是没有跟他提到有关卡洛琳的一字一句,也没有说"回家"这样的话。我甚至不清楚为什么"告诉他关于卡洛琳的事"会让他觉得恐惧。索尼娅胡乱说了一大堆,关于卡洛琳什么该告诉卡

---

[1] 见洛威尔的诗句"你那小丑样让我们想吐"(《海豚》手稿本中的《来自我妻子》[组诗《远岸》第1首]第4行);"看你那小丑样,探访者只想赶紧叫车走人"(诗集《海豚》中的《声音》[组诗《住院II》第1首]第4行)。

[2] 在去伦敦之前,哈德威克告诉布莱尔·克拉克,她已经听说(可能是从索尼娅·奥威尔那里听说的)住院期间,洛威尔"被允许外出——穿着睡衣——光顾酒吧——偷手提包中的东西"。

尔什么又不该告诉他，比尔和我也没搞懂她究竟要说些什么。我感觉卡洛琳——她自己的人生都严重失衡——对卡尔来说只会是可怕的灾难。卡尔看起来真的很无助，他是那么需要被爱、需要坦诚、需要一个妻子来照顾他（这是真的）。但是，目前的情况就是这样。我返程的时候会给你发电报的。

向你们二人致以最深切的祝福。

伊丽莎白

66. 伊丽莎白·哈德威克写给玛丽·麦卡锡[①]

伦敦，汉普斯特德，樱草花山路，克莱夫酒店

1970年8月4日

亲爱的玛丽：

我想念卡斯汀。这里真的太压抑了，他病得如此严重，弄得我都要神经衰弱了。我将见不到索尼娅了，她明天就回去了。她说什么事情都是歇斯底里的，我想这肯定会伤害到卡尔，我一点都不想听她的想法。卡尔的情况不太好，不过也在渐渐恢复当中。他安安静静，头脑清醒，行为诚实。这家医院的条件很好很适合他，那个医生也不错。我不知道他将来会怎么样，但我确实知道，因为某种奇怪的好运气吧，自从我到这儿之后我就意识到我不希望从头开始了。有件事——跟卡洛琳无关，我们没有提到她——让我完全释然了。我唯一的愿望就是早点回到自己家，回到朋友们当中，但是医生想让我尽量多待一些时日，我说了最晚就14日离开吧。剪短了卡尔齐肩长的头

---

① 手写信件。

发,让人洗干净他的衬衫和裤子①。他很虚弱,身体发颤,孱弱不堪,甚至起身走动都必须有人搀扶,走大约一个小时就筋疲力尽了。不过我们一起去看了《巴顿将军》②,时长三小时的影片故事怪异有趣,我们看得很开心。

喜欢《感恩节》③那篇文章,在某种程度上和《巴顿将军》没什么不一样。我想要快些回\家/去,但是我已经订好了14日的机票。我可能得从波士顿去夏令营接哈丽特了,除非她还是一心要去加拿大旅行④。

伦敦是个好地方,汉普斯特德让我着迷不已。我不会再给谁打电话了——太累了,也不想谈关于卡尔的事情了。我希望用自己的沉默来阻止这一切。比尔人太可爱了,耐心又亲切,而且有求必应。我们就像两个跑腿的老修女一样,洗衣服,陪卡尔出去走走喝点啤酒。而卡尔呢,就像是一个卧病在床的大主教,好像我们伺候他本就是再寻常不过的事。

但是回家我们两个都会很开心。

爱你!

伊

---

① 见洛威尔的诗句"你的西服懒得都冒油了"(见《海豚》手稿本中的《来自我妻子》[组诗《远岸》第1首]第8行);"你的裤子都穿成反光镜了"(诗集《海豚》中的《声音》[组诗《住院 II》第1首]第8行)。
② 指富兰克林·J.沙夫纳导演的《巴顿将军》(1970年)。
③ 指玛丽·麦卡锡的《巴黎的感恩节——1964》,刊于1970年8月的《大西洋月刊》。
④ 1970年8月,哈德威克和哈丽特·洛威尔从缅因州前往魁北克做了一次短暂的旅行。

67. 伊丽莎白·哈德威克写给罗伯特·洛威尔[1]

伦敦，汉普斯特德，樱草花山路，克莱夫酒店

1970年8月5日

最亲爱的卡尔：

这里用橡皮筋绑住的是一些盖过邮戳的明信片和航空信封[2]。千万不要忘了哈丽特啊！孩子会因此毁了自己的，我有种感觉，她和你在一起就像一间小屋，离得很近，但当一栋新的建筑出现时，它就会被尘封在记忆中。

你已经准备好舍弃我们，快活地去过下半辈子吗？你还记得我们的家吗？记得你的工作室吗？里面有床、有书，还有你的电话机。你还记得缅因吗？记得学园街的那团篝火，朋友们欢聚一堂，伴着音乐举起酒杯吗？你还记得你的仓房，你那些印章，你那些悠长慵懒的时光吗？

你还愿意亲吻哈丽特的小脸蛋吗？还愿意听她放声欢笑、听她在房间弹吉他吗？

你将不可避免地过上一种情感残缺的生活，混乱不堪，逃避现实，不再拥有坚强的后盾，不再拥有爱人的帮助，没有一个竭尽所能的妻子去为自己心爱的男人付出一切。你要放弃私底下的情趣，放弃你\自己/的生活，去与别人厮混，可是你需要的是现实，是我带给

---

[1] 手写信件。
[2] 哈德威克把准备寄给哈丽特·洛威尔的明信片和信封都贴上邮票并预先写好地址，但明信片内容和信封都空着，好让洛威尔自己写上信息或塞入信件。见《海豚》手稿本中的《一封未写出的信的笔记》［组诗《远岸》第3首］，以及诗集《海豚》中的《信》［组诗《住院II》第2首］第4—12行。

你的能量，带给你的关心与幽默呀①。

何为你的价值观？包括忠诚吗，包括对你爱的那些人的责任吗？你毕竟是爱过我的呀。当你一头扎进别人创造的世界，你便无法摆脱疾病与羞耻，因为主宰那个世界的是一个新国家，是英国贵族阶层以及它的种种无用的规矩，你已经放弃了自己身上的某些东西，它们虽然过时但依然美丽，属于新英格兰，很纯粹。

我希望你的写作大获成功，但是，若是没有了生活常在的新鲜感，我知道，有时这种生活令人恼火，\ 我，这个家，／没有了时事新闻，你的作品如何重新焕发活力？难道靠英国的八卦新闻、一些陈芝麻烂谷子的话题吗？

你想要知晓国内的生老病死吗？你是不是觉得没有必要再继续了，还是说，有人无意中告诉你是被迫移居国外的？

此时你若愿意，还可以和我们一块回国。埃塞克斯不像哈佛，不会提振你的精气神的，我了解那里很沉闷，和石溪一样，优秀的教师并不多。

我的心碎了，但是我必须让它碎得彻底，断得一干二净。我很坚强，依然能从生活中获得快乐。虽说我心\ 经常／狂野，却不信毁灭这样的事②。

---

① 见洛威尔的诗句"你丢下两栋房子，两千册书，｜一个靠海的工作间，还有一个女\奴隶｜｜她\要／跪着侍奉你，样样满足你——"(《海豚》手稿本中的《来自我妻子》[组诗《远岸》第1首] 第10—12行);"你丢下两栋房子，两千册书，｜一个靠海的工作间，还有两个奴隶｜跪着侍奉你，样样满足你——"(诗集《海豚》中的《声音》[组诗《住院Ⅱ》第1首] 第10—12行)。

② 见托马斯·怀亚特的诗句"貌似温顺，内心却狂放不羁"(《不管谁欲狩猎》第14行)。

祝安！真心期盼！

伊丽莎白

附：[①]

卡尔：

里面除了我的一封信，还有一些信封和盖了邮戳的明信片，有的明信片是\国家/美术馆的。我要去购物了，比尔正在想办法买机票，我们准备后天走，也就是周五一早。或许你下午可以打电话过来，我们可以在5点见个面，然后我再去瓦莱丽[②]家。明天你愿意见我多长时间就多长时间，这是我在这的最后一天了。

祝好！

伊丽莎白（丽兹）

比尔\在320／［也许？］找你一起吃午饭，如果你愿意［。］

68. 伊丽莎白·哈德威克写给罗伯特·洛威尔[③]

伦敦，汉普斯特德，樱草花山路，克莱夫酒店
［1970年8月，日期不详］

卡尔，亲爱的：

你需要我便一直都在，不需要我便永远消失。

祝你健康幸福。

丽兹

---

① 手写在来自国家美术馆装明信片的纸袋上。
② 指瓦莱丽·艾略特（T.S.艾略特的遗孀），住在伦敦肯辛顿宫花园3号。
③ 手写信件。

69. 罗伯特·洛威尔写给罗伯特·洛威尔太太[①]

[伦敦，研究员路2号，绿廊疗养院]

[1970年] 8月6日

最亲爱的丽兹：

~~你还是那么温柔，那么果敢，那么有礼、聪明又慷慨。~~

~~我怎么能~~

8月6日，你离开之时

最亲爱的丽兹——

你最后那张便条\以及/你多年来\说过的/别的一些话，都深深地记在我心里了。你无比忠诚又机智风趣。我无以为报。在这段漫长的婚姻生活中我们相亲相爱，但还是发生了很多事。我感觉我们有过很多快乐，也有许多其他必须学习的东西……不快之事不存在，醒人之事亦全无。好不快乐\快活/！

祝安！

卡尔

[①] 这封信中所有的打字错误均为原信中的错误拼写。收信人为"Mrs. Robert Lowell, Castine, Maine U！S！A！"（美国，缅因州卡斯汀，罗伯特·洛威尔太太）。

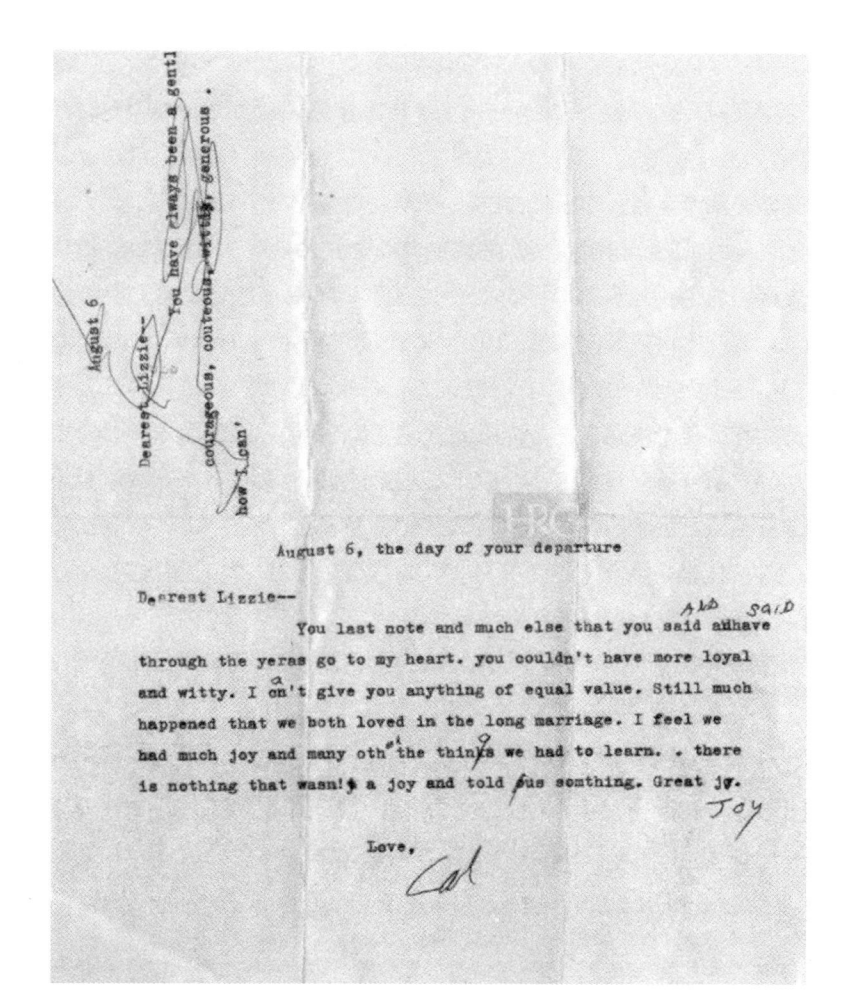

August 6, the day of your departure

Dearest Lizzie--
You last note and much else that you said all have AND SAID
through the yeras go to my heart. you couldn't have more loyal
and witty. I can't give you anything of equal value. Still much
happened that we both loved in the long marriage. I feel we
had much joy and many oth the things we had to learn. . there
is nothing that wasn't a joy and told us somthing. Great jy.
JOY

Love,
Cal

罗伯特·洛威尔写给伊丽莎白·哈德威克的信（1970年8月6日）

70. 罗伯特·洛威尔写给罗伯特·洛威尔太太[①]

[伦敦，研究员路2号，绿廊疗养院]
1970年 ~~10月~~ \ 8月 / 9日

最亲爱的丽兹：

我每天都会给哈丽特寄那些稀奇的伦敦风景照[②]。我很想知道她在夏令营的伙伴们都是一群怎样的孩子。哦哦，夏令营马上要结束了，树叶很快就要变黄了，感觉\这里/气候跟挪威很像。我很激动，内心一个劲地冒着泡泡[③]，一时说不出话来，因为想起了你匆忙赶来陪我那么长时间，我真是很知足了。这边有颗心一直惦念着你。盼望一周之后就能离开这里（可是自诺亚洪水的彩虹之约以来，就再也没有什么事是确定的了），已经感觉好多了，在某种程度上，感觉比几个月前还要好。

衷心祝愿你以及所有人！

卡尔

\附：献给你我所有的爱。/

---

① 洛威尔标注的日期为1970年10月9日（哈德威克手写更正为"8月"）。寄信人为罗·洛威尔。
② 明信片现已遗失。见洛威尔的诗句"皇家骑警和卫兵，一个大红、一个明黄，|艳丽、又无用又陈旧的帽子……|美国人在一张明信片上就能买到这些——"（诗集《海豚》中的《沃尔特·雷利》[组诗《住院》第5首］第1—3行）。
③ 参见洛威尔的诗句"我的手刺痒痒|想去戳破那些泡泡，|它们从吓怕了变温顺的鱼儿们鼻子里漂出"和"肖上校骑在他的气泡上，他等着|那福佑的破裂时刻"（《献给联邦烈士》第6—8行和第61—64行）。

71. 罗伯特·洛威尔写给罗伯特·洛威尔太太[①]

[伦敦，研究员路2号，绿廊疗养院]
1970年8月11日

最亲爱的丽兹：

空气里有几分寒冷，冷到我要搓摩双脚来取暖。不\过／，缅因的空气更冷，也许更真实。当然了，都是幻觉！真实的缅因总是有[一种]距离感，那儿有你。今天早晨，我可以给你写信了。噢，我希望我已经和哈丽特·洛威尔联系上了，我给她寄了很多明信片，上面印着骑警之类的难看的东西，是你慷慨买来，盖好邮戳留给我的。

再见了，我的爱。

卡尔

```
(The Farther Shore)

3. Notes for an unwritten Letter
   IN THE AIR
Ice of first autumn, enough to make me hold
my feet for warmth. A purer cold in Maine---
all things are truer there, truth a foreign language.
The terrible postcards you bought and stamped for me
are mailed to Harriet: the horseguards, the lifeguards,
the golden Lord Mayor's chariot, Queen Bess--
true as anything else to fling a child...   HAVE GONE
In Maine, my country as I loved to boast,   WHERE I
each empty sweater and vacent bookshelf hurts,  WISHED TO DIE,
the pretext for their service gone.   ALL THE
I shout into the air, my voice comes back,
it doesn't carry to the farther shore,
rashly removed, still ringing in my ears.
Is a sound sleeper one you will not wake?
                 WHO
```

《海豚》手稿本中的《一封未写出的信的笔记》[《远岸》第3首][②]，创作并修订于1970年至1972年间。

---

① 原文收信人为"Mrs. Robert Lowell, Castine, Maine U! S! A!"（美国，缅因州卡斯汀，罗伯特·洛威尔太太）。
② 比较诗集《海豚》中的《信》[组诗《住院 II》第2首]第4—13行。

72. 伊丽莎白·哈德威克写给罗伯特·洛威尔

[缅因，卡斯汀]
1970 年 8 月 12 日

最亲爱的卡尔：

我不知道你是不是能够收到这封信，但我还是想要告诉你，你那张友善的便条对我来说意味良多，不止如此，我已经不知道该如何形容这种感受……那天，亲爱的玛丽\舍身成仁！/在酷热的班戈机场等着我，她都不确定我会不会出现在那儿。这边的一切都那么宁静、美好，我和朋友们在一起，有时候打打网球。过几天我会去弗朗辛和奥尔加家待几天，15 日再和哈丽特一起回来。相信会很愉快的。

我所有的祝福永远伴你左右。

丽兹

73. 伊丽莎白·哈德威克写给罗伯特·洛威尔

[缅因，卡斯汀]
1970 年 8 月 13 日

最亲爱的人：

除了信还是信。现在又接到银行的电话，说是需要你签名才能支付我和比尔去英国的费用。我很怕收到费伯出版社寄来的账单[①]，还

---

① 洛威尔在伦敦的医疗费用先是由费伯出版社作为贷款垫付，直到他的美国健康保险公司蓝十字能够支付。见洛威尔 [1971 年] 5 月 6 日写给哈德威克的信。

有为了办理蓝十字保险公司那些繁复的手续,需要不断提供新的信息,但我会尽力配合的。蓝十字不收的那些\账单/,会由银行来支付。

这里真是乐趣多多。今天早上的游艇俱乐部诗歌比赛上(玛丽、菲利普·布斯和弗兰克·哈奇是评委),我作了一首戏仿诗,可以说是对海湾派诗人的一种缅怀吧,把你、布斯、埃伯哈特还有丹尼尔·霍夫曼的诗行和心绪杂糅在一起。不过,除了你,我对其他三个人并非了如指掌,所以还做了一点必要的挖掘。后来又进行网球比赛,很精彩,一直打到 7 点。以前的卡斯汀可没这么生机勃勃这么让人觉得快活,也许是因为正值盛夏时节吧。

丹尼尔·贝里根昨晚被捕了[1],在此之前他一直东躲西藏。是芭芭拉 10 点打来电话告诉我的。当时我和玛丽、吉姆还有他们的好朋友伦纳德·坦尼森刚从码头回来。虽然知道他必然是会被抓住的,听到这个消息我还是忍不住哭了。当局抓他花了足足四个月的时间。近期,《纽约时报》报道了一则骇人听闻的消息,说是许多极为温和的天主教徒[2]和抵抗人士都被关进了安全级别最高的监狱,任由那些泯灭人性的罪犯对他们实施各种虐待,甚至包括性虐待。你都不能反抗,否则就会被杀害。菲利普·贝里根就是其中一例,他被当作人质囚禁在那里,我们想有可能是用他来逼丹尼尔现身……[3]这一切太令

---

[1] 见合众国际社的报道《逃亡牧师被 FBI 擒获;焚烧草稿文件的贝里根在布洛克岛被俘》,刊于 1970 年 8 月 12 日的《纽约时报》;《纽约时报》特别报道《贝里根神父因焚烧草稿文件被判服刑三年》,刊于 1970 年 8 月 13 日的《纽约时报》。
[2] 见洛威尔的诗句"我是一个脾气火爆的天主教徒"(诗集《生活研究》中的《忆西街监狱与勒普克》第 14 行)。
[3] 见乔尔·科维尔的《为国家服务:对政府说不的年轻人》,刊于 1970 年 7 月 5 日的《纽约时报》;荷马·比加特的《监狱否认贝里根受到虐待》,刊于 1970 年 7 月 30 日的《纽约时报》。

人悲伤了。老斯波克①前几天在海港，他向你问好。安和阿尔弗雷德这个夏天都待在蓝山附近，似乎有点奇怪，他们今天下午会过来拜访。阿尔弗雷德一直都不待见玛丽②，所以建互助社的事也没办法进行，但我听说阿尔弗雷德身体状况很好，玛丽的性子也还是那么咄咄逼人。

天一亮就启程去康涅狄格。我希望哈丽特能在这里过得很开心。我已经准备好\我们两个/晚上要读什么书放什么音乐了。朋友们还准备请我们吃晚餐，我觉得哈丽特应该不会感觉别扭吧。霍尔夫妇③会给她的吉他调音，在这边待几天对她也许是件好事，经历了夏令营的吵吵嚷嚷，和城市里那些同龄的孩子待在一起少不了变得懒散些，让她静一静心也好。弗朗辛去夏令营看了哈丽特，然后给我写信夸她："真是个绝世美人！"也许这样想很奇怪，但我觉得恰恰是她所遭受的痛苦和损失让大家对她怜爱有加吧。而她自己也能够承受住这一切了，因为她长大了。有时候我会觉得非常内疚，因为不知何故，我竟从未与朋友们的孩子一同做出足够的努力，让她有可能融入到各种各样的家庭。不过，周围的人都爱着她，真心待她，希望她过得幸福，他们也总是想办法缓解她的情绪，让她快乐。我充满希望。

奥尔加刚刚打来电话，说了我去她家的一些安排。我现在是在弗朗辛家，因为她家的房子要大一些。我告诉奥尔加我正在给你写信，她便向你问好。

亲爱的卡尔，我非常想念你。不仅是我和哈丽特，还有很多老朋

---

① 指本杰明·斯波克医生（1903—1998）。
② 见阿尔弗雷德·卡津的《三十年代起步》（1965年）最后一部分"1940"中对玛丽·麦卡锡的描述。
③ 指柏妮丝和大卫·霍尔。

友，我们大家都很爱你，都期待你的归来。亲爱的，请在信封里这张纸上签名，\还要盖章的，宝贝！/然后马上寄回来。

我最亲爱的爱人！

伊丽莎白

74. 罗伯特·洛威尔写给罗伯特·洛威尔太太

伦敦，肯辛顿，红崖广场80号[1]
1970年8月27日

亲爱的丽兹：

你的信优美感人，字字情深，令我无以回复，我这边没什么值得一提的事。最近在忙着找单间公寓[2]，修改修改诗作，常常感觉自己是个过气的诗人，还有就是让人订购好我在埃塞克斯上课所需的教材。系里那个\负责/人很热心，帮我找到了一本很棒的诗选集，比我之前预定的那本好多了，不过还有一本却不怎么样。不过也没什么压力。学校也没有给我很重的教学任务，给我的学生并不多，所以我也不至于太辛苦。除了和卡尔·米勒[3]一起吃了顿午饭，留宿肯特郡[4]，也没别的什么了。我不会自以为是，但也不认为自己是个卑鄙

---

[1] 卡洛琳·布莱克伍德在伦敦的地址。
[2] 卡洛琳·布莱克伍德对伊恩·汉密尔顿说："我告诉他，他必须自己有一套公寓。这话他很在意——他被伤到了。但就像往常一样——他的状态不太好：他十分害怕独自一人［……］但伊兹雷尔说得对，他说：'我真的不想让一个疯子带着孩子。'我不得不将这话告诉卡尔。因为伊兹雷尔可能会把孩子从我身边夺走。"（《罗伯特·洛威尔传》）。
[3] 卡尔·米勒（1931—2014），英国文学批评家。——译注
[4] 布莱克伍德的房产米尔盖特庄园所在地。

无耻的混蛋。我还是很期待去埃塞克斯的,比起写作,教书要轻松得多,而且收入也可靠,虽然也让我缺失了很多东西。

哈丽特的照片让我想了很多很多,也很惊讶。威尼斯旅行之后她都成大姑娘了。抑或只是摄影师拍摄的角度问题?然后还有第二行那句深刻的话语,相当忧伤的夏令营笔记①。真希望能陪伴在她身边,给她启发,让她放飞思绪。以前我们很擅长开一般人听不懂的玩笑。什么时候我才能见到你们两个呢?我考虑过12月10日左右回去一趟,也可能更晚一些。会造成困扰吗?唉,愿上帝保佑你,所有的悲伤都被快乐收藏。多谢你喜欢我那组革命性的十四行诗②。在《笔记本》中它们的排序会有些不同,不过这也是我所乐见的。

爱你!

卡尔

---

① 见洛威尔的诗句"你必须在孤独中坚强起来,命运说,│目前也只有这种念头必须成为你的庇护所──│这句话写在你的记事本里,被你的照片曝光"(诗集《海豚》中的《在哈丽特的记事本里》第1—3行)。哈丽特·洛威尔1970年道尔顿记事本里并没有这样一页,也许是康沃尔夏令营发的记事本。据哈丽特·洛威尔说,这句引言出自保罗·克利之口,不是她自己记下的,而是印在笔记本里的:"你必须在孤独中成长变得坚强,命运说。"(《保罗·克利日记:1898—1918》,菲利克斯·克利编,皮埃尔·B. 施耐德、R. Y. 扎卡里和麦克斯·奈特译,1968年)。
② 指《尤利西斯和娜乌西卡》、《行军》、《罗曼诺夫》、《舞台上的罗伯斯庇尔和莫扎特》、《圣贾斯特(1767—1793)》、《死亡和桥》(《大革命》第I—VI章)、《现代场合》(1970年秋季刊)。比较1970版《笔记本》中诗歌的标题和顺序。

75. 罗伯特·洛威尔写给哈丽特·洛威尔小姐

伦敦，肯辛顿，红崖广场80号

1970年8月27日

亲爱的哈丽特：

我都不\知道／身在远方的爸爸能对你说些什么。我的生活自然还是和以前一样，只是缺少了你和妈妈。我的日常就是写作、教书，尽可能让日子过得开心、痛快。英国集合了康涅狄格和波士顿的乡村特色，或许是吧，和纽约倒是不太一样。我还是老样子，你也没变。但是我知道，你已经长大了，像你这个岁数的女孩，都必须长大明事理，但是岁数大也并非真的总是如此。我非常希望你能和我聊聊天，享受父女亲密无间的快乐，就像我们过去一样。如果你和妈妈叫我回，我也许在圣诞节前回纽约吧。

爱你！[①]

76. 伊丽莎白·哈德威克写给罗伯特·洛威尔先生

〔明信片：查尔斯·奥斯古德——《纳撒尼尔·霍桑》（1840年），收藏于马萨诸塞州塞勒姆市埃塞克斯文物馆〕

〔缅因州，卡斯汀〕

〔1970年9月3日〕

很抱歉打了那个愚蠢的电话。请不要打给我们。我得空会给你写

---

① 此未落款。

信,希望到那时一切都好起来了。我很清楚,我们的问题无论是大是小,你都无法解决,或者你根本就毫无感觉。打那个电话也是情急之下的本能反应吧。我正看着哈丽特呢,时间会帮忙的。我相信(今天上午)是回道尔顿见了朋友这才出事的。

丽兹

77. 罗伯特·洛威尔写给罗伯特·洛威尔太太

[伦敦]

[1970年9月]

最亲爱的丽兹:

多数时间都在想着你的事,现在又为哈丽特的事着急。具体发生了些什么也没有讲清楚,这就更让我觉得不妙,虽然我也猜到了个大概:她大发脾气,泪如雨下,自暴自弃。我想事情会过去的,这个年纪的漩涡她也少不了要经历①。但千万不可那么说,或多或少还是要看天性,虽然也很少有别的原因啦。

很高兴收到那些支票,而且我的小户头上又进了一千美元。两天前见了格特鲁德②,她暂时住在我房东的家里③,也算是机缘巧合,我们度过了一个愉快的夜晚。她现在在一家小出版社打打杂,虽然死要面子,但还是牢骚满腹。也真是奇迹,她还是二十年前的模样,或

---

① 见 T. S. 艾略特的诗句"他经历了老年与青年的阶段│进入漩涡"("死于水中"[《荒原》第4章]第6—7行)。
② 指格特鲁德·巴克曼,洛威尔曾在1946—1948年与她有过一段恋情,见《罗伯特·洛威尔书信集》。
③ 庞特街33号,房主是德斯蒙德·菲茨杰拉德。

许是我视力模糊的缘故吧。

再过两三周就要开学了,我一直在准备教案,埃塞克斯帮了很大的忙,找到一本很棒的美国诗选,要10英镑才能买到呢,那可不是一般的学生能买得起的,书里选了金斯堡还有黑山派来代表现代诗人。我像不像一只披着黑色羊皮的狼,把自己祭献给了埃塞克斯这些非常高级的课程?

不会需要更多的钱了,马上就有薪水了。我想知道版税能带来多少收入,会很多吗?圣诞节回去我就把文稿的事处理好,让我们家日子过得更好些。爱你和女儿。

祝安[①]。

78. 罗伯特·洛威尔写给罗伯特·洛威尔太太

伦敦西南第一邮区,庞特街33号
1970年9月12日

最亲爱的丽兹:

把信寄出去之后才突然意识到,你寄来那本支票簿,还让整个兑现流程如此顺畅,我还没好好向你道谢呢。即便我们认为自己(不切实际)还在使用一个联名账户,但如果没有你的帮助,我什么都办不成。

这边没什么特别的事情。欧洲的城市就是这样,虽然也有天气好的时候,但也有像现在这样阴雨不断的日子,几乎让人看到\触到/永恒,就像波德莱尔所写的那样。我正在阅读我要讲授的莎翁作品,主要是那些关于罗马的戏剧。要是有一个图书室就好了,不过我一直

---

① 未签名。

也没怎么使用过图书室，只是偶尔会到昆西堂随意翻翻那里的藏书。不过现在也无须看威廉·赫兹里特如何分析那些人物了，我有多施教授为裘力斯·凯撒这个人物形象做辩护①。多施教授负责我的教案编订工作，他有点过分，完全赞同我的观点，提不出任何有效建议。向女儿转达我的问候。

爱你，祝安！

卡尔

79. 伊丽莎白·哈德威克写给玛丽·麦卡锡

［纽约州，纽约，西67街15号］
1970年9月17日

最亲爱的玛丽：

写这封短信是想要说，我的意思是，那段评论艾薇·康普顿-伯内特的引文是优秀写作的一个范例②。……还有另外一个范例，你那

---

① 见威廉·赫兹里特的《莎士比亚戏剧中的人物》（1817年）；T. S. 多施编著的莎士比亚的《裘力斯·凯撒》（1964年）。
② 见哈德威克的"这是一篇评艾薇·康普顿-伯内特的文章开头：'康普顿-伯内特的东西很可靠，就像粗花呢、缇树果酱或是阿加莎·克里斯蒂的作品一样，都是不列颠群岛的典型工艺。每年的款式变化不大，产量稳定。'这话立即就把人吸引住了，给人的感觉很真实，说得很好，过去就是这样说的。但就像玛丽·麦卡锡已经超越了时尚，她的风格也逐渐摆脱了追求新奇，并随之产生了断奏式的、隽语式的效果"（《书籍：〈墙上的凶兆〉》，刊于1970年9月1日的《时尚》）。麦卡锡说："你在《时尚》杂志上发表的那篇文章令我很开心，也很感动……你说的话中有一点我迷惑不解。你引用了康普顿-伯内特文章的开头，我没弄明白你把它作为'断奏式、隽语式的效果'的一个例子是什么意思，你是认为（或希望）我成熟了，不再这样了，还是意思正好相反？"（见其1070[1970]年9月14日写给哈德威克的信）

封绝妙的信，今天早上收到的，读来真是一种享受，我连着读了不下两遍。啊，那个菲利普。我宁愿听你津津有味地讲述，也不要与那种人真正照面①。不知何故，他就是让我感觉很不安，会让我陷入一种妄自菲薄的境地，久久都走不出来。

在纽约这里待着真是很舒服，气候凉爽，也经常能看见阳光，虽然有些事情悬而未决，还在等待……不是指那场革命，那些不知深浅的年轻人口中的革命……他们中有些人也许会清醒过来，也许不会。我看了尼克松那场关于法规秩序的演讲，无聊空洞。你看得出来，他们已是孤注一掷，只能讲些含糊其词的陈词滥调②。也就是那么三四十个无聊的起哄者还把它当回事，而我们显然应该保持漠视的姿态，至少不再公开参与这些事，不管是尼克松还是阿格纽，让他们说他们的，然后我们说我们的，照着自己的时间节奏走。我没法解释清楚为什么我今年秋天的感受迥然不同。也许是被我们国家这奇葩的政治形势弄得很伤脑筋吧，也可能是其他原因。不管怎么说，还是相当不错的，突然之间就不一样了。你只想好好写作，重拾书本，重新拥抱快乐和平静。这一切听起来很傻，但我只是想以此表达，虽然那些情形依然存在甚至可能变得更糟糕，但是近几年的那种"危机"感似乎已然消失了。我正想写一本书，讲讲肯塔基，讲讲当年读大学的我，再讲一点来纽约之后发生的事，诸如此类。我会尽量从自我中摆脱出来，尽

---

① 见麦卡锡的"为了让我的书卖不出去，他（菲利普•拉夫）在抵达后不久发表了以下精彩言论：'我在《大西洋月刊》上读了你的一个章节。人们告诉我《花花公子》上的那个更好。'这就是全部评论。他倒是给每个人都埋下了合适的祸根"（见 1970 年 9 月 14 日写给哈德威克的信，也引用于基尔南的《看玛丽平淡无奇》）。

② 1970 年 9 月 16 日，尼克松在堪萨斯州立大学演讲。见小罗伯特•B. 森普尔撰写的报道《总统敦促结束暴力和不宽容；强烈呼吁美国社会的恢复和文明》，刊于 1970 年 9 月 17 日的《纽约时报》。

可能去捕捉那种感觉。我已经和杰森①谈过了,其实准确一点说,是他打电话来和我谈我正在酝酿的这件事的,他还推荐了一些可参考的创作主题,可以让这本书更为有趣。杰森是个优秀的出版人,他对待自己热爱的事情总是怀着饱满的热情,可谓"不遗余力"。因此我也是备受鼓舞,想着若有一天我真的完成了这本书,那或许是他"把我渡过去了"②。

收到卡尔写来的几封信,从英国回来的那天我和他通过电话。他现在自己租了公寓,可能只是个单间。我也说不清他现在是什么样的心境,或者处于什么样的时期,不知道这个用词是否恰当,我已经尽量不去想他的事了。日子虽然痛苦,但每天都有新的趣事,我仍然相信,只要搭上卡尔,你就一点辙都没了。他可不会为你排忧解难,尤其是在对待你还有他自己生命中那些最深切的情感上,他都是一副任情适意、漫不经心的态度。

哈丽特很好,我以为是吧。她现在回学校了,学业繁忙。我们5点到6点会通电话,说个不停,一切都很愉快。卡斯汀的夏天美不胜收,真是愈发喜欢那儿了,我想是你和吉姆在那里的缘故吧。不过其他一切对我来说也很亲切,还有那个小镇,一切的一切。

好啦,亲爱的玛丽[,]以一种愉悦的心态开始写你这本书吧。你想想看,有几个人能在这项艰巨的任务面前保有这样的心态呢③?自信、自豪地去开始创作——能做到这点就更好了。

丽兹

---

① 指杰森·爱泼斯坦,他是兰登书屋的编辑。
② 见《牛津英语词典》"to put over, d 义项。把……运到另一边;运输:[……] 见1595年怀亚特船长的《罗伯特·达德利的西印度群岛之旅》……'给他们一场大风,把他们运送到缅因去'"["Put,不及物动词"第49条,《牛津英语词典》第8卷(1933年)]。
③ 麦卡锡当时正在创作《美国的鸟》(1971年)。

80. 罗伯特·洛威尔写给罗伯特·洛威尔太太

伦敦西南第一邮区，庞特街33号
1970年9月18日

最亲爱的丽兹：

你在明信片上说你觉得我没办法帮你解决问题[①]，看到这句话我心里自是难过，虽然从某种角度来说，你的话不是没有道理。我们相隔的距离太远，不是伸出手就能够到的，因而我也无法体会你的心情[②]。帮不上任何忙，至于我的感受，那是一种剧烈的、无用的、未分化的刺痛。我无法想象你现在过的是什么日子，这并不是说我在推脱对你所造成的一切伤害。

马上我就要开始授课了，正在为此做准备——领取各种名册甚至还把它们先念一遍。不知课堂会是个什么情况，但是我觉得自己的准备还是做得蛮扎实的。我很想念你和女儿，如果这还像话的话，也想求得你们的原谅。一切都很好。我们要保持联系，多联系，圣诞节我就回来了。

爱你们母女，祝开心快乐！

卡尔

这几天，研读完莎翁那些关于罗马的戏剧之后，我就带着一本旅

[①] 见哈德威克［1970年9月3日］写给洛威尔的明信片。
[②] 见洛威尔的诗句"我对着空气呼喊，声音又传了回来，｜它传不到遥远的岸边"（见《海豚》手稿本中的《一封未写出的信的笔记》［组诗《远岸》第3首］第11—12行）。

行指南游览了伦敦的景点。比起费里尼的电影《爱情神话》①,我倒是觉得伦敦塔更有罗马特色。

81. 罗伯特·洛威尔写给罗伯特·洛威尔太太

伦敦西南第一邮区,庞特街33号
1970年9月25日

亲爱的丽兹:

我发现我们用的信纸花样版式都是一样的②。如果你\用的/是我那台老式打字机,那出来的字体都是一模一样的,至少我们用的是同一款机器。接连不断发生了很多事,之前本来想给你写信的,但是我同海克和朱迪思一起去阿姆斯特丹待了几天③。

我们经常不经意地聊起阿德里安娜,可是对于他们分居的事却一无所知④,对此我觉得很不好意思。他们分开,主要是因为阿德里安娜似乎很\就像根/火柴棒,一点就燃,适合独自生活。还是那句话,不知道到底发生了些什么。我认为他们应该很快就会和好的,因为阿德里安娜如果还要去医院做手术的话⑤,没有阿尔弗雷德帮助是肯定不行的。再说,他们毕竟在很多事情上都有交流,看法也相同。我不太清楚要怎么写信去安慰她,而且我也不知道她的地址,但是希望能

---

① 1969年上映。
② 这封信是在普通文具纸上打出来的。
③ W. F.("海克")范·莱文和朱迪思·赫茨伯格同为阿德里安娜·里奇和阿尔弗雷德·康拉德的朋友。
④ 指阿德里安娜与她的丈夫阿尔弗雷德·H. 康拉德分居。
⑤ 指接受骨科矫形手术,治疗她反复发作的类风湿性关节炎(阿德里安娜·里奇2003年写给编者的邮件内容)。

够问候她。"街道学校"是怎么回事①?

初到英国之时,我得到一大堆\老式的/赞美词,所以自然觉得整个世界都是那么富足,热情似火。我想大概无论在哪儿我都能收获好人缘吧。不过这些堆得老高的溢美之词片刻间就会倾塌。

我真的很想和你聊聊天,听你说说坊间新闻,多多益善。我自己甚至都无法描述自己的感受。相较于当下,过去的时光于我而言意味着更多,我总是满怀自豪和喜悦去看待它,然而回首往事,尤其是你们不责怪我的时候,心里却像针扎一般痛。我可以认为我,或者说我们之间,一切安好吗?我有很多话想要在圣诞节的时候告诉你,希望你和哈丽特都好。她似乎不想给我写信了,不过我想她也会觉得给我写信挺无趣的吧。下次你写信来的时候,记得告诉我哈丽特都说了些什么。

爱你!

卡尔

---

① 见里奇的"1970年9月,在[曼哈顿][韦斯特街]90号一个街角,面对面立着两所学校。一所曾经是——现在仍然是——老牌男子预科学校新砌的光鲜亮丽的侧房。另一所则办在一间(现已拆除)临街店铺里,外面旁边是一片空地,地上满是碎砖和碎玻璃,看起来根本不像学校……在伊丽莎白清洁铺里面,一所免学费的替补高中马上开始上课了"(《一所为辍学学生开办的学校》,刊于[1972年6月15日出版的]《纽约书评》)。又见大卫·纳索编写的《开始你自己的高中》(1972)中"伊丽莎白清洁铺街道学校"一节。

82. 罗伯特·洛威尔写给罗伯特·洛威尔太太

伦敦西南第一邮区，庞特街33号

1970年9月28日

最亲爱的丽兹：

附信说得很含糊①。到底是要用差不多5000减去3000美元呢，还是总共4700美元？我给鲍勃写了信，告诉他极有可能是第二种情况，那样的话就给你3000，如果是第一种情况，就给1000。糊涂病是会传染的，这下我和鲍勃②都糊涂了。我并不记得自己在6月曾经签过什么支票，不过隐约记得你支取了版税，没错。圣诞节的时候我们再来把这事捋得更清楚一些。

我最近一直在观光，虽然头顶着烈日。我看到了一只很努力的小象。现在《邪恶之躯》③里提到的伦敦地名大部分我都认得了。和卡尔·米勒一起去见了普瓦里耶④。普瓦里耶脑子足够聪明，不过那天我们却是因为同性恋的话题不可开交地争了一晚上。他先是附和了一下你对海明威褒贬参半的评论⑤，然后就开始滔滔不绝为他辩护\大唱赞歌/。明天第一次去学校⑥，有些诚惶诚恐；还是希望能\有一个图书馆/，这样除了一直在读的文学评论周刊外，就可以有更多的东西可看了。要不是造纸业罢工了，别说是新闻了，就连体育版面和电

---

① 附信现已遗失。
② 指罗伯特·吉鲁克斯。
③ 指伊芙琳·沃的《邪恶之躯》（1930年）。
④ 指理查德·普瓦里耶。（美国学者，编有《弗罗斯特集》。——译注）
⑤ 指哈德威克的《死灵魂》，刊于1969年6月5日的《纽约书评》。
⑥ 见"然后是背着书包、满脸红光的学童，｜像蜗牛一样慢腾腾地拖着脚步，｜不情愿地呜咽着上学堂"（《皆大欢喜》第2幕第7场）。

影广告我怕是都能通读吧。写这封信是想要告诉你关于那笔钱的事。

爱你们，祝安！

卡尔

83. 罗伯特·洛威尔写给伊丽莎白·毕肖普

庞特街33号

［1970年10月5日］

最亲爱的伊丽莎白：

我之前在信里提过你那首美妙的诗作吗[①]？这是你写得最像诗歌体小说的作品了——一个"我"[②]，是你又不是你，以一种自然主义的方式叙述着，情感和意境都超出了散文体小说能够营造的范围，非常个人化，短篇小说有时是可以这样写的，不做过多的强调，因为你说话时似乎总是不动声色，写起来却是那么得心应手。这首诗我时常会拿来咀嚼品味。\感觉它就像我的牙医！/

我又写了三十首诗，用的还是《笔记本》里的格律，但调子有所不同——更为做作，毕竟是一个待在医院里的已婚男人的多情故事。通常我都不会直抒胸臆。有几首写得还可以吧，但是整体还是让我蛮灰心的，我会不断尝试把不必要的晦涩之处给挑出来，不知何故我开始时总喜欢故作高深。

和你一样，我在哈佛的那些年，事事都靠比尔帮忙。有一次健康证明过了一年我才记得补办。或许远不止如此，我需要他的陪伴。我

[①] 指《在候诊室》（后于1971年7月17日发表在《纽约客》）。
[②] 见毕肖普的诗句"然而我感觉：你是一个'我'，｜你是一个'伊丽莎白'，｜你是它们其中之一"（《在候诊室》第60—62行）。

总是去他家找他，有时是喝几杯，有时是吃顿饭，或者一起见学生。那些学生通常都是下午四点去他家，第二天凌晨四点才离开。请替我问候他。今天是我第一次去埃塞克斯上课，没有比尔帮我，我害怕自己指不定就会出什么岔子。要记得替我问候他。

　　到现在为止，你很可能会有五十个选课的诗人学生吧，第一次见面时，收到的诗稿肯定会翻倍。我试过将学生数量减到十二个，但通常很难做到。于是我就做了一个错误的决定，允许旁听，通常都是物理学教授的太太们，她们写得比大多数学生都要好，但风格陈旧，是那些学生无法消化掉的。其他的课虽然学生人数少，很省事，但少得让人难堪。我的《圣经》课只有三个学生。有些话题太大不好讲，有些话题太小很难讲。不过学生们多数最后都表现不错，至少在课堂上他们都表现不错。我觉得你不会有什么问题的。我几乎总是开开心心上完一门课。

　　娜塔莎·斯彭德说，她丈夫头一回给英国学生上课时，就像一个第一次离家去上学的小男孩似的。

　　我的"某某人"是卡洛琳·契考维茨。她\39岁/，已经在《伦敦杂志》上发表了不少作品，还有三个可爱的女儿，老大都10岁了，很多年前她嫁的人是弗洛伊德的小孙子卢西安。你们可能见过面，卡洛琳在旧金山生活过一段时间，后来又在纽约住过，不过你们若是见过面她应该会记得，她拜读过你的作品，对你十分钦佩，认为你比她认识的玛丽聪明许多。啊，真是词穷至此，我竟不知道要怎么形容她了。她魅力十足，虽然疾病使我烦躁不安，陷入难堪的境地，是她心怀仁慈，不离不弃，陪我渡过难关。我知道我不该把哈丽特和丽兹抛诸脑后，无论如何也不能这么做。那天早晨，我满脑子只剩下深深的愧疚，虽然要发生的都已经发生了，但是事情还没到无可挽回的地步，什么也没定。圣诞节的时候我会回纽约，也许回去后会找到更多解决问题的办法。不论结果怎样我都欣然接受,只要事情能——解决。不过现在什么都悬而未决。很高兴我目前精神状态不错,可以体体面面地见人。

下午迟些时候就要坐火车去开始新的工作了,等待之时给你写了这封信。教书可按计划走,奈何人生不由人。浮士德有说过类似的话吗?在英国待了6个月,我可是有资格说,这儿没纽约那么多事,平静得出奇。

祝安!

卡尔

84. 罗伯特·洛威尔写给布莱尔·克拉克

伦敦西南第一邮区,庞特街33号
1970年10月9日

亲爱的布莱尔:

第一次读你寄来的明信片时看错了,有点令人毛骨悚然,以为彼得·怀特不在了,班级自杀人数上升到四个——但除了阿尔·克拉克,我知道仅有两位[1]。先留个悬念再突然把它说出来,这么做真是残忍。幸好他还活着。

我期盼在圣诞节假期回纽约看看。不过眼下有个问题,是否要带丽兹\卡洛琳/一起去。她只有圣诞节前有时间,可丽兹又让我晚点回去,等到哈丽特放假再说,那时候卡洛琳的孩子也一样放假了。但

---

[1] 提到的人都是圣马可学校1936届的学生。见洛威尔诗集《献给联邦烈士》中的《阿尔弗雷德·科宁·克拉克(1916—1961)》。

是，带卡洛琳到纽约去，到丽兹生活的地方去，我这样做似乎太冷酷无情了。又或者，这种谨慎有些多余？还是等到和丽兹正式离婚再说吧，现在看来是会走到这一步的，我也会和卡洛琳结婚——不过我还没有下定决心。我知道朋友们都因为我的事而左右为难，但我一直觉得他们不该折磨自己或任何人，应该立即作出决断，划清界限。不过这也并非易事一桩，谁都不是受人摆布、没有思想的玩偶。

我开始上课了，还挺享受的。正准备出发去伦敦。有时候变化也不大，今晚我和卡洛琳要和一个愤怒的年轻印度小说家共进晚餐，他是我在疗养院附近的一个酒吧里认识的。周日的安排更令人激动，跟斯彭德夫妇一起。才和玛丽交流过，她的小说刚写完，情绪很低落；几周后我们就可以在这儿见到她了。希望你能见到乔安娜，也希望一切都能朝着天堂——极乐天堂推进。我想念你。12月中我或者我们能在你那儿待上一段时间吗？

祝安！

卡尔

85. 罗伯特·洛威尔写给罗伯特·洛威尔太太

伦敦西南第一邮区，庞特街33号
1970年10月11日

最亲爱的丽兹：

今天周日，气温较高，天色阴沉，直到现在的黄昏时刻，才凉爽起来，云也散开了。下午我一直待在家里，躺在床上读爱默生的诗，读了有四五十页，课堂上课要讲。与你们相隔遥远，加之联系中断，我心神不安，很是挂念。爱默生提到自己的孩子时，说他唇中吐出的

"字字都是劝慰"①。

你为何不写信告诉我近况？我知道现在这个时候很多事都确定不了，时时都有变化，信是很难写的。之前你写过一些东西——比如说你信里面有那么\多的/措辞和感受，我都记着呢——比如说即使你想到了，也很难准确表述你的想法②。我也有这种感受，所以也觉得信很难写，虽然不写信恐怕一直是你对我的一种善意。不过，请让我知道你和哈丽特的情况吧，如果可以的话，尽量多告诉我一些吧。

我觉得埃塞克斯真的太像哈佛了，甚至有时候会有种错觉，感觉自己又回到了哈佛。学生是一样的（虽然从他们的英式礼仪和惯用语还是能看出一些不一样），传统的课程是一样的，崭新的课本是一样的，就连坐出租车经过泰晤士河的感觉，跟经过东河甚至是查尔斯河的感觉都很像。我自以为我语调低沉的会话式授课方式，应该不会导致雄心落空，不过说话时感觉声音还是有点抖。学生的心思真是很难捉摸，你不知道他们觉得哪些内容更重要、你哪部分内容讲得好。总体来说还是相当愉快的。正如爱默生或许说过的那样，如果所求不多，"按部就班地生活就是在自我救赎"。

那3000美元你拿到了吗？尽管这笔钱可能已经用来抵了一些花销，但还是应该写封短信告知的。我真的没那么多钱，够用而已，还是希望告知一声。

爱你！

卡尔

---

① 见拉尔夫·瓦尔多·爱默生的诗句"因为他的嘴唇能很好地发音｜说出劝诫的话语"（《悼词》第52—53行）。
② 原信现已遗失。

86. 威廉·阿尔弗雷德写给罗伯特·洛威尔

> 马萨诸塞州，02138，坎布里奇，雅典街31号
> 1970年10月15日

亲爱的卡尔：

　　你给伊丽莎白写封信说清楚你到底是怎么想的吧。虽然你在信里的语气很友好，但却让她更为确信，对于未来你摇摆不定。她想你想得发疯，你这样一走了之，她当然会痛苦怨恨。还有，请你好好关心一下哈丽特吧，时不时给她寄点小玩意儿也是好的。伦敦有许多很棒的商店，你完全可以去挑选一些适合的小首饰作为礼物（就在靠近火车站的查令十字街旁边的巷子里）。哈丽特现在这个年纪很敏感，如果你就这样不声不响地离开她，她可能会因此对一切永远丧失信心。人们都说，童年时因遭受遗弃而产生的恐惧会一直持续到成年，这种恐惧丝毫不亚于对死亡的恐惧[①]。给哈丽特寄些礼物或者写几封信来表达父亲的关爱吧，我相信你不会让她陷入这种恐惧的。

　　弗兰克·比达特跟我说他有《笔记本》的新书样本，并认为它是一部不可多得的伟大作品。

　　想念你，愿你幸福安康。

　　祝安！

比尔

[①] 比较洛威尔的诗句"他们说，对死亡的恐惧源于孩提时｜第一次被遗弃的记忆"（诗集《海豚》中的《越洋通话期间》第7—8行）。

87. 伊丽莎白·哈德威克写给罗伯特·洛威尔

[纽约州，纽约，西67街15号]
1970年10月16日

亲爱的：

这是最后一封信了。请你发电报告诉我和女儿，你到底什么时候才会真正回到我们身边。我只有这一个问题，这是唯一要面对的现实……其他的只不过是我愚蠢的自作多情罢了。我们受到难以置信的伤害，极度痛苦，我真觉得这事无异于死亡。我们无法面对你的那些照片，无法面对你所有的一切……①你所做的事后果真的很严重很严重。现在你只需要告诉我们，你到底什么时候回来。如果近期并不打算回来，那么也请一定让我们知情。求你了，请马上回复我们。这样的日子真的难以为继，我们不想再这样下去了。

我现在开始工作了，不写作的时候就整理东西，简直就像是在给自己准备后事一样。如果我有什么不测，那这满柜子的陈年旧物，这乱七八糟的一切，就全都要哈丽特一人来面对了。

想想都觉得恐怖！

我已经和哈丽特说过了，我在请求你跟我们把话彻底说清楚。我知道你是明白人，像任何大活人一样明白，学年没结束时你不能一走了之，那样做是行不通的……但是你意识到……如果这个人能抛弃家庭永不回头，那么区区教职又算什么不能回头的理由，他大可以说自

---

① 比较洛威尔的诗句"……周日我整理所有唱片，播放它们时，突然听到 | 你的一些声音，于是建议 | 哈丽特也听一听，紧接着 | 我们两个都摇头。就像是在听 | 逝去的心爱之人的声音［……］"（诗集《海豚》中的《唱片》第1—6行）。

已有不得已的苦衷,哪怕远渡重洋也要回去……我们爱你,亲爱的……这些信会让你心力交瘁。我不再给你写信了,除非你打算回到我们身边,否则我会受不了。于我而言,不断给一个抛妻弃子的人写信,有辱人格,有伤身心,大可不必多此一举。

我和女儿期望你能再度打开那扇门走进来、开怀大笑、演奏音乐、在楼上打电话、喝波旁威士忌、发牢骚、吻我、吃葡萄果仁麦片、打扫工作室、给哈丽特一个早安吻、看看蜷缩在椅子里的萨姆纳、在橘黄色调的餐厅里用餐,看着橱窗里你那只小小的白海豹、来自第 11 号街爆炸案①的那个压瘪的锡罐,还有你的书、你的诗、你写的字、你这些年以来开的那些玩笑——希望我们能永远照顾你,也希望你能永远在我们身边守护着我们。我们不能没有你。我们真的需要你。

丽兹

你什么时候回家?

---

① 1970 年 3 月 6 日,地下气象组织成员在一次意外爆炸中摧毁了一栋联排屋。见道格拉斯·罗宾逊的《被爆炸和火夷为平地的联排屋;发现一具男尸》,刊于 1970 年 3 月 7 日的《纽约时报》。洛威尔"有可能有个压瘪的罐头,并开玩笑说它来自那栋气象员的联排屋"(哈丽特·洛威尔 2016 年 7 月 5 日接受编者采访时语)。

88. 伊丽莎白·哈德威克写给罗伯特·洛威尔

［电报］

［纽约］

［1970年］10月16日下午5:13

伦敦西南第一邮区庞特街33号

罗伯特·洛威尔

给你寄了很多信①。钱的事多谢了。哈丽特和我痛苦万分。她才13岁②。回家吧爱人。

丽兹

89. 罗伯特·洛威尔写给罗伯特·洛威尔太太

伦敦西南第一邮区，庞特街33号

10月18日

（写于通话之后）

最亲爱的丽兹：

不知道我是否说过或是写过这个，我感觉自己像一个同时行走在两条路上的人，它们之间的裂隙从未如此之宽，我仿佛被撕裂，在消

---

① 一些信现已遗失。
② 比较洛威尔的诗句"你坚持这样对待哈丽特，好像她｜三十岁了或者是个摔跤手——她才十三岁呀"（见诗集《海豚》中的《在邮件里》第4—5行）。比较弗兰克·比达特1970年6月4日写给洛威尔的信，洛威尔［1972年4月2日］给哈丽特·洛威尔的信，以及哈德威克［1972年夏，具体日期不详］写给洛威尔的信。

散成稀薄的雾①,又或是,纵然整个人都在分崩离析,但要让我做出选择,我宁愿陷入这般痛苦的境地。我还能做出什么选择呢?过去这七个月,我做了那么多,那么多不可理喻的事,我还能够回到你和哈丽特身边吗?我伤你们太深了!

自从我们在绿廊疗养院相见之后,时间又让一切有所改变,我更清醒了,更冷静了。我在很多小事上都对自己甚是不满,更何况是在关乎你的事情上。前几天收到了自己的新书,把所有新诗和经过大改特改的旧诗都通读了一遍,忽然对整本书的意义有了一种感悟,仿佛它就是在讲述我们之间的故事,讲述我们一家人的故事,其坚忍的耐力就是那根脊梁,尽管经受了许多挫折和打击,但最后还是挺住了。就是这样。很多评论者看到了这点;我也看见了,虽然这点我认为有些做作,令人反感,但还是应在前言中提到\予以强调/。我现在感觉自己仿佛成了没头没脑的躯壳,仿佛周围再也不是我熟悉的青草地,空气中全是陌生的气息。

我想我是回不到从前了。思无益。过去那段时光既有美好也有烦恼,我无法权衡其轻重。那么多的病痛,不是你造成的,实际上正是因为你一切才不至于那么糟糕;那些年,我们和哈丽特一起探索,一起改变,一起成长;我们一起去过那么多的地方,我们的情话总是滔滔不绝,我们的凝视总是爱意绵绵——我无法将这段记忆与未来相比。未来是无法预见的,是我与卡洛琳的回忆。虽然我很爱她,但我却看不见那个未来。我确信,很多人在关系破裂之际,都会去回顾那段不如我们美满的婚姻,都会感受到这种痛苦和犹豫不决——最初是

---

① 比较洛威尔的诗句"就在昨天,我们穿过北极光 | 来到末日般的早晨。八点上班的人群拥挤, | 步履匆匆,比雾更难聚合"([《比目鱼》,组诗《冬季与伦敦》第 4 \ 3 / 首] 第 1—3 行,《海豚》手稿本)。比较诗集《海豚》中的《比目鱼》[组诗《冬季与伦敦》第 3 首]。

问题无法解决，然后一旦做出了决断，就成了永远无法治愈的伤痛。

我想我是无法回到从前了。但是我很快就要回到纽约，就请你容我最后在心中再摇摆一下吧。我将要告别的是最长最真最爱的一段人生啊。

我到达的时间是周四中午左右，很有可能住在布莱尔那里。我们不会有时时刻刻都要绑在一起的感觉的，但我的时间任由你支配。除了布莱尔，或许还有斯坦利，其他人我一概不想见。

我不想在细枝末节上争吵。

爱你们，祝安。

卡尔

90. 伊丽莎白·哈德威克写给罗伯特·洛威尔

［电报］

［纽约］
［1970年］10月19日下午3:45

英国伦敦西南第一邮区庞特街33号

罗伯特·洛威尔

要事即复电话[1]

伊丽莎白

---

[1] 或许是关于阿尔弗雷德·康拉德自杀的事，见哈德威克1970年10月20日寄给洛威尔的明信片。

91. 伊丽莎白·哈德威克、哈丽特·洛威尔
写给罗伯特·洛威尔先生[1]

［明信片：维托雷·卡尔帕乔——《书房里的圣·奥古斯丁》（局部）[2]，威尼斯］

［纽约］

［写于1970年10月19日（？），邮戳日期为10月20日上午］

就要见到你了，真好。对此我并不觉得紧张，也不抱有任何期待。

不必担心，就当是一次愉快的出游。丽兹。

已经等不及想要见到你了。爱你。

哈丽特

92. 伊丽莎白·哈德威克写给罗伯特·洛威尔先生

［明信片：纽约市格林威治村——"这里是纽约最热闹的街区之一，笼罩着一种波希米亚的别样氛围。这里云集着艺术家、作家、作曲家、演员以及另类的披头族们。在这里你可以看到在百老汇看不到的演出、各式夜店和餐馆、令人激动的咖啡馆和友好的人们。"］

［纽约］

［1970年10月20日下午］

---

[1] 哈德威克写的12封信、明信片和电报之一，被收录在1982年洛威尔遗产管理公司出售给HRC的书信文稿中。

[2] 一只狗朝圣奥古斯丁方向看的局部图。

哈丽特今天的状态不错,和你聊过之后她便振作起来了……我想不会再有这样消沉的危机时刻了。康拉德的事太可怕,每个人心里都很痛苦。亲爱的,希望这件事没有影响到你的心情。我们都好。

伊

93. 罗伯特·洛威尔写给罗伯特·洛威尔太太

[伦敦西南第一邮区,庞特街33号]
[1970年10月21日]
星期三

最亲爱的丽兹:

我是在去埃塞克斯上课之前给你打的电话。我刚回来,看了你那些信,现在给你写回信。阿尔弗雷德[①]的面庞总是会出现在我的脑海里,在前景中很大,但更靠前的,是你和哈丽特,当然时不时也会想到阿德里安娜,就好像她是躲在一幅海报后面探头窥视。阿尔弗雷德的身体似乎一直很硬朗,也很自律,怎么也想不到会发生这种事呀。这跟兰德尔的去世一样突然,这些天来我也受到了同样的打击,虽然我们并不算很熟,我真正的朋友一直都是阿德里安娜。

从去年夏天开始,你写了很多封信,说了很多事,一遍又一遍提起那些事,那些让你矛盾的事情。可怜的人儿,在那种情况下你还能怎么办呢?你最后一封信的语气是轻松的,平和了许多,而且结尾的调子很高昂。最后一句是:"地狱!诅咒!……生活太可怕。"[②] 即使

---

① 指阿尔弗雷德·康拉德,阿德里安娜·里奇的丈夫,1970年10月18日自杀身亡。

② 原信现已遗失。

我永远回到你们身边,即使这样做有意义,也不是所有的问题都能解决的。我意识到(真切地意识到)我们三个人都活得压抑,在各自的黑暗中煎熬,而且时间都是差不多的。我痛苦,歉疚和空虚,如芒在背,无法安睡;你所承受的伤痛我也感同身受,痛心疾首。但是随着时间的推移,这种感觉渐渐消失了。这次只是平常的发作,一年一次的抑郁,症状比多数时候都要轻,但却足以让我变得极其优柔寡断,变得如今这样对你毫无用处。我想我已经做出了选择,就在我与你分开的这七个月中已经是做了选择。你说你不会要我回去了,你是对的。不论我做出什么选择,我都感觉自己像是从一栋未完工的大楼第三层往下走到地面上。也许形容得并不是很恰当,指意不明又空泛,但我是想让你看清楚,我意志软弱消沉,现在什么事也做不好。这是躁狂之后紧随而来的阴郁沮丧,精神的黄疸病。然而,我们之间有那么多绝对真实的东西要去收拾——这些年来,这样一段婚姻一直都是我们彼此生活的支柱和灵魂。

我这几次发病的原因和卡洛琳(如果我谈起关于她的话题不会让你不舒服的话)并没有什么关系,其实她也和当时在雅多的你一样[①]。她性情开朗但又非常稳重,还有些不同寻常的坚定。她一直都对我很好,我也相信我们会合得来。我很爱她,深爱她,毕竟我们在一起也不是一天两天了。我有担心\怀疑/,我自己一个人能否扛得过\去/,亲爱的你和哈丽特能否扛得过去。我就是想啊,圣诞节会帮我们所有人,虽然麻烦事多,但大家对彼此都不再是虚幻的,能面对面来解决问题;圣诞节就是让大家放松心情的好时机。

---

① 1949 年 1 月,洛威尔和哈德威克在雅多相恋。那年冬天,洛威尔的躁狂症第一次严重发作,1949 年 3 月因急性躁狂症住院治疗。康复出院之后,他和哈德威克于 1949 年 7 月 28 日(哈德威克 33 岁生日的第二天)结为夫妻。

深爱你们,祝开心!

卡尔

亲爱的丽兹和哈丽特,希望你们能扛过去。万事开头难,其实结束更难[①]。

94. 罗伯特·洛威尔写给阿德里安娜·里奇

[伦敦西南第一邮区,庞特街33号]
1970年10月21日,星期三

最亲爱的阿德里安娜:

上周一丽兹打电话告诉我阿尔弗雷德的死讯,我放下电话就赶往埃塞克斯去上课了,途中我一直很悲伤,在脑海中试图回想起他的音容笑貌,他时而一头短发时而是长发,身穿一件鲜艳的绿色或蓝色的高领长毛衣——思维清晰、计算精准,如月光皎皎。自从兰德尔去世后,我就再没有感受过如此深切的悲伤了。他们两个生前都是那样的康健,而且前程都不可限量,可却这样匆匆离世,真是令人扼腕叹息。虽然我们与阿尔弗雷德不如与你那般熟识,但他的离去仍然让我和丽兹有一种切身之痛,他也是过去十五年我们这些老相识中的一

[①] 见洛威尔的诗句"'我们自己,'你写道,'就是天堂的全部。| 以我的智慧,我总是能够 | 而且一定会弄明白 [……]'"(《致溺亡的玛格丽特·富勒》第11—13行,见1970年版《笔记本》)。见《牛津英语词典》:"to make out (b) 去设法,去变通,去做某事。也可独立使用,意思是变通、相处;成功、茁壮成长;相处(很好,很糟糕。又见 to make it out。主要用于美国……1776年阿比盖尔·亚当斯在《家信》(1876年)第180封中写道,我不会让你为我担心。我比过去做得更好。"("Make, v. 1"91,《牛津英语词典》,第6卷)

员啊。

你自然是从丽兹那听说了我们的情况吧。我如今有了新女友,她名叫卡洛琳·契考维茨。我很爱她,我们在一起也有一段时间了。不过,事情并不明朗,也不现实。丽兹她们母女俩都有些心理失衡,我也一样。很难说什么是对什么是错,更不知该如何解决。我记得以前看过这么一幅画,大概是在某本书的扉页上,画中但丁的背后,是一座瑰丽精巧、回廊交错的高塔[①]——那是炼狱,似有倾颓之势。过去的这二十一年,在我看来就是这种状态。尤其是这一周,信多得快要把我压垮了。圣诞节时我会回一趟家,待两到三周。也许在那之后一切都会好起来,风平浪静。其时,我还是无法逃避,必须在她们之间做出选择。我想离婚大概是在所难免的,虽然一切都会好起来,但有些东西却永远无法挽回了。

我觉得你现在只会比我更加痛苦,所以想给你写这封信。当时听说你们分居的时候我就非常挂念你,只是感觉自己不甚了解内情,就没有写信向你询问。可怕的事情当然不会无故发生,但要回答原因却也很难。也许你会尽量不去回应,这是最好的做法。你是那样的勇敢、坚强,这一次也一定可以像以前那样渡过这些新的难关。圣诞节的时候,希望我们能够有机会再举起一杯伏特加或者清酒,一起享用午餐。祝你和孩子们都好。

爱你!

卡尔

[①] 见意大利画家多梅尼科·迪·米切利诺创作的《但丁传奇》(1465年),位于佛罗伦萨大教堂(圣玛丽亚大教堂)中堂;曾用作《但丁·阿利吉耶里的〈炼狱〉》(1901年)庙宇版的封面。

95. 罗伯特·洛威尔写给威廉·阿尔弗雷德

[伦敦西南第一邮区，庞特街33号]

1970年10月21日

亲爱的比尔：

我刚从莱斯特回来，读到你那封满怀关切的信了。让我在信中把要做的事情跟伊丽莎白讲得清清楚楚明明白白，真的很难。即使在我完全静下心来思考这件事的时候，我也很难那么确定。我准备圣诞节的时候来纽约，待两周左右的时间。到时候我和她可以坐下来慢慢谈，把事情谈开。写信或者打越洋电话是说不清楚的，对谁都没有帮助。我说过的，你多少也是这么认为的。我和丽兹之间这么多年的感情，不可能像切蛋糕那么简单，不是说断就能断的。考虑到许多事都还悬而未决，这点时间并不算长。我好几次给丽兹写信时，都说过我觉得我们最后还是会离婚的，不过还是要等到我与她见面之后再做决定。

啊，对了，你说的是，我应该关心哈丽特。想到她我就彻夜难眠。送些珠宝之类的东西是个好主意。前几天我和她通了电话，她似乎没那么气愤了。

祝好。

卡尔

96. 伊丽莎白·哈德威克写给布莱尔·克拉克

[纽约州，纽约，西67街15号]
1970年10月23日，星期五

亲爱的布莱尔：

　　昨天和你聊过之后，我一直都怀疑你没听明白我的意思①。这样的圣诞之行不现实，我倒宁愿卡尔别来。我已经问遍了朋友，自己也日思夜想，还是弄不明白，卡尔连哈丽特的面都没见着，怎么可能联系到她，或者是她联系了他？我不会把她送去英国的，她在那里举目无亲——在这个关头我无法信任卡尔，所以我不能让一个13岁的孩子去他那里。

　　不过，为了重新建立一些东西，我倒是愿意也期盼去\为他们父女／做一些事情，甚至考虑了春假期间的安排，如果我们负担得起的话。至于我和卡尔的事，来探亲就没任何必要了。我不指望我们任何一个人，甚至是哈丽特，真会从中得到些什么；我希望这一切尽早结束……卡洛琳绝不会来的，卡尔会这样考虑完全是出于他自己的幻想，他需要有那样一种感觉，觉得我和卡洛琳会因为他争得不可开交。卡洛琳这一生还从来没有为任何人争风吃醋过，而不管是怎么个情况，我也都不想要卡尔回来了。即便卡洛琳会来，我也不明白他来

---

① 见布莱尔·克拉克1970年10月22日写给洛威尔的信，"今天早上我[给伊丽莎白]打了电话[……]在交谈过程中，我不知不觉就说了你写信问我你12月来时可不可以住在我这边，我说当然可以。我还补了一句，说卡洛琳可能也会来。我早该预料到她的反应的，非常强烈。她说你们之间有许多实际问题需要解决，但是如果你在这里的时候卡洛琳来了，她就会带哈丽特离开，也许去加勒比海。她会把所有的文件都整理好，列出问题让你回答并处理，但她人不会在这里"（"罗伯特·洛威尔书信文稿"，收藏于HRC）。

这里有何意义，做什么蜜月探访，他们此行的目的只不过是陪哈丽特短暂地过一个圣诞节，为将来做打算罢了。这是他最后一次见我的机会了——我认为他还没有意识到这一点，因为就这样结束了，一点戏剧性都没有，这样的结局他是不愿意去面对的。而且我还觉得他寸步也不敢离开卡洛琳——等到他再回去，她也许早就不在那儿等他了。我认为他并不是真的完全康复了，他竟然一直还有这样的错觉，以为有人在为他争得不可开交。

如果卡尔和卡洛琳一块过来，他定会深陷那种眼花缭乱的虚幻世界难以自拔，我可不想让自己和哈丽特在那种虚幻中跋涉。我想她\卡洛琳/对他的感情也快要到头了吧，因为她会看到他不过是在利用和炫耀他俩的关系，不然一切都是虚幻。但我又觉得他未必会回来。在他不在的这几个月里他给我写了很多信，但是关于我问的那些问题，他却从未回应过，也从未认真地谈过关于我、哈丽特或者卡洛琳的任何事，他字字句句都在说他自己。

我并没有让哈丽特避着她爸爸，我是想要他知道自己还有个女儿。他必须像个男人一样回来承担责任，哪怕是\只有/短短几天，哪怕他之后就永远不回来，也应该回来先把一切都处理妥当、安排好。这样做也是最后的体面。不然，其他任何做法都会让他在我认识的他那些朋友面前抬不起头，会对他女儿造成伤害。

我不是要你去给他传信，我没有资格这样做。我只是想要你明白我的意思。如果卡洛琳要和卡尔一起来的话，哈丽特肯定还是会想要见爸爸的，但是可能相处的时间就只有几个下午而已，不过也比没有好。我觉得这样对哈丽特很残忍，而且完全没有必要这样的，但是卡洛琳是绝对不可能会想到这些的。我之前也告诉过你，他们可以先搬过来，等到一切尘埃落定再走。卡尔本来应该6月就回来的，那时候哈丽特的夏令营还没有开营，他应该和女儿谈谈心，和我一起把事情商量好。那样事情也就结了。

祝好。

伊

97. 罗伯特·洛威尔写给哈丽特·洛威尔

[伦敦西南第一邮区,庞特街33号]
[1970年10月26日]

最亲爱的哈丽特:

我给你买了一支小小的镶满钻石的箭,准备给你寄过去[。]原本我是想送你一个金子做的同心结的,意思就是想表达我永远爱你。但是那个同心结只是一个仿制品,相比起来,这支箭虽然\真的/很旧,但是好看多了。我不是太懂它有什么寓意,不过箭头和钻石都能够如同真理一样直抵人心。就让它象征着我们之间的爱。

圣诞节的时候我会回去。不论我和妈妈之间会发生什么事,你都不要忘记爸爸。不论我在不在,你都必须过来,想住多久就住多久。这几个月以来,因为我,你和妈妈过得很不开心,但我已经尽力做到最好了,也保证会好起来的。

爸爸虽然健忘,但从不曾忘记爱你。

祝好。

爸爸

98. 罗伯特·洛威尔写给罗伯特·洛威尔太太

[伦敦]
[1970年10月26日]

亲爱的丽兹：

布莱尔和比尔都给我来信了，说的是不同的事情。比尔讲的是哈丽特的事，要我说清楚自己到底是怎么打算的①。布莱尔说的是关于卡洛琳去纽约的事②。\他俩/让我看明白，我应该更坦诚更确定一些。但先前这对我来说真的很难做到，看似太粗暴。我只是把自己的感受写出来，也许话说得很刻薄，但并不带任何目的。我现在必须说，不管事情什么时候才能全部处理好，这个婚我铁定要离。我就不明白了，为什么你那么抗拒卡洛琳去纽约。如果你和哈丽特要去加勒比，那我也没必要去纽约了。哈丽特应该见见卡洛琳，找个时间吧，虽然肯定会有些尴尬，如果她能来英国看我们，也许就不会觉得那么困惑了。

哦，天哪，这些话打出来好像很生硬，但我也是不得已。

我给你寄了一个精美的小礼物，和哈丽特的那个放在一起了。

祝安。

卡尔

---

① 见威廉·阿尔弗雷德1970年10月15日写给洛威尔的信。
② 见布莱尔·克拉克1970年10月22日写给洛威尔的信，又见哈德威克1970年10月23日周五写给布莱尔·克拉克的信。

99. 伊丽莎白·哈德威克写给玛丽·麦卡锡

[纽约州,纽约,西67街15号]
1970年10月29日

亲爱的玛丽:

我不是要为古德尔参议员打广告,当然也不会有人去这样做。单条广告的费用就高达8000美元,试想我们这些支持古德尔参议员的人哪里拿得出这笔钱呢。十天前,我们艺术与文学委员会在一个成员的家里举行了一次集资活动,不过并没有募集到很多钱。最近的民调显示,大选在即,古德尔的竞选形势并不乐观,巴克利的支持率已经连续两周领先7个百分点了。我为古德尔筹了款,大家也都尽了自己的一份力。我也会为他投票的,但是"奥廷格-巴克利"步步紧逼①,情势确实让人担忧。我一想到纽约出现了第一位保守党参议员,那个半疯半"智"的巴克利歇斯底里欢呼的样子,就有一种苦不堪言的感觉。然而,也许人们应该在力所能及的时候去行

---

① 1968年罗伯特·肯尼迪去世,有鉴于此,纽约州州长纳尔逊·洛克菲勒任命共和党人查尔斯·古德尔填补肯尼迪的参议员席位。作为参议员,古德尔越来越自由和反战的立场激怒了保守派和尼克松政府。在1970年的连任竞选中,他不仅要面对民主党的对手理查德·奥廷格,还要面对保守党的对手詹姆斯·L.巴克利(小威廉·F.巴克利的哥哥)。参看丹尼尔·贝里根、菲利普·贝里根、马尔科姆·博伊德、罗伯特·迈克菲·布朗和诺姆·乔姆斯基等人的话:"[古德尔]是全国仅有的两位共和党人之一,他们否认尼克松寻求的战争政策背后的党派团结。古德尔参议员的表现很罕见,因为他不仅对这场战争提出了质疑,而且继续质疑是什么样的国家会允许这样的战争。[……][我们]认为,让查尔斯·古德尔留在参议院符合和平反战运动的利益。"(《参议员古德尔》,刊于1970年10月22日的《纽约书评》)在1970年11月3日的选举日上,奥廷格和古德尔瓜分了自由派的选票,结果使得巴克利获胜。

正义之举。这样来说的话，我想古德尔当然是因为与尼克松和阿格纽政见不一而被排挤的。11月3日我打算请些朋友共进晚餐，一同见证大选最后的结果，我想我需要多些人陪着我一起面对最终结果。我刚刚完成一篇短篇小说，篇幅还算正常，十年以来第一次写这种小说。我的天啊，真的太难了！要是换作兰德尔·贾雷尔的话，他肯定会这样大声怨叹[①]。最糟糕的是，我之前写东西总是追求速度，赶紧写完然后就寄给鲍勃，第二天就能看到铅字了，现在我却不得不改掉这个习惯。实际上我都不知道要去哪里发表它，很少有地方会发表这样的东西。虽然我并不希望，但很可能结果就是徒劳，多此一举。昨晚我和埃德蒙在杰弗里·爱泼斯坦家见了面，他刚刚完成了一部关于"上州"[②]的书，现在情绪比较焦虑。肖恩花了整个周末的时间去通读，但是爱泼斯坦觉得《纽约客》不太可能会愿意接受这份书稿。他说他担心杂志社正试图改变自己的"形象"。实际上，他们一直都在各处做广告，甚至做到了电视上。广告这么奇特，却没有一点吸引力。

我记得我在写卡尔和哈丽特的时候，心情总是变得很暴躁，准确来说应该是很悲伤。我猜已经有人跟他说了，因为他一直和哈丽特保持联系，圣诞节的时候会回来——和卡洛琳一起回来。我以为\估计/，他们这次来纽约实质上是来度蜜月，顺便来看看他的女儿，他们的第一个孩子9个月内就会出来吧。当我从布莱尔那里听说卡洛琳

---

① 这是贾雷尔的一个习惯性表达，有可能是哈德威克最近重读了贾雷尔写给洛威尔和她的信，见贾雷尔［1951年11月］写给洛威尔的信："天哪，你见到过佩特森四世吗？天啊，天啊。"（《兰德尔·贾雷尔书信集》）
② 指埃德蒙·威尔逊（1895—1972）的《上州：纽约北部回忆录》（纽约：FSG出版社，1971年）；《纽约客》于1971年6月5日和6月12日刊登了该书的两篇摘录：《上州日记（一）：1950—1959》和《上州日记（二）：1960—1970》。

也要一起来的时候我真的很生气,我也想知道,卡尔在信里提到这次行程的时候为什么语气是那样奇怪("真是糟心,本来圣诞节应该是快乐的时光")\为什么他没有告诉我实情/,还说如果那样的话我会选择消失,但是第二天我又改变主意了,什么都不在乎了。卡尔就是个炫耀狂,要让他悄悄地回来看看女儿,花几天的时间和我一起做个了断再离开,他应该是做不到的。(总而言之,卡洛琳应该会想要和他一起回来,稍微看望看望他的"孩子",这确实不是一个中产阶级做得出来的事情。)卡尔真是幼稚极了,他这也是在折磨我们啊——他那微微带着恶意的侧目表情——我真是越想越觉得毛骨悚然。终于要摆脱这样的折磨,我真的很欣慰,而且对于他的到来,我一点也不觉得恐惧,不觉得难过了,我只知道这意味着我离和他解除一切关系又进了一步。哈丽特现在的状态也很好,特别好,她也没有希冀得到太多,她很理智地说等她再长大一点,他们父女俩的关系就会变得更好一点。我觉得也许她这样想是对的,如果真如卡尔所愿,卡洛琳真的要和他结婚,我想哈丽特越早接纳契考维茨一家子越好。我唯一担心的是卡洛琳有没有这个能力去照顾她。谁能相信她能当好一个后妈!

我很好。之前和菲利普·拉夫通了电话,我觉得他简直不可理喻。真是古怪得难以置信!我告诉他《评述》下一期将会刊登一篇完整的文章,是抨击《纽约书评》的[1],那是他们,或者是诺曼·波多雷茨心心念念想做的一件事。菲利普不以为然,嘟囔说:若说诺曼是亚哈船长,那鲍勃就是那条白鲸!

这封信挺没意思的,不过我写信的目的只是为了解释广告的事。为了古德尔竞选我也算是尽了一份力,可这些共和党人真是令人震

---

[1] 见丹尼斯·H. 容的《〈纽约书评〉案例》,刊于 1970 年 11 月的《评述》。

惊，公职人员也是，普通民众也是。他们愚昧无知、古板无趣，缺乏想象力，也真是奇了怪了。必须说我却从中发现了乐趣，但是，就像我们新左派常说的那样，仍免不了"大失所望"。

俪安。

丽兹

100. 罗伯特·洛威尔写给玛丽·麦卡锡

［伦敦西南第一邮区，庞特街33号］
1970年11月2日

最亲爱的玛丽：

迟迟没给你写信，是因为我不想看到我接下来要说的话。也算是一种决定吧，我还没有和任何人说过。看来\我想/我还是会回到丽兹和哈丽特身边。我深深伤害了大家，自己也陷入了迷惘。真与卡洛琳步入婚姻殿堂有悖常情，我们的境况不允许，两个人的性格也是问题。我们做不到，我和卡洛琳都这么认为。虽然……

我不再会一意孤行。但是我又发现，即使是像我这样一个漫不经心的人，也会有根深蒂固的习惯，真是难以置信。当初是我非来英国不可，非要和一个新妻子一起生活不可，\要整明白/自己这一生只不过是在重复之前所做的事情。我也不完全是那个意思。随着时间的推移，我们造了一个有机体，一个人工制品，它复杂而又神秘，我们无法对其做出判断。你定①是发现了这点。不过，好像也无从得知我们到底能做些什么。就好像也没有什么需要做的，好像已经有人做过了

---
① 原文此处的"most"应是"must"。

一样。

我 6 日去见你。或许是我们去见你。我喜欢你的这个在罗马做自然主义体检的想法。我也一直在疯狂写作,但离出版还早着呢,所以还不会被尖锐不满的评论\刺中/,不过一切顺利,会参与\抓住/那一天的。想死你们啦,祝你和吉姆都好。我和丽兹通了电话,我以为\知道/我们是能够和解的。我感觉自己有点像某个大\俄罗斯人/,在巴登-巴登不仅弄丢了自己的钱财,还把叔叔的也给弄丢了。其他都还过得去,原谅这一切吧。

祝安。

卡尔

附:抱歉我是用铅笔写的。

101. 罗伯特·洛威尔写给哈丽特·洛威尔小姐

〔明信片:约书亚·雷诺兹——《草莓女孩》,收藏于华莱士收藏馆〕

〔伦敦〕
〔1970 年 11 月,日期不详〕

亲爱的哈丽特:

这上面是一个小女孩,她可能会牵着那只你送给我的小狗[①]出去散步。我会和你一起去散步,或者一起做些其他一样快乐的事情。有时候我会觉得没有你和妈妈在身边,生活都不算是生活了。爸爸会在

[①] 伊丽莎白·哈德威克与哈丽特·洛威尔 1970 年 10 月 19 日(?)寄给罗伯特·洛威尔一张明信片,上面是维托雷·卡尔帕乔的一幅作品。比较诗集《海豚》中的《威尼斯旧照(1952 年)》〔组诗《住院 II》第 3 首〕。

圣诞节前两周回去，听到我的英国腔不要觉得不舒服哦。

爱你，祝开心！

爸爸

102. 罗伯特·洛威尔写给伊丽莎白·哈德威克

伦敦西南第一邮区，庞特街33号

1970年11月7日

最亲爱的丽兹：

我想我们是不是无法复合了？在信里说这事真的很难，而实际无疑只会更难。这件事我可能已经想了十天了，也许有人注意到了吧，而且觉得我更像从前的自己了，也许确实如此。

用句冷冰冰的话来形容这种境况就是，持续已久的习惯我们永远都甩不掉。一个人仍可以和家人过下去，虽然他对家人忍受已久，而家人对他和他的行为也是长期容忍。也许你还是会让我回到你的身边，即使我是那样深深地伤害了你。也许这只是我的一厢情愿，你肯定不会愿意接纳我了，巴不得摆脱这个令你疲惫的负担。

我不知道。大概12月14日回来吧，很快我们差不多就可以把问题摊开深入地谈了。如果我们还是要在一起，那么就有一个棘手的问题一定要解决，此外还有很多其他问题我也希望你能去考虑一下。我在埃塞克斯的任教时间到3月才结束，我不能说不干就不干，总是还要保持一些体面的——这乱糟糟的一切和变故，都是我自作自受，我已是不堪面对。这就意味着我可能还是得回去继续任教。现在这边的一切都处于一种平衡状态中，情况还算好，这种局面我想应该会继续，但是也不会永远这样下去。

我的书出版了,反响还算让人满意。不仅如此,阿尔瓦雷斯和康诺利在周日报刊上发表的评论比对《贝尼托·西兰诺》友善多了①。

十分期待见到你和哈丽特,

爱你!

卡尔

103. 罗伯特·洛威尔写给伊丽莎白·毕肖普

[伦敦] 庞特街33号
1970年11月7日

最亲爱的伊丽莎白:

你兴致勃勃地数落了哈佛一大通,你真应该来埃塞克斯看看。只有一个自助食堂,吃饭得排队,常常没有位子坐。褐色的走廊又长又窄,都是统一的样子,只有靠着那些上了6位数的古怪数字才不会走错——我的教室在113603。这所大学始建于本世纪30年代末,当时建筑设计领域遭遇了滑铁卢,引发了诸多关注;那时候,建筑材料的颜色都是石棉白,根本看不到什么红砖校舍②。我的授课班级,人数

---

① 指A. 阿尔瓦雷斯的《变天》,刊于《观察者》(1970年11月8日);西里尔·康诺利的《私下与公开》,刊于《星期日泰晤士报》(1970年11月8日)。1967年3月洛威尔的剧作《贝尼托·西兰诺》由乔纳森·米勒导演,在伦敦美人鱼剧院上演,评价很差。

② 见《牛津英语词典》:"红砖大学,名词:[……]指19世纪后期或20世纪早期创立于主要省级城市的英国大学;通常有红砖建筑(与石头建筑形成对比);[……]最近创立或创建的任何一所大学;尤其在早期时,常与牛津—剑桥形成对比"("红砖",既作名词又作形容词,见牛津英语线上词典。2016年3月)。

很少，少到让人觉得是一种侮辱。学生彬彬有礼，但是不怎么发言。跟他们相比，你的那些学生就像是来自西雅图的乡野村夫。不过，我喜欢，愿意待在这里，每天醒来发觉自己身在英国，心中都很庆幸。

我认识阿特拉斯[①]和里兹[②]，里兹小姐曾写过一些相当感性而低调的诗，为我写的，后来她遇见了罗伯特·勃莱，就在哈佛校报《深红》上发表了一篇激情澎湃、字句铿锵的头版文章[③]，堂而皇之地\对我/进行了一番谴责。我素来对大空间缺乏感觉——就像你那些东海岸的学生。我想你的学生会活跃起来的，至少你会找到两到三个你愿意聊聊天的人——也许是在课外吧。我以前最好的学生年纪都偏大，他们有的甚至都没有注册课程。

我想我和丽兹应该会复合。要弃我的孩子于不顾，抛弃相濡以沫多年的妻子，彻底告别那段早已习以为常的人生，终究是不可能的。虽然我现在远在英国远离家乡，但我觉得一切都是可以挽回的，我无法改变旧日的习惯，仿佛我的身体只是躯干，习惯才是灵魂。不过，我一想到美国还是忍不住颤抖，难道我竟对自己的家乡生出嫌隙了吗？

我的书刚刚出版，并且获得了阿尔瓦雷斯和康诺利的好评，特别是阿尔瓦雷斯的夸赞。或许夸得有点过吧。我12月份回去的时候会去看你，我会从12月14日左右待到圣诞节之后，这是一场审判之旅。

祝安顺。

卡尔

[①] 詹姆斯·阿特拉斯。
[②] 应该是指玛格丽特·里扎。
[③] 见玛格丽特·里扎的《诗歌之于戈尔韦·金内尔：忏悔与祝福》，刊于哈佛大学校报《深红》（1969年12月1日）。

104. 玛丽·麦卡锡写给罗伯特·洛威尔

巴黎，雷恩大街 141 号
1970 年 11 月 8 日

最亲爱的卡尔：

我只能简言几句。我刚从纽约回来。海因里希去世了[①]，一周前死于心脏病突发，具体的情况汉娜会在信里和你说的。我们得知消息就赶去陪她了，现在回想起来还是觉得很震惊，难以回过神来。葬礼是在周三举行的，整个过程令人动容，但不至于太肃穆。他的学生和同事们谈起他时还像往常一样，让你以为永生真的存在。

关于你的事情，我真的不知道该说些什么。去汉娜家的时候我和丽兹短暂地碰了面。她看起来很焦虑，应该是因为你在信里和电话里跟她说的那些话吧。我想她一开始不太明白你说的那些究竟意味着什么，但是最后她恍然大悟了，一时间便难以承受这样的痛苦和折磨。我并不清楚她是否希望你此刻回到她身边。她已经不愿再对这件事抱有希望了，要让她再度敞开心扉相信你，这真的很难。我想，因为她和卡洛琳都曾参加过妇女解放运动，这也是丽兹有心结的一个重要原因吧。不过也许你会比我更了解她内心的想法。

至于卡洛琳，我早就已经说过了，你们两个之间是不会有结果的。我是说，结婚是不现实的。我之前竟然还觉得你们真的会结婚，现在再想来真是连自己都觉得震惊不已。陷入感情的人总是会痴信那种超越现实可能性的力量。我是这么认为的，或许死亡阻挡不了爱情，但既然活着就要面对现实。

[①] 指海因里希·布吕赫，汉娜·阿伦特的丈夫，1970 年 10 月 30 日去世。

不论如何，不管最后结果是什么样，我都希望你会的[1]。6日之后的周末见。

祝好。

玛丽

附：我还没有想好是不是要告诉丽兹你给我写了信。吉姆也觉得很棘手。虽然我知道她理应尽快知悉你的想法，不过眼下我应该不会给她写信。

105. 罗伯特·洛威尔写给玛丽·麦卡锡

[伦敦，庞特街33号]
1970年11月15日

最亲爱的玛丽：

海因里希的死讯似乎随时都会传出，他病得太久，大家反倒没怎么放在心上。因为不曾联系，至少我是把他们给忘了。可怜的汉娜！我想事先有心理准备也许到最后心里会少一些震动吧，至少要比听到我们的朋友康拉德自杀身亡的消息要平静一些吧\，虽然最难过的是他的妻子阿德里安娜/。将要离世的朋友现在就像雨点一样，越下越多了。

谢谢你在信里的恳切之词，你确实直击要害，让我觉得越发左右

---

[1] 原文为"I wish you will"，此处应该是"I wish you well（祝你安康）"（打字错误，"will"也许是由前文"痴信那种超越现实可能性的力量"引起的）。

为难。所有人都摇摆不定,我就更不用说了①。我希望你会写信给丽兹,但不用再去告诉她一些什么关于我的事情,因为她都清楚。但是我相信她还是需要你的抚慰和建议的。我和卡洛琳之间的嫌隙就在于结不结婚这件事,她不想结而我又不想就这样下去永远不结婚,也许这也恰恰说明我们之间还有一些更深层的隔阂是无法跨越的。希望上帝保佑一切都能顺利解决②。

我在这边的电话号码是 235-2270。如果你有什么安排就打电话告诉我,我希望这次或多或少能做些我们想做的事,上个月你是来也匆匆去也匆匆。问候你,希望你的书出版了。我差不多有一本新诗集了,算是《笔记本》的续篇吧,篇幅不长,很可能要过很久才会把它交到出版商那里。

再次祝福你和吉姆。

卡尔

附:你在信里提到丽兹和妇女解放运动的那句话,神秘兮兮的,我\一直/不明白什么意思。是指什么?你是说它尚未形成还是已有眉目?

---

① 见洛威尔的诗句"从沮丧的旧世界,到空白的│新世界——简直是摇摆不定的水刑!"(《直指困境的症结》[组诗《怀疑》第 2 首]第 1—2 行,见诗集《海豚》)。
② 原文是 "washed(out)",应为 "washes(out)"。

106. 罗伯特·洛威尔写给罗伯特·洛威尔太太

庞特街33号

1970年11月16日

最亲爱的丽兹：

我没有尽快给你写信是因为不想让信交叉了①。我会尽我所能去处理好一切。我想\我们/是可以重新在一起的——我们毕竟在一起很多年了，多得我都算不过来，虽然我已无法想起所有，往昔的零碎记忆却都还历历在目。也许，我们最终都能够得偿所愿，实现自己心中所想。现在的我并不好过从前的我，只要明白旧习惯很顽固这一点，就什么都好了。我不会再让你去承受更多的痛苦了。

最近我灵感爆发，又写了很多诗，差不多可以再出一本薄薄的诗集了，诗歌形式与《笔记本》相同，不过数量没有那么多。我已经在期盼抵达纽约的那一刻了。你看，我要回家了。

我还是不清楚阿尔弗和阿德里安娜夫妻之间到底发生了些什么，我想一定是有些隐情的。你也不会一走了之，忍心把自己的孩子就这样丢给一个要发疯的人吧。可怜的阿德里安娜！

我想我大概是知道"追星族"（groupies）的含义了，有点像是一个希腊词或是古英语里的一个词，我在哪里见过的，后来忘记了②。我想这会儿又有一个新俚语出现了吧，我在写作的时候它总是像涓涓细流一样一点一点渗进我的脑海里。你和哈丽特应该在为一周后的感恩节做准备了吧。替我这个身在他乡的游子向萨拉和科

---

① 洛威尔所说的哈德威克这封信现已遗失。
② 指电影《追星族》，罗恩·多夫曼和彼得·内瓦德导演（1970年）。见哈德威克的《好斗的裸体》，刊于1971年1月7日的《纽约书评》。

特问好①。

我教的班级学生不多,他们都很安静。从哈佛出来之后,诗歌写作这门课程的教学进度十分缓慢,用来讲莎士比亚倒是挺好,我在课上花了两个小时朗读《安东尼与克莉奥佩特拉》中的一幕。这所大学很像布兰迪斯大学,但是布兰迪斯的建校经费比它高出50倍不止,并且招收的多是犹太人。这里的教师年轻又有活力,大多数同事也就比研究生稍大那么一点点。

我想你和哈丽特了,真是羡慕你们。让我重新进入你们的圈子吧,但是去看那些追星族就免了。

爱你们!

卡尔

107. 罗伯特·洛威尔写给布莱尔·克拉克

[伦敦西南第一邮区,庞特街33号]
[1970年] 11月21日

亲爱的布莱尔:

我这些乱七八糟的事情一定让你很头痛吧。在这里跟你说说我的心里话。我的家人,还有我收到的那些信,使我备受困扰。似乎还有一种微妙的痛苦煎熬。丽兹在信里从疯狂的爱恋转向疯狂的辱骂,她现在是把自己和女儿视作一体了。这怎么可能!但我得到的印象就是如此,丽兹心里真这么想。太荒唐了!但我远在英国,对此毫无办法,也许就是人在现场,我也做不了什么。

---

① 指洛威尔的姨妈萨拉·温斯洛·科廷和姨夫查尔斯·E("科特")·科廷。

问题是我现在和卡洛琳在一起更\十分/开心。起初我是担心我们结不了婚——从前总觉得这种关系不合法。但现在我看这也没什么大不了的。我们可以一直这样下去。不管我们是一种什么状况，我们的感情都会长长久久。卡洛琳一直都害怕法律意义上的婚姻。不结婚在某种程度上就是在给彼此松绑，因为一段感情中的双方都有一种极强的控制欲。等到我们了解彼此不会受这种控制欲所累时，就是结婚之时。我还不知道接下来会发生些什么，但我是越来越害怕了，担心终会为自己的所作所为和一意孤行付出血的代价。无论如何，下个月14日左右，我都会去你那里。

跟我说说你的情况吧，如果你愿意，我想听听你心里的想法。希望和你深谈[1]。

祝安！

卡尔

---

[1] 见布莱尔·克拉克的"所有这一切让我想到一点，在我们见面之前，你可能会让自己一直思考着这件事——这件人生大事：你是真的想和任何人住在'这同一间房'吗？这对你来说当真是最好最自然的安排吗？我想，你过去对此从未有过多质疑。但在我们这个年纪，真是这样吗？当然，在分居但又从不断绝联系这桩事上，我的受训时间比你长（有时同时与太多的人保持联系！）。但我结婚了很长一段时间，你是知道的，而且通常都很专情。现在——我不知道［……］好吧，亲爱的卡尔，等你来了，我们再好好合计合计"（见布莱尔·克拉克1970年11月29日写给洛威尔的信）。比较洛威尔诗集《海豚》中的《朋友》。

108. 罗伯特·洛威尔写给罗伯特·洛威尔太太

庞特街 33 号
1970 年 11 月 28 日

最亲爱的丽兹：

到剑桥诵读去了，刚回来。明天是在美人鱼剧院举办的诵读会，读贝尼托取得胜利的那一场①。在剑桥一切都很顺利，我还得知观众是有史以来最少的，让人有一种被玷污被欺骗的感觉。我在那一共吃了两顿午餐、一顿早餐和一顿晚餐，有时是坐教工席，有时是坐贵宾席——当年的圣马可学校也是这个样子的，大学就是如此。大家交流得也很愉快，感觉他们很热情。而这边的埃塞克斯眼下却被污名所累，一起用焚烧抗议事件，然后第二\天／，就偶然读到《每日电讯报》上的一篇精心准备的抨击文章②，说我们宽容包庇。所谓的抗议，大家都说可惜与政治无关：是大麻作怪。也没有多少东西可以激怒这些恶魔，或者说逗他们开心。

杰克的电报③很善意，不过我可能并没有完全领会他的意思——我担心过，你在纽约是会遇上很多未知的麻烦的，但是我讨厌朋友们做这样的提醒。除了我那些药丸子，我现在有一堆纠结的事情，够我花上几年时间去理顺，这是一个需要谨慎处理的棘手问题，弄不好又缠到一块去了。也没什么新鲜的，唯一算作新鲜事的就是，我发现自己牙缝越来越大了，跟玛丽补牙之前很像。

---

① 见洛威尔 1970 年 11 月 7 日写给哈德威克的信。
② 此处指《每日电讯报》。参看 R. 巴利·奥布莱恩的《校园自由计划崩溃于暴力潮》，刊于 1970 年 11 月 26 日的《每日电讯报》。
③ 该电报现已遗失。

没什么你觉得感兴趣的话题。我见的人大多数对你而言都很陌生，他们都是同事。每周一次和西德尼共进午餐，然后就去写诗。我的创作效率很高，甚至吃晚饭时也会匆匆写下几行诗句。我想应该可以成一本诗集了，小本的笔记本，明年秋天完成吧。然后就是全新的调子，全新的格律，全新的我！永远都不会有最后一章，我想［！］这边的环境还算满意，对眼睛来讲是如此吧，但人情交往或许就未必，大家都知道，英国人说话时喜欢把嗓音压得很低，听都听不清①。好吧，很快就见面了。祝你和哈丽特好。

爱你！

卡尔

109. 罗伯特·洛威尔写给罗伯特·洛威尔太太

伦敦西南第一邮区，庞特街 33 号

［1970 年］11 月 30 日

最亲爱的丽兹：

出发去埃塞克斯前简短说几句。美人鱼剧院的诵读会我已是尽力而为，一切都过去了。我也说不出为什么，其实要表演这部剧对我来

---

① 见威廉·燕卜荪的"英语口语中美妙的社交暗示和闪闪烁烁的含糊其词，虽然表面单调，但确实令人陶醉。人们可能会同意，一个诗人应该与他那个时代的口语有足够的接触，同时也认为，诗人必须摆脱口语以便自由唱歌。有人想当然地认为含含糊糊是唯一诚实的说话方式，这种看法我认为是过去 50 年来日渐浓重的一团迷雾"［《英国诗歌的节奏和意象》，刊于《英国美学杂志》第 2 卷（1962 年 1 月）第 1 期，转载于燕卜荪的《论证：文学和文化论文集》，第 156 页］。1970 年 6 月，洛威尔一直在读燕卜荪的这篇文章，见洛威尔 1970 年 6 月 14 日写给哈德威克的信。

说也并非难事。但是，为什么它就不能像一场精彩的网球比赛那样给人以满足感呢？我不［知道］那会是什么，只是一记非常偶然的得分发球吧。我想，就算听人读书比看人打球更有乐趣，但是有谁愿意天天或是周周都来听呢。今年也算是玩够了。

我还是什么决定都没做，只把自己的摇摆不定埋藏在诗句里。我想现在写了有 90 首吧，草稿和废纸片多得都可以堆满一屋子了。我不是一个好伴侣，自己一个人跑得远远的。你不会喜欢我了。但是我要回来看看你和哈丽特，我要看的人不是布莱尔。所以你马上就会收到我的来信。希望不会因为繁杂的手续而耽搁行程。内政部还压着我的护照，我的银行户头让人一头雾水。不过，我一定会回来的。

我以为你比我更了解我的那些评论，不过那天晚些时候，收到费伯出版社寄来的一些剪报，其中有一位是新人，伊丽莎白·詹宁斯①，我之前没有看过。她是一个悲观感性的人，外表和习惯都和克劳德-埃德蒙②很相似，不过她更为羞怯，颇具潦倒诗人的特质。

我很怕看《书评》的巡回表演和闹哄哄的美国政治新闻。不要指望一个美国人会抓着这些问题不放。如果没有人来推一把或者提醒一下，他也许一连几天都不会去看报纸。甚至对那些英国人来说，那也都是不会高调谈论的话题，再说离他们也很遥远。虽然我确实很久没有尽到一个丈夫的义务，但我们是不会走到玛丽和鲍登③那一步的。

两个亲爱的人，祝你们健康快乐！

卡尔

---

① 见《诗人的生平纪事》，刊于 1970 年 11 月 12 日的《每日电讯报》。
② 指克洛德-埃德蒙·玛尼（1913—1966），法国文人、女作家。——译注
③ 指鲍登·布罗德沃特，玛丽·麦卡锡的第三任丈夫（1946 年至 1960 年）。

110. 罗伯特·洛威尔写给罗伯特·洛威尔太太

伦敦西南第一邮区，庞特街33号
1970年12月3日

最亲爱的丽兹：

我想政府应该是从我的工资里扣除了养老保险金，指望政府高抬贵手的话还不如自己想开点。我每月领到手的是333英镑，已经领了666镑，12月底，更有可能是1月初，还有333镑。看来到目前为止，应该已经扣除了191英镑，等到下一笔月工资发下来的时候，应该还会扣掉近100镑。全部工资分12个月来发。我觉得政府多扣了我的钱。去做诵读可能有大约60美元的进账吧，也可能出人意料一分钱都没拿到。此外，我的护照也还压在内政部，要取得工作资格就必须上缴护照。埃塞克斯的麦克拉申女士正在帮我想办法将它拿回来。

最近，我与本[①]一起参加了一场精彩的棒球比赛，然后是卡洛琳[②]那只腊肠犬走丢了。我永远都认为，本并没有意识到那是一场悲剧，而卡洛琳让我开车载本回克拉克斯维尔，她也意识不到自己将本置于一个多么危险的境地。我记得当时那个女子乐队出场的时候，艾伦和本都在大叫："将那些女人赶出球场。"啊，妇女解放运动兴起之前那美好的时光啊。我比较喜欢约翰在英国或者爱尔兰杂志上发表的那几首诗歌，诗里已经不见亨利的影子了，还是有些美好而温柔的东

[①] 指本·泰特，艾伦·泰特的弟弟。
[②] 指卡洛琳·戈登，艾伦·泰特1925年至1945年以及1946年至1959年的妻子。

西弥补了那些流里流气的炫耀话①。真不敢相信它有那么糟糕,其实还是有可圈可点之处的。对此事的回应,多说一句都是愚蠢。我看到丹尼斯·多诺霍对《笔记本》的评论了,可谓尖酸,虽然他在文章中没有明说,但他似乎认定这本诗集就是在写我和你之间的隔阂,以及终将分道扬镳的命运②。卡鲁斯历经磨难,人很正直,但我还是不会信任他③。

这个周末我要见些人,有玛丽、盖娅④、弗兰西斯·培根和西德尼。

如果能离开英国,很快就与你和女儿团聚了。

爱你们两人!

卡尔

附:上一封信里谈到政治问题时我的语气有些暴躁。感觉自己就像是某个套着雨衣的裸体人——不过这种形象我猜通常都是个女孩⑤——回来接受检查⑥。鲍勃·西尔维斯和我都太纠结了,见面没办法畅叙。

---

① 见约翰·贝里曼的《致 B—E—》和《寻找》,刊于《立场》第 11 期(1970 年秋季刊)。
② "他没有公开列出的事件,是家庭生活的种种不幸,特别是正在破裂的婚姻,然后是真正破裂"(见丹尼斯·多诺霍的《洛威尔的岁月光景》,刊于 1970 年 11 月 19 日出版的《卫报》)。
③ 未知直接参考,见海登·卡鲁斯的《罗伯特·洛威尔的意义》,刊于《哈德逊评论》第 20 卷(1967 年秋)第 3 期。
④ 指盖娅·斯瓦蒂奥·莫斯丁-欧文。
⑤ 比较"我来时穿着雨衣,像某个光着身子的人, | 但只有女孩才光着身子穿雨衣"(《没有弥赛亚》[组诗《飞往纽约》第 6 首] 第 7—8 行,见《海豚》手稿本和诗集《海豚》)。
⑥ 比较"没人查你的岗,只是想念你"(《狐皮》[组诗《飞往纽约》第 1 首] 第 8 行,见《海豚》手稿本);比较诗集《海豚》中的《狐皮》。

111. 罗伯特·洛威尔写给罗伯特·洛威尔太太

伦敦，庞特街33号

[1970年12月，日期不详]

最亲爱的丽兹：

正要出门与西德尼共进午餐。不错，就17日一起看《弥赛亚》吧①。希望你看到这封信时心情好多了。现在伦敦的天气就跟缅因州那些个糟糕的夏天差不多，不过也不至于太困扰，因为已经习以为常了。如果哪天下午3点能够看到一缕透过云层的阳光，所有人都会为这天气唱赞歌。

祝我的一对救世主好②。

卡尔

---

① 见洛威尔的诗句："你愿意和我们一起去看《弥赛亚》吗，│12月17日，星期四，│然后就在那间俄罗斯茶室喝吃饭？"（《弥赛亚》[组诗《飞往纽约》第2首]第5—7行，见《海豚》手稿本，比较诗集《海豚》中的《狐皮》第9—12行。

② 见洛威尔的诗句："我停在我们裱着圣诞画的卧室里，听到│我的诺洛，那个非弥赛亚式的人——"（《没有弥赛亚》[组诗《飞往纽约》第6首]第11—12行，见《海豚》手稿本和诗集《海豚》）。

112. 罗伯特·洛威尔写给伊丽莎白·毕肖普

伦敦

[1970 年 12 月]

最亲爱的伊丽莎白:

我怕是欠你一个道歉,因为我把你的一封信改编成诗收进了《笔记本》①。查尔斯·兰姆因为柯勒律治叫他"嬉闹的兰姆"而大发脾气,但后者却说这样称呼是为了平衡兰姆的脾气。虽然我不会说这种话,但我在书中并没有改变你本来想表达的意思,为了表示对原作者的尊敬我放了一张你的照片上去,仅仅只有那一张。也许这种内容太过私密,如果你是这样觉得的话,那么我俯身恳求你的原谅。

前几天的一晚上,应该是一个周末吧。我一个人去了一家葡萄牙人开的酒馆,在骑士桥,名叫奥法多。桌边的侍者比客人多,另有一半人在后厨和其他地方忙活,甚至连吉他手和驻唱歌手都帮着做事,做完之后就唱起类似《马略卡岛的女孩们》这样的歌②。我一边听着,一边喝着一瓶佐餐的玫瑰葡萄酒。这么坐了一会儿,我就开始期待你

---

① 见洛威尔诗句"你担心我是对的,只是请不要这样,|尽管我也很担心自己。不知怎么的,我已陷入|我不得不应付的|最糟糕的境地。我看不到出路。|卡尔……你曾经走过洞穴吗?|我走过一次……在墨西哥,感觉很糟糕——|这附近有很多著名的洞穴,我从未走过。|跌跌撞撞了几个小时,终于|看到了前面的日光,一道蓝色的微光。|空气从未如此美丽过。|这就是我现在在等待的:|一丝微弱的微光,凭借它我会|活着离开这里。你的上一封信很有帮助,|就像有人递给我一个灯笼或一根尖尖的棍子"([组诗《献给伊丽莎白·毕肖普》第 3 首],见 1970 年版《笔记本》)。比较毕肖普 1970 年 2 月 27 日写给罗伯特·洛威尔的信(《空中的话语》)。
② 比较洛威尔诗集《海豚》中的《在奥法多酒馆》[组诗《冬季与伦敦》第 2 首]。奥法多酒馆位于伦敦比彻姆广场 50 号。

随时都会出现在门口,我甚至开始焦虑地不时看表。我真的太想见到你了。

我真的很想见你。等你收到这封信的时候我应该已经到纽约,住在布莱尔·克拉克那里。我想我和丽兹最终还是会分开,这件事情其实早就应该确定下来了,但我却做不到,除非我是真的疯了。我回来看看丽兹和哈丽特,虽然很多事情现在还没完全解决,但必须要解决了。

我们两人得见个面。我去坎布里奇很方便,如果你能来纽约也是可以的——那你现在就要做好动身的准备了。不过我还是很想去哈佛看看的。向比尔问好。

颂安。

卡尔

113. 卡洛琳·布莱克伍德写给罗伯特·洛威尔

[伦敦,红崖广场80号]
[1970年12月14日?]

心爱的卡尔:

我刚刚回到红崖。伊莱扎①的母亲去世了,她正哭个不停,没心思做家务,任由那台吸尘器在墙边哀嚎。根尼娅②是因为你而在流眼泪,她哭,伊万娜也跟着哭。伦敦的天空愁云惨淡,华埠灰——牡蛎灰——灰暗暗、灰沉沉,好可怕。你的航班可能尚未起飞离去,我就

---

① 布莱克伍德的管家。
② 叶夫根尼娅的昵称。

已经思念成疾。如果我又醉得歇斯底里,那是因为我真的太爱你,爱到精神错乱,有时恐怕就是这样。

也没有什么事。自从送走你和那两个满脸胡子、大呼小叫的犹太教士之后,就没发生过什么特别的事情。

```
4. Departed for Departure
3. 2. At the Air-Terminal
    London a Chinese gray or oyster gray,
    every apalling shade of pitch-pitch gray---
    no need to cook up far-fetched imagery
    to establish a climate for our mood---
    anything's real until it's published.
    "If I have had hysterical drunken seizures,
    it's from loving you too much. It makes me wild,
    I fear. I'll make the dining-room a bedroom.
    I feel unsafe, uncertain you'll come back.
    I know I am happier with you than before;
    my pains were always girdled about with joy."  THE
    My signal flashes. My plane is at the door.
    Our gold rings touch. Surely, it was great joy
    blaming ourselves and wanting to do wrong.
```

见《海豚》手稿本第 48 页〔《飞往纽约》第 2 3 4. / 首〕,《候机室别离》,创作并修改于 1970 年末到 1972 年 1 月之间。

我会把你的书寄出去,其他的杂事也会处理好,会把楼下那套公寓修好。我很没有安全感,不知道你此去还会不会回来,我还能不能再见到你,又或是,你该不该回来。我只知道,你给了我从未有过的快乐,从未有过。所以,即使我们还是无法走到最后,即使到头来我只能独自悲伤,我也不会后悔和你的这段感情①。

爱你!

卡洛琳

---

① 比较洛威尔《海豚》手稿本中的《候机室别离》〔组诗《飞往纽约》第 4 首〕第 1—11 行,以及诗集《海豚》中的《与卡洛琳在候机室》〔组诗《飞往纽约》第 2 首〕。

114. 罗伯特·洛威尔写给卡洛琳·契考维茨

[电报]

纽约州，纽约市 DE2170，东第 48 大街 229 号

布莱尔·克拉克家

1970 年 12 月 21 日

伦敦西南第一邮区红崖广场 80 号

卡洛琳·契考维茨

谢［谢］来信我不是废人爱你

卡尔

115. 罗伯特·洛威尔写给卡洛琳·契考维茨

[电报]

10017，纽约州，纽约市 DE2170，东第 48 大街 229 号

布莱尔·克拉克家

[1970 年 12 月 24 日]

苏格兰·安格斯奇瑞谬耳

卡洛琳·契考维茨

一切顺利圣诞快乐思念你

卡尔

116. 伊丽莎白·哈德威克写给罗伯特·洛威尔

[纽约州，纽约，西 67 街 15 号]
[1970 年 12 月，日期不详]

最爱的：

我收到了好几封信。今晚心情极其愉快，因为几件与工作有关的事情都很令人振奋。深受爱戴的 B 医生[①]给我开了一些利彼镇[②]，我服下之后感觉效果极好——大概 5 点服用的，就在见你之前吧。所以我想，我的问题是"化学性质的"，可能原本就不严重。我不想让你为我担心——这种事有可能发生吗?!——我现在确实感觉好多了，状态有很大的改善。今晚心情一下子就这么愉悦，什么都不用操心，什么都不要回想，简直难以置信。明天见。

伊

---

① 指安妮·鲍曼医生。
② 抗焦虑的药物。比较"房间充满重影，│利彼镇\镇静剂／让所见之物皆成双影……"（见《海豚》手稿本中的《复视》［组诗《住院》第 4 首］第 8—9 行）。

第二部分： 1971—1972

117. 罗伯特·洛威尔写给卡洛琳·契考维茨

［电报］

［纽约市，东48大街229号，布莱尔·克拉克家］
1971年1月2日12点

伦敦西南第一邮区红崖广场80号
卡洛琳·契考维茨
泛美航空周二上午7:30 爱你

卡尔

118. 罗伯特·洛威尔写给哈丽特·洛威尔

伦敦，庞特街33号
1970年［1971年］1月6日

最亲爱的哈丽特：

我真的没法向你推荐我的这趟行程。先是等杰克·汤普森来一起吃午餐，足足等了45分钟；去机场大约15英里的车程，路上车多得排成了长队，像蜗牛一样慢慢移动；到了机场又要排长队给行李称重，由于超重还得再去慢慢排队支付56美元；排队进候机室候机；等着过安检；等飞机起飞又等了很长时间；人们排队并排坐了足足七个小时；飞机到了之后又在地面跟走路似的慢慢滑行2英里才停下；在机场里面又走了1英里；上了极慢的自动扶梯又是1英里；然后在取行李处等在300个乘客后面取我的大箱子。然后不用再等了，但地上有积雪，我看见自己呼出的气就像一条龙吐出的烟一样，在我面前飘呀飘，\然后就到我冰冷的公寓了。/ 现在歇一会儿，我太累了，累得没力气跟你写一封长信。你送的红木熊①，那个"法之利器"②，坐在我的书架上，看到它就会想起你。我好喜欢圣诞节期间跟你那样聊天。爱你，照顾好妈妈，不要没大没小的。

爱你！

爸爸

119. 罗伯特·洛威尔写给罗伯特·洛威尔太太

[伦敦西南第一邮区，庞特街33号]
1971年1月7日

最亲爱的丽兹：

本想在信里和你谈谈心，但是精神太差，还感觉得到飞机的猛烈

---

① 哈丽特送的圣诞礼物。见洛威尔的诗句"家的这种单调和似曾相识｜让我爱上了它；更忧郁的日子会来临｜并适应这些圣诞节礼物；｜红木熊，橡胶蛋液洗发水，家庭电影投影机，｜还有一本沉沉的书"(《海豚》手稿本中的《1970年圣诞》[组诗《飞往纽约》第10首] 第1—5行；比较诗集《海豚》中的《圣诞节》[组诗《飞往纽约》第12首] 第1—5行)。

② 见洛威尔的"我在学习写印刷体。我用清晰但却很丑的字体写道：'法之利器，一个极其可恶的恶搞。法之利器在大多数时候都是一个极其可恶的恶搞，但在2月29日却是一个不错的家伙。他也是一个波士顿人、一个爱尔兰警察和一只熊'"(《我的犯罪高潮》打字稿，《自传散文》，见"罗伯特·洛威尔书信文稿"，* 73M—90 bMS Am 1905，2223号文件夹，霍顿图书馆)，引用于伊恩·汉密尔顿的《罗伯特·洛威尔传》(1983年)。1938年洛威尔还是肯庸学院的一名学生时，"梦想着一个由'熊角色'——或'berts'[法语发音]组成的世界，他最喜欢的业余活动就是创作以熊为主角的戏剧或寓言，把亲朋好友都变成漫画形象纳入其中。每个人都会有一个熊名和恰当的熊声音。洛威尔本人似乎就是那只主角熊，名为'法之利器'(他"可恶的"童年"恶搞"英雄)"(见汉密尔顿的《罗伯特·洛威尔传》)。

颠簸，睡不着觉，实在是无力写什么了。但如果我订的是更早些或者更晚些的航班，十之八九又要到伯明翰转机。

你对我的那些好我都历历在目［。］尤其是你在机场外面等着我，一头卷发，脸上洋溢着微笑，真是美极了，让我这一路漫长的等待都值得。回到家里又可以用那柔软的蓝毛巾，喝香甜的乳酪，度过这个祥和的圣诞日，见到我聪明伶俐、精神饱满的哈丽特，这一切都多亏有你——你总是那样始终如一，忠诚待我。

我最近并不是很忙，只是在休息，为了备课读了哈姆雷特[1]，读亨利·亚当斯的作品[2]，还有堆积成山的邮件，都是邀请\我/去各地免费朗读作品的。你的高血压让我很是担心，我的血压那时飙到180，毫无疑问是长途旅行所致。我相信我们的血压都会降下来的。但愿所有的压力都会得到解决。谢谢你\挺身直面/那些问题和考验，大方接受我这次回家，所以经常是化煎熬为快乐。

爱你们，祝安康！

卡尔

---

[1] 见洛威尔的诗句"我觉得哈姆雷特是这么回事，｜他被父亲写给他的'复仇剧'刺中，｜在伦敦这片凝结的天空下｜犯了傻"（诗集《海豚》中的《谋划好的》第7—9行）；如果完了，那就早点了结——｜套句老话，你越是犹豫不决｜事情就越难办"（诗集《海豚》中的《画家的模特》第3首第1—3行）。

[2] 指《亨利·亚当斯的教育》（1907年），见亚当斯记述遇见斯温伯恩的段落，有鉴于洛威尔在下一封信中提到了斯温伯恩的"时光垂泪"（见洛威尔1971年1月9日写给哈德威克的信）。

120. 伊丽莎白·哈德威克写给罗伯特·洛威尔[①]

[纽约市，西 67 街 15 号]
1971 年 1 月 8 日

亲爱的卡尔：

我现在真是可以用穷困潦倒来形容了，可能这辈子也就是这般光景了。不过我会撑住；又是新的一年，又要交税费了。从去年 4 月我们分开那时候算起，我已经交了 15000 美元的税款。现在我显然是不可能有 21000 美元的，也付不起 15000 美元的税款。你\（一个人）/只能分季度来交了……所以我才会说，布鲁克斯先生之前提到的 5290 美元的\税款／支票不能兑成英镑，而是要存入我们美国的户头，用于支付税款，否则的话，他们就会把这笔钱先替你存到道富信托银行。这样，你就必须要请 FSG 出版社代为持有，因为他们没办法代扣代缴，把\你收入的／25％存入你的税务账户，这样，等到年末的时候他们就会把这笔钱记入我们最终的\税收／账目上。我会寄一张 5290 美元的支票收据给你的。

我也不想再多说什么了，写了两封信[②]来解释这件事，应该谁都能看懂了吧……关于那些文稿我也没怎么跟进了。我已筋疲力尽，现在只想把我自己的事情处理好，我一定会的。我正在看春季学期有没有哪个学校招老师，我现在已经没有足够的钱付房租了，每个月的房租涨了 100 多美元……这就意味着每个月在住房上的开销要 500 美元了。

---

① 与洛威尔 1971 年 1 月 7 日写的信互相交叉错过。
② 可能是指哈德威克 1971 年 1 月 8 日写的第二封信，现已遗失。

哈丽特很好，我也很好。我们都很想念你，亲爱的，希望你一切都好，希望你快乐。当我得知你还是决定离开我们的时候，我以为这份空虚感不会一直持续，总会有别的事情来转移我的注意力，可却没想到会是因为钱的问题而烦恼。不过，这和你的事情不能同日而语，甚至算得上是件好事，痛苦谈不上，更像是一种挑战。其实我不喜欢在信里\一本正经/谈事情，不过只是想说你应该把自己工资中的扣税部分换算成美元，只是给个建议怎么去做罢了。

一直牵挂你的，

伊丽莎白

121. 罗伯特·洛威尔写给罗伯特·洛威尔太太[①]

[伦敦] 庞特街33号

1971年1月9日

最亲爱的丽兹：

我相信你所说的关于布鲁克斯的话是真的。扣除5000美元资本收益之后，我们还从代理基金得到13000多美元。我之前也说过，这笔钱给你用来付其他的税款。之前没想到会得到这么大一笔钱，我想我们曾经取出了一部分存款，账上大概剩下了15000美元。政府就像一台蒸汽挖掘机一样把我们掏空了[②]。

---

① 与哈德威克1971年1月8日写的信互相交叉错过。
② 见洛威尔的诗句"围笼里面，｜恐龙似的黄色蒸汽铲呼呼低吼着｜把成吨的雪泥和草掘起｜给自己挖出一个地下车库"（诗集《献给联邦烈士》中的标题诗《献给联邦烈士》第13—16行）。

今天早上我一直在找一个地址，突然看见这个：西康沃尔①，暑期讲习班，哈丽特·洛威尔（收）。真是光阴飞逝！时光垂泪②！我给诺兰夫妇打了电话，辛西娅跟我打了招呼，笑得很开怀③。此刻我已经从长途飞行的疲倦中恢复过来了，读了三天的哈姆雷特，不过对下周要讲的课还是有些生疏。

祝好，想听到你的声音。

卡尔

122. 伊丽莎白·哈德威克写给罗伯特·洛威尔

[纽约市，西67街15号]
1971年2月10日，星期三

亲爱的卡尔：

收到《倾听者》栏目寄来的支票，换算成美元（100美元整）的。我想过要不要给你寄过去——从一家美国银行取出的——而且必须先寄回英国广播公司，再等上几个月才能走完的计算流程……好吧，可能就此杳无音信了。我已经把支票换成了英镑，还另外加了

---

① 在康涅狄格州。
② 比较埃兹拉·庞德的诗句："之前是从我的视线，现在是从记忆中逝去，｜鹰一般的信使，飞逝得如此迅速！"[《小曲：天使之歌》第29—30行] 斯温伯恩的："我们亦然，当时光垂下的眼泪已干，｜黑夜将从她无泪的眼睛中露出喜色。"[《利奥纳斯的特利斯特拉姆》第231—232行]
③ 见洛威尔的话：西德尼·诺兰"和我是非常亲密的朋友，经常一起吃午饭，但他的妻子却拒绝见我们。肯尼斯·克拉克将她描绘为一幅德国表现主义风格的抽象画，画中的死亡天使处理得没有任何激情。好不尴尬"（见洛威尔[1973年3月20日]写给弗兰克·帕克的信，《罗伯特·洛威尔书信集》）。

100美元，也就是一共200美元，都换成英镑了。我知道你现在也缺钱，也知道你没钱不行。不过我的代理账户还没有钱进账，你也应该是没有的吧……不过，就不必再记账了。

祝安康！

丽兹

随信附上81英镑——200美元

123. 伊丽莎白·哈德威克写给玛丽·麦卡锡

[纽约市，西67街15号]
1971年2月19日

玛丽，最亲爱的：

几天前我本来给你寄了一封信，结果没付够邮资被退了回来，不过还好，因为我今天收到了你的信了，很开心。上次写信是想告诉你，《文学协会》的那本宣传杂志——为成员做强行推销的广告册子——想让我为《人物》专栏写一篇关于你的文章，大概400到600个词。我问他们要一册你那本小说，他们说暂时没有，而且没必要——他们只是想要一篇"友好的"人物侧写。我想这会让我们之间变得很尴尬，但是我已经答应他们了。他们给我看了他们之前刊出的一篇巴德·施尔伯格写伊尔文·斯通的文章，不过我现在还是不知如何下笔。上次写信是想表达我得知《美国的鸟》被选中的喜悦之情，真为你感到开心，书应该很快就会出版了吧，祝贺你！我希望，不，我相信，这本书一定会大卖，会广受好评！一切都会进展顺利的！……至于画有头上长角的猫头鹰的那本赠书[①]，因为你在信里提到了它，我的目光便凝向了远方。想起来了，确实是收到了，卡尔当时就坐在那张红色沙发上，我俩一起看的，然后我说记得《南方评论》上面也刊过某个版本[②]，然后——想不起来了。昨天我找了又找，今天上午才找到，还放在某个盒子里，一个类似圣诞节用的盒子，还没扔掉，里面有哈丽特的一根皮带、一个绘图本、一个从希腊带回的绵羊铃铛，盒子底下，哈哈，封面上的猫头鹰也太可爱了吧，纸张很好，印刷精美。我刚刚还躺在沙发上看着这本书呢，那段时期在\我们逝去的/人生中是多么美妙啊，仿佛又回到了以前那些快乐的日子，那样的时光似乎已经一去不复返了——那时候人们都热衷于把家安在洛基港。当书中那位母亲离开那栋房子的时候，不仅是她要重新拾起自己的工作那么简单，你会觉得那里已经\永远/是所有人记忆中的家了，这样的事在新英格兰待上一年是很有可能发生的——而且那栋房子和新英格兰都不复存在了。很触动人。那种"心理"非常真实，特别是最后母亲和孩子之间那一段。

我希望为了这本书你会很快过来，来了一定要告诉我。如果你愿意住在卡尔的工作室，那就更好了。弗洛伦斯·马尔罗和阿兰·雷斯奈刚刚搬走，它已经空出来了，这个地方很舒适，你可以自己做早餐，还有一部电话，除了会错过电话留言外也不会有别的什么问题。有段时间我觉得这个工作室相当压抑，因为觉得亲爱的老卡尔还在木头房中写诗，空气里似乎还残留着他的烟味——不过我已经做了一点点改动。我终究还是没有放弃这间工作室，因为一些错综复杂的问

---

① 指限量版的《冬日访客》(《美国的鸟》第一章)，精装配图封面，"作为作者和出版商问候朋友的新年礼物"(哈考特·布雷斯·乔瓦诺维奇出版社，1970年)。
② 玛丽·麦卡锡的《美国的鸟》，刊于《南方评论》(1965年夏季刊)。

题，我希望是些有利因素吧，在我们的房子变成合作公寓时就会显现出来的，我们计划在接下来的半年解决问题……但是要清算起来是很复杂的……

我的哈丽特已经申请到了一个顶级的西班牙语夏令营，时间是7月到8月，比起去年我给她找的那个亚瑟·科伯夏令营①可是好得多了。眼下我们两个在为去卡斯汀做准备，6月12日左右出发。7月初我到纽约送她去夏令营，然后再回来。我想起你家的烟囱高贵地耸立在那冰天雪地，楼梯间和壁纸很快就会想念你和吉姆，我也会的。其实在卡斯汀一个人待着我倒觉得自在，不过今年还是希望更多朋友能来做客。

我这边的事情都很顺利，感觉一切都在向好的方面发展。玛丽·托马斯提到的那篇文章②只是对"大众文化"的一种反思，也没什么特别的意思。我正在写关于易卜生的文章。下一期的《纽约书评》会刊出一篇，之后还有一篇③。下个学期我又继续在巴纳德上课了，我一下子觉得轻松愉快了很多，虽然薪水并不高，但是积少成多总没有错。明年我还要去普林斯顿做高斯讲座，虽然只有三场，也够让我开心的了。而且我可能还会有一份教职，因为普林斯顿讲座只是一份\暂时/多出来的工作而已，一周就一天。一周教三天书对我来说是能接受的，当然两天最好了。我觉得其实只要下定决心去做，人的潜力是无限的。总而言之，"振作起来"这个过程就是"治愈"良方。

我和卡尔通了很多次电话，但我还是不太清楚他的近况或是什么"新闻"。我觉得他似乎没有生病，但也谈不上状态特别好，真是十分

---

① 指描写卡茨基尔的一个夏令营生活的剧本《享受快乐时光》（1937年）。
② 指《好斗的裸体》，刊于1971年1月7日的《纽约书评》。
③ 指《玩偶之家》，刊于1971年3月11日的《纽约书评》；《易卜生和女人之二：〈海达·高布乐〉》，刊于1971年3月25日的《纽约书评》。

为他感到难过，但旁人又能做什么呢？之后找个机会再和你说说圣诞节他回来的那三周所发生的事情吧。也没什么惊天动地的，倒是更\常常/令人发笑。见到他的时候我震惊了，我日思夜想的卡尔，那个遗世独立、光芒万丈的卡尔，至少十年前真的是如此，那个他不见了。我在机场见到的这个人，衣冠不整，蓬头垢面，眼神狂野，笑话不离口，真是让人觉得好可怜。恐怕卡洛琳是个邪恶的妖精吧，她竟然把我可怜的老伴儿变成了个醉鬼，在走人生的下坡路。卡尔告诉过我，卡洛琳成天都在睡觉，醒了要么不吭声不理人，要么就自怨自艾，没完没了。至于索尼娅，我不知道她会作何感想[①]。我和卡尔应该没有聊过她，也就因为医生的事情在缅因和她通过话，之后就更没和她聊过卡洛琳的事情。我想卡洛琳可能已经不跟她来往了，她觉得是我们把她拉进这件事情中的。还有，卡尔现在简直就是一个彻头彻尾的骗子！我能看出他什么时候在说谎，但并不是每个人都看得出来。倘若有人质疑他，他就会假装别人是在开玩笑——或者是他自己在"开玩笑"，所以很难看出他到底是什么意思……

不论如何，亲爱的，祝你们夫妇二人幸福康健，也期待能早日见到你们。

丽兹

[①] 玛丽·麦卡锡对哈德威克说："我从英国听到的全部……是索尼娅寄来的一封歇斯底里的信，来信指责你、我，以及每个传过她的虚假故事的人：对指控说自己从来没有的典型否认，比如她曾对你说过卡洛琳的不是，她可是她最亲爱的朋友，一个人怎么可以如此邪恶，认为她会干这样的事呢？"（1971年2月15日，"伊丽莎白·哈德威克书信文稿"，收藏于 HRC）

124. 罗伯特·洛威尔写给罗伯特·洛威尔太太

[伦敦西南第一邮区，庞特街33号]
[1971年3月8日]

最亲爱的丽兹：

我觉得关于税款的信我们一定是交叉寄出，互相错过了[1]。收到信托公司[2]的信后我就立即给你去信了。

连续好几个小时修订诗稿，然后去舒舒服服地洗了个澡，快速穿好衣服，做这些的时候我都在想着我们过去的那段漫长岁月。我该怎么说呢？我想念你在创作上给予我的指导，甚至是你的责备。没有你在身边的生活，就像是在蹒跚学步。虽然跌跌撞撞、犹犹豫豫并不算是人生中最糟糕的事，但也要看经历这事的是怎样的一个人。想到你，想到哈丽特，我真的感到既揪心又迷茫，不知何去何从。

告诉哈丽特，上周二[3]因为我叫的出租车晚到二十分钟，结果错过了火车，到了埃塞克斯后又叫了一辆出租车，不料那辆车把人带反了方向，结果我赶到教室时已经迟到了半小时，课刚刚被取消，不过还好，我下午又把它补回来了。虽然毛毛躁躁，糊涂蛋也还是能活下来的[4]。

想念你们，致以所有的爱！

卡尔

---

[1] 指哈德威克1971年1月8日写的信和洛威尔1971年1月9日写的信。
[2] 道富信托公司。
[3] 即1971年3月2日，洛威尔54岁生日的第二天。
[4] 见洛威尔的诗句"有时候这个小混混｜受不了它自己"（见《献给联邦烈士》中的《儿歌》第17—20行）。

125. 伊丽莎白·哈德威克写给卡洛琳·布莱克伍德

[纽约市,西67街15号]
1971年3月12日

亲爱的卡洛琳:

我已经告诉哈丽特说你怀上她爸爸的孩子了。我想,她似乎应该去接受新的家人,在那个孩子出生之前,应该让她去英国与你和卡尔还有你的孩子们待上一段时间,这样她应对起来也会从容一些。毕竟对哈丽特来说,父亲远在英国另有一个新的家庭,这是很难接受的事实。她心里也清楚,从今以后她就很难拥有自己的父亲了,他属于你和你的孩子们了,因为他的人在彼处不在此处,这是确定无疑的事实①。我准备6月14日送哈丽特去英国,待一周或者十天左右,总而言之,有足够的时间让她和你们相处。我不忍心看到自己的女儿和她父亲完全分开,断绝联系,也不想等到那个孩子出生时她只是收到你们的一封告知信,因为不论如何,你们的孩子还有关于你们结合的事实,无可否认也是哈丽特应该面对的人生。她不想独自前往英国,我想,我们两个应该会住在伦敦的宾馆里,她晚上去看你和卡尔还有你的孩子们时,我就去见我的朋友,这样对你们也好。如果你邀请她的话,她应该会愿意和你们一起去乡间度周末。但是在伦敦她应该会和我待在一起。还有,圣诞节之后新年之前的那周,我希望她能去探望她的父亲还有你和你的新生儿,那时我就不去了,因为在那之前,她对一切也都有所了解了。

---

① 比较《海豚》手稿本中的《青色的疮》[组诗《重负》第5首]第11—14行以及诗集《海豚》中的《青色的疮》[组诗《婚姻》第7首]第10—13行。

就像我说的，哈丽特对自己父亲其实没有要求很多，但是我的想法不一样，我觉得他们父女每年至少应该有几天相处的时间，希望你不要介意，其实这样的场面也没几天，很难得的。6 月似乎是最合适的时间了，那时候她刚放假，等着去墨西哥参加一个西班牙语夏令营。此外就只有 8 月末比较合适，能有一周时间，但是那时候她刚刚

```
                                                        54
  (The Burden)
   45. Gold Lull
      This isn't the final calm...as easily,
      as naturally, the belly of my breeding    THE MOTHER LIFTS
      lower in swallin to every breath of sleep---  she takes
      Rubens' nudes needed no anaesthetic at childbirth.
      In this gold lull of sleep, too muzzled mother    < ONCE
      lies open and takes the world for what it is,     lies takes
      a minute less than a minute...as many a writer    HERE
    5 suffers illusions that his phrase might live:
      power makes nothing happen, deeds are words.     words are deeds.
      President Lincoln almost found this faith;
      once a good ear could almost hear the heart
      murmur in the square thick hide of Lenin....
      If only successful statesmen had a chance,
      courage to be merciful to the young.

   56. Green Sore
      The too early squeaking country birds fatigue,   THE MORNING MAIL
      uxorious rattling of the pinhead rooks,          BRINGS ...
      war of words, lung of infinitude...              THE ...
  1> The postman brings America to Kent:               these ...
      "not that I wish you entirely well, far from it."
  2> The new spring fields extend like a green sore.    NEW
  We'll pack and leave Milgate, in a rush as usual
      for the train to London, leaving five lights burning---
      to fool the burglar? Never the same five lights.
      Sun never sets without our losing something:
      books, keys, letters, or"Dear Caroline,
      I have told Harriet that you are having a baby
      by her father. She knows she will seldom see him;
      physical presence or absence is the thing."

       THIS    HIS
  2> It was our green life, even heard through tears....

  1> The morning mail brings the familiar voice to Kent:
```

《青色的疮》[《重负》第 6 ↔ 5 / 首]，摘自《海豚》手稿本第 54 页，创作并修订于 1971 年至 1972 年之间①。

---

① 改正笔迹出自洛威尔和弗兰克·比达特之手。

结束夏令营,要为新学期做准备,毕竟9月初就要开学了。而且那时候你也进入了孕期后几个月,你们大家也可能吃不消会累着。综上考虑,我觉得6月自然是最合适的。必要的话可以安排几次简短的会面。我们只是想知道哈丽特到英国之后怎么安排,但是我觉得必须要让他们见面。坦白说,除了这样我也不知道自己还能做些什么,这似乎是唯一可行的法子。

你真诚的,

伊丽莎白

126. 罗伯特·洛威尔写给哈丽特·洛威尔小姐[①]

伦敦西南第一邮区,红崖广场80号

1971年3月14日

最亲爱的哈丽特:

试着在越洋电话中轻松交谈真是一点也不容易,我们两个都不算是很能聊的那类人。或许我们也可以聊很多。

不知道妈妈是不是已经告诉你我准备和你说什么了。爸爸要亲自告诉你,爸爸不会让你感到孤单、受到伤害。爸爸和卡洛琳就快要有个孩子了,已经显怀了,医生说(如果天意如此)预产期是在10月9日。但是你在爸爸心中的地位无人能替,就算再来一个女孩也没办法和你相比,更别说是一个男孩了。

我一直念着你,念着你和妈妈。只要你愿意也有时间,我想你过来看看我们。不要觉得这里很可怕,我们不是魔鬼也不是狗熊,我相

[①] 与哈德威克1971年3月12日写给布莱克伍德的信互相交叉错过。

信你也会喜欢上卡洛琳的。她对自己的女儿很温柔,从不苛责。也许你会喜欢多一个同父异母的弟弟或者妹妹呢,不过他比你小很多,几乎属于另一代人了。一口英式英语,长得跟我一模一样,或是有些像我,还有点像你。

大概5月6日我就会见到你了,我将在普渡大学发表一个反技术统治论的演讲,然后就回来,虽然我对技术统治论一无所知,但觉得它不是什么好东西,本不愿发表演讲的,只是想去看看你和妈妈,所以还是决定去了。

我的心肝宝贝,给你和妈妈我所有的爱——唉,其实我们永远都无法给出所有的爱。我尽力。

爱你的,

爸爸

127. 罗伯特·洛威尔写给罗伯特·洛威尔太太

伦敦西南第一邮区,红崖广场80号

1971年3月20日

最亲爱的丽兹:

听说你打算6月初带哈丽特来这里我真的太高兴了。一个人来对她而言确实很难,太不现实了。我们都很期待她的到来,也准备好以温暖的怀抱来迎接她,我就更是如此了。这边有好多东西,好天气,风景、乡间、我的戏剧等,她在这一定会玩得开心的。希望你也能玩得开心。

几个小时之后我就要飞往挪威了,细心的佩尔[①]给我写了一封信,

[①] 指佩尔·塞耶斯泰德。洛威尔夫妇与他相识于1956年,当时他还是哈佛的学生,是由海克·范·莱文介绍的。

上面是各种各样的数字：每趟航班的时刻表都精确到分钟，到达后二十分钟他们会付给我多少，两天后又会付给我多少，每次会议有多少学生参加；还有在卑尔根市被朗诵过的我的7首诗，不知怎么回事在奥斯陆又是另外的7首。快着陆的时候我觉得窗外的挪威似乎有些像加拿大的纽芬兰，不过我是喜欢纽芬兰的，因为那儿的人对美国诗人有很强烈的好奇心。

在我看来，你决定来英国真是很勇敢也很大度。我有一种预感，此行你一定会玩得开心。哈丽特也是一样，我们见面时最初那几分钟的不自在和腼腆很快就会过去的。我是说我们所有人都会相处愉快。我想，5月5日或者6日的时候我会来看你们，一起待几天，这是件好事。我想最难的坎我们都已经迈过去了。我是这么想的，而且我现在这么说，也并非是处于一种不顾他人感受的浅薄的欣快状态，我是发自内心的。

爱你！

卡尔

128. 阿德里安娜·里奇写给罗伯特·洛威尔

美国，纽约州，纽约市10025，CPW[①]333号
1971年3月21日，纽约

亲爱的卡尔：

本想在你生日的时候给你写封信的，可现在却已经过去将近三个星期了。这段时间我去了俄亥俄州，终于参观了肯庸学院，在那里的

---

① 中央公园西大道。

时候我就在想,努力想象着,当年你和彼得①还有兰德尔就像小羊羔一样在那青葱无染的小山丘上尽情嬉戏追逐②。他们现在招收女学生了,都是非常漂亮而且灵气十足的那种,对你们三个应该会大有裨益。

我时常想起你,想起你的时候总有一种失落感。虽然我们见面的次数并不多,但我觉得,你就是纽约的一部分,就像你当年是波士顿的一部分一样,我们在波士顿的那些日子都是很早以前的事了,还记得你对于自己奔四的事实惊奇不已,而我呢,穿着丽兹穿过的孕妇装,不辞辛劳地奶孩子,不堪其苦。那时你和伊丽莎白是我与诗歌、与自己的世界最紧密的联系,因为有你们,在坎布里奇我才不至于被繁重的家务和那套教授做派压得喘不过气来。我常常认为是你还有伊丽莎白,在那些日子抛给了我一条救命的绳索。是啊,那时候的日子真是比较简单,现在感觉倘若我们要成为什么的话,我们大家都必须成为彼此的救命绳索。

我和伊丽莎白经常见面,我很欣赏她。现在的女性比以往有趣多了,伊丽莎白一贯都是如此,不过她现在变得更加敏锐、喜欢深挖细究了。我们中的大多数人都经历过这样或那样的事——选择、离婚、自杀或死亡,都是机缘巧合吧,之后我们都过上了一种更加自主的生活,就像焕发了第二个青春,只不过相比起从前那个冲动迷惘的青年,如今我们的方向感更强,真正向心而行。——我现在仍时不时就感到自己快要支撑不住了,我既为阿尔弗雷德心痛——不仅心痛他的死亡方式,也心痛他最后那段时间的生活方式——又对他怀有一种愤

---

① 指彼得·泰勒。
② 见《冬天的故事》第一幕第二场中的"我们就像一对孪生羔羊,在阳光下嬉戏,│一个对着另一个叫唤,咩咩叫";见弥尔顿的"因为我们生长于同一座山峦│在泉水、树荫和小溪旁放牧着同一群羊"(《利西达斯》第23—24行)。

怒，因为他对一场越来越难的对话竟然一走了之①。但是从另一方面来说，我现在过得也很开心，纵使有千艰万难，要为钱、孩子们等很多事伤脑筋，但对生活依然热情不减。我的书4月将会出版，到时候我会给你寄一本样书。我现在又开始创作了，已经沉默了近六个月，完全没有提笔。不，应该更久了。

你写的那篇关于斯坦利②的文章今天已经刊发出来了，总的来说令他非常开心。我认为你对斯坦利的评论非常友善，但对诗歌的见解却让人觉得奇怪。我不知道你所说的晦涩诗到底是个什么东西③。你的意思仿佛是说晦涩只是一种把戏，可用可不用，只取决于诗人的选择。我认为这涉及问题的核心，一个人身在何处，他能够表达些什么，他只能梦到些什么。有些诗和书信比较相似，有些诗则更像是梦

---

① 见里奇的诗句"你的眼睛是不同量级的星星｜它们反射的灯光拼出两个字：退出｜而你此时已起身，踱过地板｜说起那种危险｜仿佛它不是我们自己｜仿佛我们正在测试别的什么"（《试图跟一个男人对话》[1971年]第35—40行）。
② 指刊于1971年3月21日的《纽约时报书评》那篇评论斯坦利·库尼茨的《测试树》（1971年）的书评。
③ 见洛威尔的"现在，那种晦涩诗也许已经过时了，人们必须向它卓越的发明和探索致敬。我记得几年前，燕卜荪和一群人讨论他的一首诗《致一位老夫人》。是写月亮，把它描写成了老夫人呢，还是写老夫人，把她描写成了月亮呢？这首诗是现实的还是形而上的？燕卜荪回答说：'那是描写我的外祖母的。如果那个老女孩知道我在写她，她会大发雷霆的。'他说得对吗？想想那些写朋友、妻子、孩子的诗，简单、感人又令人反感的诗。这位半个诗人又希望达成什么样的愿望呢？那种坦率、开放和脆弱，那种一代人的声音，都随着封闭主义者的精英咒语即刻消失了"（《纽约时报书评》，1971年3月21日）。但是请对照燕卜荪自己对《致一位老夫人》的记述，他说这是写他母亲的一首诗，她曾对他说："'我得说，威廉，那首关于你外婆的诗，表现出的感情很得体。'听到她这么说，我大大地松了一口气；因为我觉得那种情况很尴尬。她认为这首诗写的是她自己的母亲［……］，而我打算写的是她"（《威廉·燕卜荪的模糊性》，BBC广播3台[1977年10月22日]的节目；引用于威廉·燕卜荪的《诗歌全集》[2000年]）。

哎。信主要是写给别的人看的，而梦则首先属于做梦人自己，不过两种诗都各有千秋，于我而言，我最喜欢的是两种诗的混合体。

我从伊丽莎白那里听说了，你又要当爸爸了。我想知道这是为什么——如果生孩子有什么意义的话，那它无疑是一件意义重大的事，现如今在历史上，生孩子虽然是平常事，但做起来却是不寻常的。男人和女人都在经历一段非常艰难的时期，关系紧张而脆弱，所以再添加一些复杂之事似乎非常鲁莽，除非他们都还太年轻，还不知道为人父母究竟是个什么滋味[1]。

特德·休斯到美国来了，被捧为莎士比亚第二什么的。我还没读过他的《乌鸦之歌》[2]，所以不清楚什么情况。我对于描写未来的诗歌比较感兴趣，看这种诗歌我就不会那么容易因为多愁善感而陷入无助的境地。这种诗歌必须涉及语言的崩溃和性的失常，去涉及政治最深层的东西。我时不时会读到一首这样的诗，但是不多。当然，我现在也在尝试自己写一些。

发现我还没有你的地址，所以我会把这封信寄到埃塞克斯去。期待收到你的回信。想到你的时候我心里有一种既爱又恨的情感——但那种爱是发自内心的。

阿德里安娜

---

[1] 见洛威尔的诗句"好奇怪，今天有了孩子，本是平常事，｜却令我们这极度的脆弱｜变得更为复杂"（《海豚》手稿本中的《悬云》[组诗《重负》第3首] 第4—6行）；比较诗集《海豚》中的《悬云》[组诗《婚姻》第14首]。

[2] 指特德·休斯的《乌鸦》（1970年）。

129. 伊丽莎白·哈德威克写给罗伯特·洛威尔①

[纽约市，西 67 街 15 号]
1971 年 3 月 21 日

亲爱的卡尔：

写封短信只是想告诉你一声，我和哈丽特是这个月 27 日周六中午出发，然后应该会待到 4 月 7 日左右再回来。去南卡罗莱纳希尔顿海德岛，住在奇遇旅馆……上次碰见沃克·珀西的时候，他和我说过这个地方。我们会飞到萨凡纳，然后去南卡的查尔斯镇。我真的太累了。为了生计我没日没夜地在写东西，我开始觉得自己很像德怀特·麦克唐纳，不过他现在不写东西了，已经退隐到高校去了，在各个大学倒是能见到他的影子。上周我攒到了这次旅行的费用，但是我们的经济情况仍然拮据——所以，你这家伙就做好准备迎接 5 月的税款账单吧，还有这周三我约律师的一笔费用，知道吗，这个律师竟然叫"绅士太太"！学费、房租、买衣服、看牙医，什么都要花钱。

你写的那篇关于斯坦利的评论今天登出来了。对于你的文章，我会像某人谈论基督教那样，说"若确有其事，那就很重要"②……非常卡尔式的评论，很好，写得引人入胜，但我把斯坦利那本书看了两遍，只觉得它非常非常单薄、无趣。你的评论倒是写得很动人，非常好，别出心裁。

---

① 与洛威尔 1971 年 3 月 14 日写给哈丽特·洛威尔和 1971 年 3 月 20 日写给哈德威克的信互相交叉错过。
② 见奥尔加·诺维科夫夫人的"[亚历山大·] 金莱克打断了我的话。'祈祷吧，记住我是异教徒。我可不喜欢教堂，若是能照我的方式来，我会在每个教堂、礼拜堂和大教堂上只写一句——若确有其事，那就很重要。'"[《为俄罗斯发声的国会议员：回忆与通信》第 1 卷，W. T. 斯特德编（1909 年）]

希望你已从挪威\佩尔的家乡/寄了一些明信片给哈丽特！她也会给你寄一些可怜的黑人场景照……①她正打算拍几部电影呢，就用那台出了名的摄像机。哈丽特现在状态很好，看起来很棒，对去墨西哥的事开心得很。我和她在一起的时候也觉得心情很好，她积极乐观，充满活力，总是忙个不停……我希望你已经收到这期的《纽约书评》。我觉得在三篇关于易卜生《罗斯莫庄》的文章中，我的那篇是写得最好的②。收到了埃丝特·布鲁克斯寄来的一封信，也通过一些见过你的人了解到你一些情况，还看到有些报纸把你的名字和那些电影明星排在一块，就像把那艘船弃在了这里。好吧，也许你们都是聪明人。我不知道。一切还是如往常，可是那些从前的一幕幕，那些你想起来只会觉得痛苦的记忆，于我而言却意味良多……阿德里安娜的书出版了，我认为真是一部佳作，尤其是《分镜脚本》这组诗③。前两天我参加了一个晚宴，去的人中有理查德·霍华德。他在巴纳德做了一个精彩的讲座，我也去听了。并不是因为我缺乏知识才觉得他讲的很好，我觉得不是那样的。（讲座的主题是法国批评。）

---

① 讽刺。比较哈德威克的"这是一个多么悲哀的乡村，是南方联盟政府的痛苦之乡，是白人公民协会的诞生地……整个地区都是虚构的、做作的、过时的，都是二手书店里卖出的东西。可以肯定，这就是'南部的生活方式'，这里就像是过时的老照片，明媚的天空下的一间小木屋、最黑的面孔、泥泞的公共汽车站、泥地里破旧倾斜的小教堂……在这里，生活为你以最'传统'的舞台造型安排着自己。并置和悖论，只适用于最肤浅的艺术，反复自我呈现……这些南方人拥有的只是虚无的种族主义思想，极度的双标，仅此而已"（《塞尔玛》，刊于1965年4月22日的《纽约书评》）。
② 指《易卜生和女人之三：罗斯莫庄的三角恋》，刊于1971年4月8日的《纽约书评》。
③ 收录在里奇《改变之意愿：诗选（1968—1970）》（1971年）中。

我正在播放罗斯特罗波维奇演奏的德沃夏克的《大提琴协奏曲》①，我发现自己的品味竟然如此暴虐，不容有变。目前还是这种浪漫我更为喜爱，觉得就像是四十年代流行的金曲又复活了一般。

希望《普罗米修斯》②的演出能够大获成功，它本就值得，是一部不可多得的精彩之作——里面还有你的一些精彩台词。我知道埃琳和肯尼斯③也都参演了，所以毋庸置疑，鲜花和掌声定然属于你。希望如此吧。这是存在于期待中的希望，因为我们也不知道到底何时能够得以实现。哈丽特为你准备了3月1日的生日礼物，不过邮政业在搞罢工，所以寄出去又被退回来了，就留到你来时拿给你吧。

亲爱的，多保重，健康高于一切④。这么多年来你笔耕不辍，生活也顺心如意，我害怕的那些事情断不会降临在你身上。不论公道，光看运气也挺好，你总是能收获幸福、得偿所愿。当然，我不会全心全意祝福你，绝非如此⑤。我对你并没有那么多怨言，我真正恨得入骨的，是那些心怀不轨又愚蠢不堪的人，那些利用你、要毁掉你的小

---

① 姆斯季斯拉夫·罗斯特罗波维奇1969年与柏林爱乐乐团合作演奏的德沃夏克的《B小调大提琴和管弦协奏曲》（作品第104号）（赫伯特·冯·卡拉扬指挥），由德意志留声机公司发行。
② 指《被缚的普罗米修斯》，导演是乔纳森·米勒，于1971年6月24日在伦敦美人鱼剧院上演。
③ 指埃琳·沃思和肯尼斯·黑格。
④ 见哈德威克的"对现实主义戏剧来说存在着一股激进的暗流。如果说它们有什么道德意义的话，那就是，最终什么也没有，没有任何东西值得我们去毁灭他人，毁灭自己"（见《易卜生和女人之三：罗斯莫庄的三角恋》，刊于1971年4月8日的《纽约书评》）。
⑤ 见洛威尔的诗句"邮递员\早晨的邮件把/美国\熟悉的声音带/到肯特： | '才不是祝你完全安康呢，绝非如此'"（见《海豚》手稿本中的《青色的疮》［组诗《重负》第5首］第3—4行）；"一刻的话语威胁，记留一辈子： | 才不是祝你完全安康呢，绝非如此"（见诗集《海豚》中的《青色的疮》［组诗《婚姻》第7首］第3—4行）。

人。给哈丽特写写信吧。写信又不是很难做到的事情,也不用写很多。如果这么简单的事情你都不做,上帝都会诅咒你的。\如果他愿意,你是逃不过的!/

祝好,\亲爱的/。

伊丽莎白

莫不是遗传!哈丽特给校刊写的故事真是好荒诞,讲的是关于一条名叫Gabino(西班牙语老师的名字)的鱼,它喜欢住在水槽里。"除了头顶偶尔会碰上个鸡蛋,鱼鳍后面扎着培根,尾巴上面粘着玉米布丁,生活还是很平静、很美好的。"你看到这个会想到谁呢?

130. 伊丽莎白·哈德威克写给罗伯特·洛威尔

[纽约市,西67街15号]
1971年3月22日

亲爱的卡尔:

信交叉错过了你会不会很生气?昨晚我给你写信是因为当时我和女儿聊到了你,我只是想让你知道,我们在想你。那段关于住在水槽里的鱼的有趣段子是哈丽特念出来的,她说:"难道不像爸爸吗?"今天收到你写给她的令人愉快的信了。\一周时间才寄到!/现在你知道了,早在一个多星期之前,我们还没有通电话的那时候,我就已经告诉她了。而且在我给卡洛琳的那封信中说到的计划,是哈丽特和我一起商定的。我们没有提到那个孩子的事,但我们确实说过"去英国需要带雨衣"之类的话。我要去美国大使馆参加一个回顾性的节目活动,没有路费,不过他们会给酬金,还会包几天的食宿。我们应该不

会去很久的，不过，免不了要待一段时间。

今年过得真是百感交集。去年这时候也是去坐飞机，是和你一起去意大利，但这次却是我一个人，去南卡罗莱纳。哈丽特倒是状态不错，我想，只要你让她觉得你在乎她，她就一切都好说。想想可怜的哈丽特要失去她的父亲，至少是失去了父亲在身边时的一点陪伴，我曾设想自己要以一种最能抚慰她的方式去和她相处。我们可以渡过这道难关的。我告诉她，你会来哈佛待上个一年半载的，她高兴坏了，说："哦，太好了！那我要去看他！"

我爱你。我们会把事情都妥善解决的。你拿到钱了吗？从布莱尔那里，银行，还有《纽约时报》那里？上帝保佑你，愿上帝保佑你很长一段时间。永远被保佑的只是这个世界和上帝自己，你说是不是？

丽兹

\我们期待5月6日和你相见，然后一起在家里共进晚餐。在这世上我们最深爱的人莫过于你，多么渴望见到你。/

131. 罗伯特·洛威尔写给罗伯特·洛威尔太太

伦敦西南第一邮区，红崖广场80号
[1971年] 3月29日

亲爱的丽兹：***

寄信实在是太慢，但是这封信以及更早的一封信①（如果你还没

---

① 见洛威尔1971年3月20日写给哈德威克的信。

收到的话）等你回去的时候应该已经送到了。读你的信时我痛哭流涕。啊，我们必须这样保持下去。在这个地球上我们的时间实在是太短暂，即使再让我多活两个轮回，也不足以洗去我性格上的污点，弥补自己犯下的过错。

在挪威的时候，有人走过来跟我说你写的那篇关于《海达·加布勒》的文章，解决了他们争论百年之久的一个问题。当时是在一个聚会上，所以我也没有再继续追问他说的是哪个问题。海达的灵魂本性善恶兼有？我想不止于此吧。

里德·惠特莫尔的信似乎很不自然，欲言又止。"一个令人不悦的例子"，管他对我的文章怎么说呢。我认为自己的回应已经很友善了①。范杜恩小姐\评论/倒是写得风趣睿智。我猜想她的诗也一样写得风趣睿智。她的水平一定在科索之上，不过我已经很多年没读过科索②写的东西了。

阿德里安娜的信让我很困扰。女性问题似乎压过了黑人问题。我想起一句俗语，专职于在干草堆里找针的人很快到处都能找到针，但就是在针垫里找不到。也不知道这句话谁会对号入座。

告诉你，卡洛琳的孩子们已经在为哈丽特的到来做准备了。她们几个都比哈丽特年纪小，也许喜欢海德公园迷宫吧。你看，她们都很

---

① 那封信和洛威尔的回信现已遗失，但洛威尔在1973年给布莱尔·克拉克的信中写道："我和惠特莫尔可能有些积怨。一两年前，他写了一封长达六页的信，抗议我写的一篇关于库尼茨的评论——说我互相吹捧，赞扬平庸之辈等等，却使劲踩他里德，语气歇斯底里，几乎精神错乱，但我想他也是出于善意"（见洛威尔1973年7月31日写给克拉克的信）。
② 莫娜·范杜恩凭借《去看，去取》获得1971年美国国家图书奖。该书的投票结果是4比1，只有金斯堡［该奖评委之一］当时持反对意见，他选的是格里高利·科索的《美国式挽歌情怀》。"金斯堡先生称其他四位评委的选择是'极不光彩的、麻木不仁的、平庸的'"（见乔治·根特的《贝娄三获国家图书奖》，刊于1971年3月3日的《纽约时报》）。

期待哈丽特的到来呢。

噢，天哪，斯堪的纳维亚！佩尔的进步得益于［他］的故土，冰层下的温暖。挪威是一个乡村国家，有点俄勒冈、科罗拉多和佛蒙特的感觉。卑尔根市在一定程度上是由森林和峭壁构成的，是我见过的风景最美的城市之一。奥斯陆也是我们的目的地之一，它就像以波特兰为背景的波士顿。然后还去了哥本哈根、阿姆斯特丹，但是我当时实在是太疲倦了，又人生地不熟，虽然手里有介绍信，但人家因感冒没有出现。我住的宾馆就像是一辆大众汽车，虽说设施齐全，但就是住得不舒服，廉价又不舒服\很小／。淋浴间就是天花板上开一个洞，再用一块可移动的木板把它和洗涤槽而不是抽水马桶隔开。早餐的时候，有个戴眼镜的中产阶级男人欢快地哼唱丹麦语的赞美诗。

你决定来伦敦，无疑需要很大勇气。你才是这世上我至亲的存在。如果还有别人，那就是哈丽特了。我的眼眶又湿润了。相信一切都会是最好的安排。

爱你！

卡尔

132. 罗伯特・洛威尔写给阿德里安娜・康拉德太太[①]

伦敦西南第一邮区，红崖广场 80 号
1971 年 3 月 29 日

最亲爱的阿德里安娜：

我 54 岁充满恩典和宽恕的一年刚开始，就收到你的来信，甚感

---

① 即阿德里安娜・里奇。

幸福。我那篇关于斯坦利的评论刊登出来了，不过我自己还没有看到呢，我都不记得具体是怎么说晦涩诗的了。我想我那样说是为了让更多的人关注这种难懂的诗歌，在 30 年代它令我变得既聪明又困惑。我觉得晦涩不可能像外套那样可以轻而易举地披上身，《夺发记》① 的风格也是如此。总还是有一种"意志力"的，\亦可称之为"抉择"。/ 我不明白你所说的梦是什么意思，不过我肯定你指的不是梦游。未来的诗歌？我不确定自己读过这类的诗。不过我认为自己读的不少——兰波、《奥赛罗》，所有令诗歌竭尽全力的作品。大多数艺术，即使是最优秀的艺术作品，都会僵化成一种传统，然而，最优秀的东西是不可能被未来模仿复制的，再也不会出现第二本《白鲸》② 了，可举的例子还有成千上百。

女人？兰德尔、彼得还有我当年流放肯庸的时候就发现她们了，而且或多或少都搭进去了。我太了解女人了，我是不会让自己卷入争吵的。我和卡洛琳就要有自己的孩子了，其实我们一开始并没有准备，然后发现其实我们非常想要一个孩子。更何况我们是不会去堕胎的，那样有违道德——我是说我们自己，没说别人。我和卡洛琳现在都心怀敬畏、很平和。我觉得你自己都搞不清楚自己在说些什么。为什么我们要孩子就不能是意义重大的呢？时代不同了，今时往日不可同日而语。又不是生活在东巴基斯坦、尼日利亚。性格与个人条件也许会让人对生孩子这种事心怀恐惧，但我不相信这个时代会让我们比我们认识的任何人都不一样。

噢，亲爱的阿德里安娜，你又在写作了，真是让人欣慰的好消息。希望 5 月初我能去趟纽约，我要腾出时间，基于一次挪威之行，

---

① 作者亚历山大·蒲柏。
② 作者赫尔曼·麦尔维尔。

来跟你讲一讲重复与变化，读一读《被焚者尼亚尔萨迦》。我们的一生丝毫不输他们，都充满荣耀与艰辛，然而在每一个节点上，都有一部分热情受到打击。身处至暗时刻，那些男男女女只不过是从一个不见天日的沼泽挣扎逃出又跌进另一个。就像托马斯·哈代说的那样[①]，要抱最坏的打算。欣喜时刻的到来也是一样令人难以置信。

原谅我说的风凉话，我与你的心意是相通的。

祝好。

卡尔

133. 哈丽特·洛威尔写给罗伯特·洛威尔先生

[明信片：兰兹角，从希尔顿海德岛眺望近岸内航道]

[南卡罗莱纳州，希尔顿海德岛，邮戳显示佐治亚萨凡纳]

[1971年3月29日]

亲爱的爸爸：

你好呀，我玩得很开心。这里好晒啊，海水很温暖。也希望你过得开心。这张卡片太小了，很多好玩的事情都跟你说不了。

爱你！

哈丽特

[①] 见托马斯·哈代的诗句"别拦着，他耳中那低调的'至善'已被'最初'的冲突灭声，│他认为若真有'更善'通途，必先一窥'极恶'全貌，│他觉得快乐难得，受制于欺诈、陋习和恐惧，│扶他起来，把他弄走，这个扭曲变形的家伙，他在这里只会扰乱秩序"（《在黑暗中［二］》第13—16行）。

134. 罗伯特·洛威尔写给哈丽特·洛威尔小姐

伦敦西南第一邮区，红崖广场80号
1971年4月2日

最亲爱的哈丽特：

我去了挪威，刚从那回来，那里"风景如画"，很像缅因和阿斯彭，那些大城市就背靠着\山顶积雪的/群山，许多精致的木头房子都是修建在悬崖峭壁上的。那儿的人还会喝一种琥珀色的饮料，味道像是香芹籽，人们都叫它"生命之水"。挪威的首都是奥斯陆，我去了那儿的一个很有名的公园，在20年代的时候有个叫维吉兰的人得到允许在此建造裸体塑像，因为他是有合法的文件的，所以没人能够横加阻拦。就这样，他一辈子总共建了四百座裸体塑像。挪威人的英语都说得和我们一样好，但是他们并不如我们聪明，至少有些教美国文学的挪威人是这样。

爸爸要开始讲故事了："除了头顶偶尔会碰上个鸡蛋，鱼鳍后面扎片培根，尾巴上面粘着玉米布丁，生活还是很平静、很美好的。但是天有不测风云。有一天，一只没有前爪只有后爪的巧克力色的猫出现了，还有一个大喊大叫的警官，他们围着我的水槽转悠，鼻子嗅着找鱼血。'你这头猪。'我大声叫骂，尾巴一甩，将一大块沾了水的玉米布丁砸向那个畜生的脑袋。'这回该轮到你了，'查尔斯·萨姆纳·洛威尔不甘示弱，'你就等老婆大人回来洗碗吧，那时候你就完了，被挂起来制成鱼干。''你吃猫粮噎死才好呢。'水槽鱼说。'你干脆别呼吸得了。'萨姆纳说。（你来完成吧［。］）

爸爸大概会在5月的前两周回纽约，然后继续飞印第安纳州，几天之后再返程。

祝你开心！

爸爸\（多好看的签名）/

135. 罗伯特·洛威尔致《纽约书评》的罗伯特·西尔维斯

［电报］

伦敦

［1971年4月2日下午2:45寄达］

纽约西区57大街250号

《纽约书评》杂志社

罗伯特·西尔维斯

我不能把这个称作评论，但它确实适合刊登在《纽约书评》上。

最近的事态有毒，我忍不住要发声说几句——谁都没拿出一个好的理由来反对卡利中尉[①]。鲨鱼畅游之时，何须咬食鱼饵（将在外，

[①] 小威廉·L.卡利中尉于1971年3月29日被判有罪，罪名是1968年在美莱村大屠杀中蓄意谋杀22名南越平民。4月1日，理查德·尼克松总统下令将他从监狱释放。英国方面有关的报道，请参阅《卡利因美莱谋杀案获罪》（1971年3月30日刊于《卫报》）、迈克尔·李普曼的《卡利中尉在美国的抗议浪潮中被判终身监禁》（1971年4月1日刊于《时代周刊》）、路易斯·赫伦的《卡利中尉，战争机器的齿轮》（1971年4月1日刊于《泰晤士报》），以及弗雷德·埃默里的《尼克松下令释放卡利中尉》（1971年4月2日刊于《泰晤士报》）。比较洛威尔的诗作《女人、孩子、婴儿、牛、猫》，见诗集《历史》（1973年）。

君命有所不受)?[1] 在国家首脑的带领下，我们的公众对卡利表达的是同情，而不是去教化他，去谴责他的残暴行径——小小的磕碰或许会致命，我们从长崎一路匆匆走到现在。我们在光天化日之下行动，黑暗摸索中的平民不会宣称一无所见。我们不必担心惩罚，这不是以眼还眼的事，这事通常都落在别人头上。我们种树，子孙乘凉；我们不敢虚伪地排斥尼克松总统，他是我们自己的哈克贝利·芬，不得不把同一条船上的人都赶尽杀绝[2]。

罗伯特·洛威尔

---

[1] 见洛威尔的诗句"我曾希望用未灌铅的骰子赌博……｜像拉辛一样，技艺所向无敌，｜被吸引着穿过自己用铁构建的迷宫｜去追寻费德尔那无与伦比的声音。｜至于这部作品……献给逝者的花，｜是我尽力创作却仍有缺陷的东西，｜那时我只管坐着伺候｜话说太多、通力合作的缪斯，｜或许是与自己谋划人生时太过随意，｜不免伤到人们，｜不免伤及自己——｜我们求取同情。鲨鱼畅游之时，｜何须咬食鱼饵？这本书是虚构的，｜是人类为与鳗鱼搏斗而制作的鳗鱼网。"[《渔网》，摘自《〈海豚〉节选》，刊于《评论》第26卷（1971年夏季刊）。] 比较诗集《海豚》中的《海豚》。

[2] 西尔维斯于1971年4月6日回复说"我们当然想要发表你发给我的信息"，并寄给洛威尔一份"传送得很糟糕"的文本清稿（此处已直接更正，原件存于纽约公共图书馆手稿档案部）。洛威尔于1971年4月13日发电报回复，并作了更正。这份声明于1971年5月6日发表在《纽约书评》上，标题为《暂缓的对卡利中尉的审判》（洛威尔取的标题）。"原则造成的死亡人数可能比暴力冲突造成的更大。种种新印象令我着实厌恶。难道没有人对威廉·卡利做出判决时心怀同情吗？他的暴行都给总统、公众、民调、左右两派的普通成员给洗清了。他看上去几乎还活着；他就像一首老歌，用青年职业军人那种粗哑的辛酸打动了我们。他也曾在电视节目中为我们在阳光下的位置而战。鲨鱼畅游之时，何须咬食鱼饵？我感到那种歇斯底里之下有一种冷漠。我们的国家在仰望天堂之时将军队置于法律之上。广岛投掷时没有受到任何阻碍。受惩罚的是别的地方的人，而我们还年轻。一个世纪后，也许没有人会对大屠杀睁大眼睛，只有散落的尸体表达了最后一次对死亡的戏剧性关注。我们不是伪君子，我们可以学会拥抱社会之外的人——尼克松总统，我们自己的哈克贝利·芬，他不得不把同一条船上的人都赶尽杀绝。"

136. 伊丽莎白·哈德威克写给罗伯特·洛威尔

[纽约市,西 67 街 15 号]
1971 年 4 月 9 日

卡尔,最亲爱的:

我不带哈丽特去英国了,因为我越来越觉得这样做对她不好。我们关心的只有你一个,所以我希望你能回来美国看我们。

南卡罗莱纳真是很不幸。清一色没有根基、无村庄特色、公寓式(管他什么样的吧)的乡村俱乐部开发区,建在一个古老的可爱的岛上,内战之后这个岛就划归给黑人了——40 英亩加一头骡子[1]。海风吹拂,许多退休的夫妇,许多热烘烘的饼干。我们还去了萨凡纳和查尔斯顿做短暂停留,不过开车来去的时间都很长,公路平坦,两边人烟稀少,甚至连一间飘着炊烟的小木屋都看不到。

这边发生太多事了,但全都太复杂,无法细说。我和哈丽特去南卡罗莱纳来时与以赛亚·伯林和艾琳是坐同一班飞机,他俩后来去了哥伦比亚的迪基教授家[2]。昨天同斯蒂芬·斯彭德一起吃午饭。我和

---

[1] "查尔斯顿以南的岛屿,沿河流到大海 30 英里范围内的废弃稻田 [……] 保留并分隔开,分给因为战争行为和美国总统宣告而获得自由的黑人的定居地 [……] 每个家庭应拥有一块不超过 40 英亩的可耕种的土地(W. T. 谢尔曼将军的《第 15 号田地令》,颁布于 1865 年 1 月 16 日,摘自第一、三节)。见埃里克·方纳的"谢尔曼后来规定,军队可以借骡子来协助他们("40 英亩加一头骡子"也许就来自于此,这个用语不久之后在整个南方传遍了)"[见《重建,美国未完成的革命,1863—1877》(1988 年)]。1865 年秋,《第 15 号田地令》被安德鲁·约翰逊革除。(英亩是英美制地积单位,1 英亩合 404686 平方米。——译注)

[2] 詹姆斯·迪基是南卡罗莱纳州哥伦比亚市南卡罗莱纳大学的英语教授。

鲍勃·西尔维斯去参加了斯特拉文斯基的葬礼①,不过没有进到教堂里面,那里面的位置都坐满了。

我有和你说过弗拉维奥②自杀的事吗?可怜的伊丽莎白[!]她和特德·休斯一遍遍听见丧钟敲响③。

我必须要去做我的事情了。哈丽特很好,但她不是很愿意去谈起你的近况,当然,她确实会说起你,以前的你,语气里透着欢欣与自豪。

你能过来看我们就很好,不论时间多么短,只要你来了我们就高兴。我一直满怀爱意地想着你,担忧着你,这种情绪只有你来了才会得到缓解吧。我刚刚写了一些关于自己的东西,有一句是:"我所懂得的东西都是从书本中从焦虑中学来的。"④ 所以,我把"焦虑"当作是一种求知。

再次表达我深切的爱,\永远爱你/

丽兹

---

① 1971年4月9日,在曼哈顿麦迪逊大道的弗兰克·坎贝尔殡仪馆。
② 指弗拉维奥·德·马塞多·苏亚雷斯·里吉斯,毕肖普情人洛塔·德·马塞多·苏亚雷斯的侄子。
③ 洛塔·德·马塞多·苏亚雷斯于1967年自杀。特德·休斯的第一任妻子西尔维娅·普拉斯于1963年自杀,他的情人阿西亚·维维尔于1969年自杀(自杀前还杀死了他们的女儿舒拉)。
④ 见哈德威克的"我这一生背负着种种枷锁,比如过度焦虑,动不动就担忧,喜欢想象即将发生的灾难、不祥之兆和出错之事,担心它们的后果可能延续到时间尽头。我有点羡慕那些无忧无虑,甚至是粗心大意的女人。但我们是根据别人给我们的东西来工作的,我所懂得的东西都是从书本中从焦虑中学来的"(《女人不能撼动并拥有的关系》,刊于1971年6月的《时尚》)。比较哈德威克的"一辈子的焦虑和阅读可能最终会让人得到免费的旅行,而你却不确定是否愿意去"(《不眠之夜》)。

137. 罗伯特·洛威尔写给罗伯特·洛威尔太太[①]

伦敦西南第十邮区，红崖广场 80 号
1971 年 4 月 9 日

最亲爱的丽兹：

你们应该结束旅行刚回来，晒得很黑，玩得很累吧。这样的旅行确实让人吃不消，我从挪威回来到现在，还一直腰酸背痛的。明天我们要去赫布里底群岛。下个月我或许可以找个借口溜出普渡大学，因为我要见你和哈丽特。我真的很想去纽约看你们，\期望着，/但是去一趟可不容易，要花好几个星期才能将自己的状态恢复过来。所以还是算了吧，不过等十天左右再来确定这件事。唉，费这么多钱走一趟，只是为了告别这段关系，其实我也不知道要怎么去开口。

难道你不觉得现在这一切都不符合伦理吗？喜欢且万分欣赏你的易卜生，也许是近家心怯吧。又或是？所以我想起了其他\外国友人/写给我的信，都三句不离易卜生[②]。我觉得你花了太多精力在这些经典剧情上，你该引以为傲；我很羡慕。请不要介意这封信。我还有点感冒，有些烦躁，想到什么就说什么了，\可能听起来比较愚蠢。/

爱你和哈丽特！

卡尔

[①] 与哈德威克 1971 年 4 月 9 日的信互相交叉错过。
[②] 哈德威克 1971 年 3 月 21 日写给洛威尔的信；比较洛威尔 1971 年 4 月 2 日写给西尔维斯的信。

138. 罗伯特·洛威尔写给罗伯特·洛威尔太太

[伦敦西南第一邮区，庞特街33号]
1971年4月13日

最亲爱的丽兹：

我们两个的信似乎注定是要写交叉的。今天早晨醒来，默念着弗拉维奥，看完你的信24小时内，我还是第一次——我终于意识到他的去世对伊丽莎白的打击有多大。她如今身在何处？我按着她在巴西的地址给她发了一封电报，说："亲爱的伊丽莎白，我能为你做些什么呢？"多希望她此刻是在英国。如果在里约的那个小集团能够展望到未来的八年是个什么样①，那该有多像哈代身上发生的事情呀，甚至就连基斯②也都历经了沧桑。

要不要带哈丽特来英国，我希望你能再仔细考虑考虑。你是打算自己一个人来吗？我当然知道哈丽特过来的事需要小心对待，有很多不确定的因素。她能不能成行取决于太多人的心绪，太多摇摆不定的人的心绪。也许你是听谁说了些什么，又或许是你自己想了些有的没的。不管怎样，你的决定对我是[个]很大的打击。我想我会订5月初的航班，虽然6个小时的飞行简直跟要命一样。\为了你也为了哈丽特！/只能是出此下策了。

你像是玩了一个很有新意的文字游戏，利用一词两义传达出模棱

---

① 1962年，洛威尔一家拜访了在巴西的毕肖普和洛塔·德·马塞多·苏亚雷斯。见《空中的话语》，伊丽莎白·毕肖普的《一种艺术：书信集》。
② 指基斯·博茨福德。

两可的意思。换言之,"哈丽特对你的近况不感兴趣"①。"近况"有两层含义,你可能不知道你无法同时把两层含义都表达出来。可怜的南卡罗莱纳啊!所谓都市实则是贫民窟。很遗憾你的旅行不是那么愉快。祝你和哈丽特好。我们很快就会见面了。

爱你!

卡尔

139. 伊丽莎白·哈德威克写给罗伯特·洛威尔

[纽约市,西67街15号]
1971年4月19日

最亲爱的卡尔:

我对通信真是感到绝望。显然我在信里没有表达清楚自己的意思,而且我肯定也误解了你的意思。如果你说我在信里写了"哈丽特对你的近况不感兴趣",那就算我是写过吧,但这种假话错得有点离谱,肯定是打字错误,或某个问题。我知道不久之前我还在信里说过,你才是我在这世上最深爱的人,我想见的是你,不是伦敦、风景什么的,我在乎的是你。我希望所有人都能收获最好的结果,为此我付出再多也愿意。哈丽特出落成一个惹人喜欢的大姑娘了,人长得漂亮,性格开朗,各方面都很不错。可是我还是害怕,害怕没等到她去墨西哥,这一切就搞砸了。她是要一个人去墨西哥啊,多么勇敢啊。

---

① 见哈德威克1971年4月9日写给洛威尔的信:"哈丽特很好,但她不是很愿意去谈起你的近况,当然,她确实会说起你,以前的你,语气里透着欢欣与自豪。"

卡尔,像她这般年纪的孩子是不会坐在一起谈论父母的,父母的这种事本就令他们很苦恼。阿德里安娜说,她的孩子们就对阿尔弗只字不提。但是我不一样,我会和哈丽特说起你,聊起你的时候也没有不开心,语气都很友好,带着愉悦,在她面前我从不掩饰对你的思念,但也只是单纯想念而已,不再痛苦。对于一切我都表现得很坦诚,态度明晰笃定;她知道你不打算回到我们身边了,她什么都知道了。但是,我思忖良久,送她去英国只是短暂待几天,然后回到美国,几个月甚至几年都见不到她的父亲,我不觉得这样对她有任何好处。不,我也不会过来。当我决定要送哈丽特去英国之后,你们又说让我也去,这真是奇怪的巧合。还有另一件事,我的经济状况也不允许我成行,我是寸步难行。要缴纳的个税已经够让我绝望了,明天要核算前年的税款,不用说又是一大笔钱了……所以我目前觉得还不是时候,过来一趟简直太贵了。

你说来一趟简直会让人筋疲力尽,我是相当理解的。宇航员大会又没什么太大的意思,似乎时间很短,秩序又混乱,让人疲惫不堪。你还是按自己的心愿办吧,我们也一定会理解你的。哈丽特很好,忙着自己的事。这里一切都很好。所以就看你是怎么想的了。但是请你务必相信,不论你不来是出于什么理由,我都理解,我说这话绝对不是虚情假意,而是真心诚意的。

这个周末我们会去华盛顿[①]。这算是出于一种奉献或类似于奉献的精神吧,一次又一次,并不需要什么理由,不是出于什么兴趣或者新鲜感——只是我们必须要这么做。

---

① 指参加 1971 年 4 月 24 日举行的"现在就结束越战"集会。

希望这封信里没有什么表达上的错误[1]！上帝保佑你[。]

伊

```
     (The Burden)

  6. "I despair of letters..."

      "I despair of letters. You say I wrote H. isn't
    interested in the thing happening to you now.
    So what? A fantastic untruth, misprint, something;
    I meant the London scene's no big concern, just you...
    She's absolutely beautiful, gay, etc.
    I've a horror of turmoiling her before she flies
    to Mexico, alone and brave, half-Spanish.
    Children her age don't sit about talking out
    the thing about their parents. I do talk about you,
    and I have never denied I miss you...
    I guess we'll make Washington this weekend;
    it's a demonstration, like all demonstrations,
    repetitious, gratuitous, unfresh...just needed.
    I hope nothing is mis-said in this letter."
```

《"我对通信真是感到绝望……"》，摘自《海豚》手稿本第54页，创作并修改于1971年到1972年1月之间。

140. 罗伯特·洛威尔写给斯坦利·库尼茨

[伦敦]

1971年4月25日

最亲爱的斯坦利：

写那篇评论的时候，我知道那部诗集中很多诗作都写于死神靠近你的时候，近得足以让你伸出手就能触碰到它，知道你读到我的评论时也许还在与死神较劲。现在得知你感觉强壮如初，恢复到你一贯的

---

[1] 比较洛威尔的诗作《"我对通信真是感到绝望……"》[组诗《重负》第6首]，见《海豚》手稿本；以及诗集《海豚》中的《信》[组诗《婚姻》第8首]。

状态，真是太好了①！有那么一两次，我觉得自己有可能要死了，说不上很享受那种意识状态，但那一刻真是一种解脱。难道不是吗？记得有人说过，死并非生之事，死没经历过生②。感谢上帝。你一定受够了拿着我的文章去打扰你的那些人吧，我想过用戏剧化的手法来写你，现在看来（虽然我并不完全承认这一点）我当时是想要在《书评》里谋取一个好版面。

我曾觉得，我的几部作品，尤其是《笔记本》，可能会是我的绝笔了。但是在创作现在这部作品（毫无疑问这部会是的）的时候，我不再抱有这种想法了。我就快要完成了，删减了很多也补充了很多内容，总共不到 120 页，取名《海豚》（和《乌鸦》③可不一样——顺便说一句，虽然特德·休斯是我最欣赏的诗人，可却一点都不喜欢他的这部作品）[。]我正在考虑以限量版的形式印制这部诗集，在特德·休斯的姐姐④经营的那个卡明顿出版社印制，大约 500 册，印刷方式由我定，越贵越好。只要伊丽莎白不改称呼，这也许是我能为她做的最得体的事

---

① 库尼茨对洛威尔说："几个月前，在勒诺克斯山［医院］，我以为自己的身体真的完蛋了。到了春天，没想到我似乎又和从前一样强壮结实了。"（1971年4月23日）
② 见维特根斯坦的"死亡不是生命中的事件。死没有经历过生。如果我们不把永恒理解为无穷无尽的时间延续，而是理解为无时间性，那么活在当下的人也就永恒地活着。我们的生命是无限的，正如我们的视野是无限的一样"［《逻辑哲学论》6.4311，C.K. 奥格登（1922年）译］。见洛威尔的诗句"死并非生之事，生时无法经历死"（诗集《海豚》中的《谋划好的》第 14 行）。
③ 库尼茨对洛威尔说："你修订后的《笔记本》这边到底什么时候出版？这一季对我来说最突出的诗集莫过于特德·休斯那本噩梦般的《乌鸦》，它受到了过分的赞扬，还有就是吉姆·赖特那美丽但却无人称赞的《诗集》。阿德里安娜的《改变之意愿》刚刚邮寄到。"（1971年4月23日）特德·休斯的《乌鸦》（1970年），詹姆斯·赖特的《诗集》（1971年），阿德里安娜·里奇的《改变之意愿》（1971年）。
④ 指奥尔文·休斯，她管理着她和特德·休斯共同创立的私人彩虹出版社。卡明顿出版社出版了洛威尔的第一部诗集《异样的国度》（1944年）。

了。大概一年之后我再推出商业版本。我怕到时候我被车撞了或遇上什么事了,丽兹和卡洛琳打起官司来这类的事,这本书就只能停留在打字机上出版不了。丽兹就是那个女主,是那条我想要诱捕又将其从那张鳗鱼网中放生的鳗鱼①,但是她会因为那种亲密关系感觉受到伤害。她应该赢得所有人的同情,但是你被抛弃,然后在书中又被抛弃,那是一种什么感觉?

在美国,人人似乎都认为眼下情势窘迫,不是生养孩子的好时候。阿德里安娜就很不客气地对我说教了一番,但对我和卡洛琳来说,生养孩子却有一种平静的喜悦,也算是调剂了糟糕的心情吧。我们已经有三个相当可爱的小女孩了,所以再添一个孩子并不可怕,无须担忧——不过总是有一些令人害怕的神秘因素和不确定性。卡洛琳现在的身体相对而言还是很健康的,我们现在活得就像牛一样,能吃能喝能睡。卡洛琳现在的睡眠时间和食量都是往常的两倍,看身形总觉得她明天就要生了,但其实预产期10月9日才到[。]我们不该那样交流,仿佛生活在东巴基斯坦似的。

我俩现在同居一室,下周卡洛琳就会把夫姓改成我的了,但这并不代表我们结婚了。我一点都不想就这样把丽兹推开。如果我说,这是我人生中最快乐的时光,我从来不知道自己可以如此快乐,上帝会不会把冰雹砸向我?②

---

① 见洛威尔的诗句"这本书是虚构的,│是人类为与鳗鱼搏斗而制作的鳗鱼网"[《渔网》第12—13行,摘自《〈海豚〉节选》,刊于《评论》第26卷(1971年夏季刊)],"早晚会请求同情这本书,它虚虚实实,│如一张鳗鱼网,人织它为的是与鳗鱼作战"(《海豚》手稿本中的《海豚》第12—13行),"这本书,虚虚实实│如一张鳗鱼网,人织它为的是与鳗鱼作战——│我的双眼已目睹我的手工之作"(诗集《海豚》中的《海豚》第13—15行)。
② 见洛威尔的诗句"你做得太多了。贫穷就像雹暴般的天赋"(《被缚的普罗米修斯》)。

我也不知道什么时候才会回到美国，也许是9月份吧。这个春天回来似乎是行不通了，有太多不确定的因素。坐飞机旅行本身就能要人命，更别说还有这么多其他的状况了！噢，我的天，要说给谁听？虽然我很喜欢这里，但是英国人却让人不敢恭维，他们就像纽约的那些犹太人或是新英格兰人。唉，其实我的家族里也有三个犹太人①。不过话说回来，这边的乡村，还有那种缓慢但却多变的生活节奏，倒是挺可爱的，让我很享受。不像在纽约，那儿充斥着世俗的喧嚣、重金属的气味，还有吸食冰毒的乱象。

衷心祝愿你和埃里丝幸福美满！

卡尔

附：我们也去不了好望角了。似乎还是在肯特郡安安静静度过这个夏天最为理想，可以在卡洛琳住过、闯入过的一栋房子，让生活模式一切照旧。《论坛》栏目里的那个家伙正如你说的一样②。但有两点

---

① 洛威尔父母双方的祖上都有犹太血统。他们有相似的名字。洛威尔的太祖母祖上是末底改·迈尔斯（1776—1871），曾任纽约肯德胡克市和纽约斯克内克塔迪市的市长。他的曾外祖母祖上是玛格丽特·德弗罗，住在北卡罗莱纳州的罗利，是纽约银匠迈尔·迈尔斯（1723—1795）的后裔。见洛威尔1956年10月24日写给埃兹拉·庞德的信："我无心听你的福音布道，不要让我们谈论犹太人。我的家谱上就好几个。"（《罗伯特·洛威尔书信集》）关于他父亲这一边："描述他是一件让人感觉陈腐、世故却愉快的事。他没有教名，只有M. 迈尔斯这个称号，是我从表亲卡西·梅森-迈尔斯·朱利安-詹姆斯私人印制的《传记速写：打开国立博物馆传家宝柜的钥匙》上看到的［……］他就是末底改·迈尔斯［……］一个德裔犹太人［……］末底改·迈尔斯是我祖母洛威尔的曾祖父。他的生活平淡乏味但光荣体面。"（《里维尔街91号》，见《生活研究》）关于他母亲那一边，请参阅尼古拉斯·詹金斯的《超越维基百科：罗伯特·洛威尔家族札记》。
② 库尼茨对洛威尔说："几周前《纽约时报》对你的采访让我有点不安。我觉得你被一个反应迟钝的笨蛋给缠上了——希望他不是你的哥们。"（1971年4月23日）

需要纠正。我确实说过莎士比亚是无与伦比的,其他作家无法将其当作自己的样板或典范①。还有在最后,我是要表明,我选择生活在英国并非要摆出一种象征姿态②。

141. 伊丽莎白·哈德威克写给玛丽·麦卡锡

[纽约市,西67街15号]
1971年4月26日

最亲爱的玛丽:

我一直期待能收到你新出的小说,但到现在都还没有收到。鲍勃当然是拿到了一册,不过一转眼就到了普里切特手里③。不管怎样,希望尽快收到吧。我还想着这本书很快就要到了,所以还推迟给你写信了。《纽约书评》的人跟我说你给他们寄了一篇极其有意思的文章,

---

① 见洛威尔所说的"莎士比亚是一位不寻常的剧作家,他在他那个时代并不典型。他远不如本·琼森成功,我想,看他的戏的人一定不多,剧场也很小,戏剧演出的时间也很短。我想,当他的第一个对开本出版时,买的人也很少。我没有具体的数据,但我敢肯定,他的销量远远比不上今天排名第100位的畅销书"(达德利·杨的《与罗伯特·洛威尔对谈》,刊于1971年4月4日的《纽约时报》)。

② 见达德利·杨的"有人猜测你正在逃离美国,对此你有何看法?这是你想要支持的神话吗?不,我在这里度过了一年中最好的时光,我很想再待一年,这好比我是从美国来度假的,没有任何象征意义。我会回到美国,做一个美国人,我不是在比较这两个国家。所以我们不该把你看作是一个去魅的朝圣者,回到欧洲的源头。这是一个美国主题……是发现,是走向荒野的先驱。过段时间,这个荒野就变成了亨利·詹姆斯和艾略特笔下的欧洲——一个全新的、近乎野蛮的终身保有之地"(《与罗伯特·洛威尔对谈》,刊于1971年4月4日的《纽约时报》)。

③ 见V.S.普里切特的《令人啼笑皆非的鸟舍》,刊于1971年6月3日的《纽约书评》。

介绍《非基督,亦非马克思主义》^①一书。我还没有读到,因为我已经好几周不在这里了。

哈丽特、芭芭拉、弗朗辛·格雷、罗斯·斯泰伦,还有其他几个朋友,我们去参加了那场示威活动。在教堂做礼拜,和退伍军人一起,前一天晚上都非常好,虽然游行本身很累人,但至少是有点意义。还不知怎样看待我们的行为,但绝对是一种个人奉献——一次又一次,也不是特别有趣,只是有必要这么做。那天天气不错,参加游行的人数也令人鼓舞,但是到了周日深夜,一些白痴,雷尼·戴维斯那一帮人,干了一件蠢事,把饱受骚扰的美国人逼疯了,场面一度失控,宾州收费高速公路足足瘫痪了四个小时,这不是适得其反吗?游行示威是取得了巨大的成功,但我认为一天之后那帮白痴所干的蠢事没有任何意义。并不是说人们不知道什么时候合适采取这类行动,但绝不是现在。退伍军人是主要担当。一个名叫约翰·克里的年轻人,清醒、睿智,真的很迷人,他带着所有伤痛和勋章从人群中站了出来,突然间就让我们想到那种神秘的东西——领导力。他在国会和参议院前慷慨陈词,那些年迈的当选议员听得眼含热泪。要不然,杀戮不会停止。这不正如《伊利亚特》吗,西蒙娜·薇依就是这么看待这部作品的^②。战争一旦开始就很难结束。

好想见见你。我有种感觉,从海外看,可怜的古巴比伦似乎真的消失了。尼克松之流究竟还会做出些什么事情来,我们当然无法想象。尽管如此,这个国家或许正迈着缓慢、犹豫的步子转过身来。虽

---

① 指玛丽·麦卡锡的《让-弗朗索瓦·雷维尔的美国革命》,刊于1971年9月2日的《纽约书评》(以下内容将作为让·弗朗索瓦·雷维尔的《没有马克思或耶稣》的后记出现,该书将由道布迪尔出版)。
② 见西蒙娜·薇依的《伊利亚特,或力量之诗》,玛丽·麦卡锡译,刊于《政治学》(1945年11月号)。

然我对政府很失望，但我对美国人民有信心。看形势，民主党人的颓势似乎会持续到 1972 年的夏天，但我仍觉得，我们只须坚持下去。不管怎样，生活并不是寡淡无味的，这一点感受我想自是与住在海外的人不同。我仔细思考这些似乎一夜之间发生的风云变幻，这些态度与情感上的一百八十度大转变，简直无法解释。也许，面对这种匪夷所思的事情，能保持一种司空见惯的心态，也算是一种不正常的天赋异禀吧。不过我仍觉得时局多变，每个半年都与前半年大不相同。有人认为，学生们是因为觉得无望才表现得无动于衷。但我相信，也可以说我试图让自己相信，学生们态度激进，真的备受困扰，但是他们再不会像从前那样无脑，干出很多破坏性的事情来。似乎现在也没有那么多吸毒的场面了，当然，至少在那些理智的人中间是很少看到了。游行的人们也冷静多了，扔石头的情况也很少发生了。黑豹党、枪击事件、各种逞能行为似乎被消灭了，他们无一不被审判，国家的姿态很是奇怪，这也是无奈之举。事态的结局是很可怕的，一如开初一样——就像在非洲刚果某个可怕的村子里做了一场怪梦。

　　缅因——你们什么时候才会来缅因呢？我想哈丽特和我 6 月 14 日会去那里，然后我会飞回来，7 月 4 日那个周末在纽约，准备送她去墨西哥。她的状态很好，还拿出极大的勇气和毅力进行节食，这个学年在学校表现得也很不错。昨晚她还皱着眉有模有样地对我说，我们这个国家真的必须建立起一个社会党了。我觉得这事蛮悲哀的，虽然一战时期社会党曾昙花一现，哦不，是如繁花盛放过，但却早已不复存在了。至于为何如此挺奇怪的，我想已有年头的罗斯福新政可以解释其中的缘由……说到非社会主义的缅因，它与我现在生活中所需要的一切都相去甚远。我们没有了度假的地方，哈丽特此时又不喜欢那里。要不是因为你们会去，我想我会在挂出房屋出售信息之后就蒙头不管了。但此刻我还无法做到。我还得写信给林克·索亚，准备偿还那可恶的冬天造成的不可避免的损失。

今早我和卡尔通电话了,他听起来头脑很清楚,我也希望他一点毛病都没有。时间渐渐将我从过去的伤痛中解救出来,想来是又给了我新的伤痛吧。现在我唯一担心的就是哈丽特,她的状态真是好得有些异常,让我在感谢上苍的同时又有些惶恐不安。对她我一直没有隐瞒什么,说到那个孩子和卡尔的将来时,也都是正面的态度,说起他的其他东西时,也都只是开开玩笑,对他的古怪之处做些友善的回忆。像哈丽特这个年纪的孩子,\似乎/也不愿意去谈父母之间出现的问题——虽然这些问题很快就要摆上谈判桌了。从当下来看,一切还都很正常。我希望哈丽特在墨西哥能够玩得开心,能够把今年发生的这所有的不愉快都抛诸脑后。我们母女俩在一起过得很开心,哈丽特有很多朋友。我想,她一定不会出任何事情的。

迫不及待想要读到《美国的鸟》,也想早日见到你和吉姆,但愿一点没变。因为你们两个,我对这个夏天充满了无限的期待——当然,我对卡斯汀也是一往情深,那个地方要是不那么远就好了。甚念,祝安!

丽兹

142. 罗伯特·洛威尔写给哈丽特·洛威尔小姐

[伦敦西南第一邮区] 红崖广场80号
1971年5月4日

亲爱的小哈丽特:

小宝贝,这样叫你,我的记忆一下子回到了很多年以前,你出生的那天,我抱着你从产科医院出来,然后上了萨拉姨妈的车,就像是抱着一个软球，一个柔软的肉球。又过了几年，我们在中央公园散步，当我逗得你哭鼻子的时候，你就拒绝走回家了。现在你已经不再是"小"宝贝了，但是爸爸还是想把你当成那个长不大的孩子。现在我身在异国，与你天各一方，见面难如登天，这怎能不让爸爸心碎。我有时会想你想得出神，很忧伤，这时爸爸就仿佛是一尊泥塑的雕像，而你是我身体的那\柔软的/一部分，就这样脱落下来，落在我的脚边。我能想到的最珍贵的乐事，就是早晚有一天，你可以和我们一起住很长一段时间。你不必觉得遗憾，因为有你，我才能时刻意识到自己是一个伟大的美国的道德楷模，而不是一个思想反动的贪图享乐之徒。

　　华盛顿的示威如何？那场战争会结束吗？它现在已拖向第二个十年的终点。如果你如此选择，到你上大学时事情又将如何？更安静，更不开心，又或许更美好？未来的事我不得而知。

　　讲点开心的事。我去看了两只表演的海豚，"宝贝"和"白兰地"，在牛津街上的一个大水箱里。它们能跳 20 英尺①那么高，把球打回给训练员，为了吃鱼还能装哭。它们跟萨姆纳一样聪明，大脑比人的还大，而且性格平和得多，也非常幽默。今天外面跟夏天一样，晴朗宜人，只是我感染一种可恶的病毒有段时间了，身上阵阵发冷。我在吃抗生素，会没事的。这就是我决定不飞去美国的主要原因。我们养了很多宠物。一只极其丑陋的大白兔，"雪莲"；一只漂亮的小黑兔，"招风耳"；一只好小好小的沙鼠，名叫"格特鲁德·巴克曼"；还有两只小猫咪。所以，就像一个动物园。真希望你陪我说说话，一起开怀大笑。替我问候妮可，最重要的是问候妈妈。

　　爱你！

爸爸

---

① 英美制长度单位，1 英尺合 0.3048 米。——译注

143. 罗伯特·洛威尔写给哈丽特·洛威尔小姐

[伦敦西南第一邮区，红崖广场80号]

1971年5月5日

亲爱的哈丽特：

自从收到你寄来的漂亮的明信片之后，我就一直在想给你写信的事，可能我会赶在你去墨西哥之前挤出时间去一趟纽约，不过成行确实比较难。爸爸编写的戏剧即将于6月24日公演，可导演乔纳森·米勒患水痘倒下了（！）前面四到五场的排练他都来不了。首演之夜我实在是不能缺席啊。6月的最后几天\对我/也不是一个好时机，无法抽身去看望你兴奋的一家子人，为你打点行装。卡洛琳现在怀孕5个月了，肚子看起来有9个月那么大，这个时候也很不方便离开她。让我想想？还有一段时间就是9月，那时候你应该不忙，但是那时候又快到我们孩子的预产期了。

你能随时来英国吗，现在或是9月份开学之前？我们都很希望你能来，保证你能在这里待得舒舒服服、玩得开开心心——咱们不去教堂也不安排繁忙的观光行程。这里有三个妹妹，分别是十岁、七岁和五岁，她们都等着像迎接大歌星猫王一样迎接你呢，尤其是老大娜塔莉娅，她对待自己最小的妹妹总是板着一副略带微笑的威严面孔，就像你对安吉拉一样，就是那个我们在卡斯汀认识的好有意思的胖胖的西班牙女孩。我真的太想见到你了！

我们的两只猫，"小斑"和"老虎"，是两姐妹，它们只要共处一室就会打闹起来，生出许多麻烦事，不过它们对查尔斯却百依百顺，都那么确定自己就是查尔斯的最爱呢。

（如果6月你能来的话，我保证你会看到我的《普罗米修斯》这部戏上演，它讲的是一个男人被绑在一块岩石上\演讲/两个小时。）

你知道爸爸是一个反应迟钝、没有幽默感、很传统的人，很少将内心感受轻易示人。因而你也应该可以猜到，从我口中说出一边看你的明信片一边近乎喜极而泣这种话是多么不容易。那天，结束漫长的旅程从意大利回到家中———一眼就看到你的信了，它就躺在一大堆赠书和账单之中，旁边还有一堆要求，要求我做我不愿做的事情——"小斑"和"老虎"要我跟它们玩，好蠢，还要像极不情愿的萨姆纳一样，跟它们说话。亲爱的小心肝，祝你开心快乐！

爸爸

附：这是我在这种纸①上写过的最长的一封信。

144. 罗伯特·洛威尔写给罗伯特·洛威尔太太

[伦敦西南第一邮区，红崖广场80号]
[1971年]5月6日

最亲爱的丽兹：

从斯蒂芬那里听说你和哈丽特最近精神焕发，也或许是他觉得你们精神焕发吧。总之这是最让我欣慰的事了。最近很多英国人都回国了，也来了很多美国访客。昨天我听说普瓦里耶在大使馆做了一场讲座，一反常态大肆攻击索尔·贝娄。我并不认为你会去大使馆听这样的东西，成为熟悉当地批评家的一小部分听众之一。月底我会去罗马，参加一个富尔贝莱特研讨会的活动。到时我会就本世纪60年代

---

① 指航空邮笺。

的美国诗歌谈一谈自己的看法。不想讲得面面俱到，不过我会读一些我欣赏的诗人，比如说华莱士·史蒂文斯、兰德尔等。除了机票和住宿的费用会报销，其他的就没有了，不过这次会挺有意思的，我会利用这个机会，和罗兰多①一起去一趟我早就计划要去的拉文那和乌尔比诺。

鲍勃来信说了我的版税还有其他的一些事情，我打算暂时把这些钱存入一个储蓄账户，但这个账户只开在我的名下。如果你的境况很窘迫我可以给你一些。我们现在花钱都很节制，再说，孩子出生之后，还会有各种各样的开支要负担。顺便问一句，怎么样才能申请到信托基金来支付产科医院的费用？似乎我还欠费伯出版社一千多英镑，这样就意味着版税的钱我这辈子是一分都要不回来了。上次蓝十字最多也就支付了不到三分之一的费用。然后是我们要怎么处理那些手稿呢？我一直没有做出决定，是因为不想让其他人去乱碰我的东西。前几天我收到哈佛的一个家伙的来信，他在写关于特德·罗特克的博士论文。这家伙随信还附上了我给特德写的三封信，我都不记得自己写过这些信了②，还要求我把这几封信给他再寄回去。

最近也没什么事。结束了一个阶段的教学工作，觉得很开心，身体有所恢复，也快击败一种可恶的病毒了。我还认识了一个小伙子③，他的钓鱼技术很差却又很热衷于钓鱼。

深春时节人容易犯困。我读了《红字》，还试图期望听听你对它

---

① 指罗兰多·安齐洛蒂（1919—1982）。（意大利文学批评家。——译注）
② 见洛威尔 1958 年 6 月 6 日、1958 年 9 月 18 日、1963 年 7 月 10 日写给西奥多·罗特克的信（副本，附有一位研究人员的注释和查询，收藏于 HRC）。又见《罗伯特·洛威尔书信集》。
③ 可能是指乔纳森·拉班（1942— ）。（英国作家、批评家。——译注）

的评价，但是我没问①［。］这本书还是一如往常得我青睐，霍桑编造出了一个新英格兰。

希望你和哈丽特没有去参加第二场更激烈的示威游行②。这个周日我准备去参加一个妇女解放运动的活动，我是第一次参加。凯特·米莱特和索尼娅是共同主席③。

爱你！

卡尔

145. 罗伯特·洛威尔写给罗伯特·洛威尔太太

［伦敦西南第十邮区，红崖广场 80 号］
［1971 年 5 月 12 日］

亲爱的丽兹：

这下真是听到了你和哈丽特的好消息了。乔纳森和斯蒂芬都用了

---

① 纳撒尼尔·霍桑著（1850 年）；见哈德威克的《诱惑与背叛（一）》，刊于 1973 年 5 月 31 日的《纽约书评》，并收于批评文集《诱惑与背叛》（1974 年）。
② 华盛顿的五一节抗议活动（1971 年 5 月 1 日至 6 日）。见理查德·哈罗伦的《三万反战抗议者溃败首都》，刊于 1970 年 5 月 3 日的《纽约时报》；理查德·哈罗伦的《7000 人在首都反战抗议中被捕；150 人因冲突扰乱交通而受伤》，刊于 1971 年 5 月 4 日的《纽约时报》；詹姆斯·M. 诺顿的《抗议者未能阻止国会；警察拘捕 1146 人》，刊于 1971 年 5 月 5 日的《纽约时报》。
③ 大屠杀剧组在伦敦开放空间剧院上演了简·阿登的《怪物、先知和女巫的新交流》（又称《大屠杀》）后，索尼娅·奥威尔、埃德娜·奥布莱恩、安妮·夏普莉和吉尔·特维迪进行了一场讨论。但米莱特没有出现。卡洛琳·布莱克伍德写道："就好像妇女协会举办的一场盛事，一直期待着女王的来访，然而盛会开始后才得知她因重感冒卧病在床，来不了了。妇女解放运动大会笼罩着一种失望的情绪……'凯特·米莱特在哪里？'"（见布莱克伍德的《妇女剧院》，刊于 1971 年 6 月 3 日《倾听者》）

"精神焕发"这个词形容哈丽特,还说你的精神也很不错,自信满满。上一封信里跟你瞎说了一堆关于钱的事,真是很抱歉。但是单靠埃塞克斯给的那点工资实在是太难了,到了我们这个年纪,出门打个车什么的都是免不了的开销。今年我只买了一件衣服——一件外套。你如果需要从 FSG 的版税里支钱来用的话,我随时都可以给你。我把其中的 14000 美元存了定期。可能这听起来有些匪夷所思吧,毕竟我刚刚还在为缺钱抱怨,但我觉得你是能够明白的,有笔存款我心里就踏实一些。

有点思乡,现在美国已是夏日酷暑时节,美国人像夏季的鸟儿一样纷纷飞来,英国人也回来了。我之前感染了一种病毒,不发烧,但是头很痛,全身骨头也酸痛,为了治疗一直在吃抗生素,结果又出现了恶心和情绪低落的药物副作用。其他方面都很好。我 5 月底去罗马,《普罗米修斯》6 月 24 日正式公演。我参与了三次排演,为了把气氛搞得更加活跃一些,让宙斯的形象变得更像是上帝或大自然,而不是像个盖世太保一样。我想毕肖普到时也会来,大概 6 月中左右吧。我不知道她是怎么从那个男孩自杀的悲痛中扛过来的,我也不敢去问起。我要利用这个夏天来继续修订《模仿集》[①]。通过更静心更准确的改写,我想我已经把两到三首诗作修订得更加完美。原创写了那么多,差不多四年没停过,真是有些厌倦了。

我时常想念你,也很想念美国,一想就想很长时间,不只是匆匆一瞥。也许明年圣诞节是回去的最佳时候吧,也许 9 月份我能够抽出身匆忙一见。现在我已经逐渐适应待在这边,尽管事情很多,内心却

---

① 洛威尔修订了之前翻译的收录在《模仿集》(1961 年)中的荷马、萨福、莱奥帕迪、海涅、雨果、波德莱尔、兰波、里尔克和安内斯基的诗作,还有收录在《在大洋附近》(1967 年)中的朱文诺和贡戈拉的诗作,将它们并入诗集《历史》中。

很平静。作家是永远不会对自己的作品满意的。在这边，最令人兴奋的一件事是博尔赫斯来访，我差不多和他单独待了两个晚上，我们聊丁尼生、詹姆斯还有吉卜林。当他"毫不煽情"地对听众说起自己失明的故事时，我几乎落泪了[1]。

写这封信的初衷本是想一吐思念之情，虽然情真意切，但只说这个未免无聊。我想只要不出现死亡或重大疾病，便是岁月静好，安然无事。好嫉妒你和每一个可以见到哈丽特的人。

爱你！

卡尔

146. 罗伯特·洛威尔写给哈丽特·洛威尔小姐

［明信片：两只海豚］

［伦敦］

［1971年5月17日］

亲爱的哈丽特：

介绍两个朋友——"宝贝"和"白兰地"。它们一下就可以蹦到20英尺那么高，也不知道它们究竟因什么事发笑，好有趣。爸爸很想念你。

爱你！

老爸

---

[1] 豪尔赫·路易斯·博尔赫斯于1971年4月29日被牛津大学授予荣誉文学博士学位，然后在4月30日至5月13日的其中四个晚上代表ICA（当代艺术学院）在伦敦发言。

147. 伊丽莎白·哈德威克写给罗伯特·洛威尔

[纽约市西 67 街 15 号]

1971 年 5 月 19 日

亲爱的卡尔：

虽是酷夏炎炎，今天心情却很愉快。我和税务人员交涉了很久，刚刚才回来，在吃凤梨酸奶（玛丽应该不会原谅我），还在不住地颤抖，因为这些税款的事让我非常、非常紧张。现在就是这么个情况。请你立即写信给鲍勃，让他们给我汇 3750 美元过来。

用这笔钱你就可以付清 1971 年度的联邦税、州税和纽约的市税。然后你让他们把余下的版税汇给你，这样你手头就会有几千美元了。得知你都没几件像样的衣服穿，我真是心痛不已，我除了为你傻傻地担心也做不了别的什么。等到秋季，也就是大概 9 月份的时候，\ FSG 出版社 / 应该会再给你汇 7000 美元，这笔钱一分不落都是你的，还有珍妮特·罗伯茨办公室[①]的那部分款子也都是属于你的，这样所有的税款都可以付清了。（我之前有没有说过，道富信托公司那 5400 美元，只用来支付资本收益，而不是偿付其他税款。）今年我们的税款负担没那么重了，因为我去年多付了一些，还差点把我搞得精神错乱。我希望你了解，亲爱的。我的意思是，希望你了解这些关于税款的事。你只是在用你的美国货币为你个人的单独使用付费。我知道这也许没那么容易理解，但是今天上午，听税务人员的意思是说，把你在英国（埃塞克斯）的工资加在一起，咱俩的收入一样多。我们美国的税级是 50%，所以我要缴的税额和你要

---

① 阿什利经纪公司的戏剧经纪人。

缴给埃塞克斯的税额是一样多的。我只想让你清楚这一点,我现在不但要负担所有的房租,还负担了你女儿的全部学费,给她买衣服,带她看医生,送她去度假,这些费用都是我一人在承担。我不想多要一分钱,我只是觉得你对我说的这些并没有什么概念。实际上你现在的经济情况已经好转不少了……我为你感到欣慰,真的。你之所以现在还是要支付\税款/,是因为这笔钱必须得按季度提前预交,否则就要面临罚款。比起拖到9月份,等到明年1月再拿这些事情去唠叨烦你,我觉得还是现在就全部和你说清楚比较好……这都是为了填1971年的夫妇合报所得税申报书,我保证这是目前为止比较低的费用了,也许是当下最好的做法。请你马上寄信给鲍勃。我必须尽快把一切都处理好。

亲爱的玛丽还不断收到一些批评的声音。我读了那本书,阅读体验还是很愉快的。这不是一部廉价的或者商业性的或者牵强附会的作品,即使算不上一部"佳作",似乎也并不奇怪,毕竟能写出佳作的作家本就寥寥可数。她7月份会来缅因,汉娜是8月份到。我则时不时就会去那里一趟吧。

终于把税务的事情搞清楚了,我真是长舒一口气。我为《时尚》杂志写了一篇文章,说我所懂得的东西都是从书本中从焦虑中学来的[①]。但从后者中明白一切时所付出的代价是多么大啊!我真想今天就乘船去希腊群岛,或者做件考验胆量的事情。啊,就像我们从前那样,感受年轻,放飞自我。但我还喜欢我现在的情形,至少今天如

[①] "我从未感到过自由。我说的不是社会有种种限制,而是我自己天性有些特殊。我这一生背负着种种枷锁,比如过度焦虑,动不动就担忧,喜欢想象即将发生的灾难、不祥之兆和出错之事,担心它们的后果可能延续到时间尽头。我有点羡慕那些无忧无虑,甚至是粗心大意的女人。但我们是根据别人给我们的东西来工作的,我所懂得的东西都是从书本中从焦虑中学来的"(《女人不能撼动并拥有的关系》,刊于1971年6月1日的《时尚》)。

此，享受这份并非我情愿的自由，今晚去听音乐会，想着你，还是不免心痛，但相信时间终能治愈一切。再见，亲爱的。

丽兹

\珍妮特·罗伯茨到了你那边吗？/

\如果你想把那些文稿卖掉的话，最好今年把这件事给办了。但1972年才开始付账，因为今年的资本收益（代理费）已经涨疯了。这只是我的一个建议。纳特·霍夫曼[①]觉得，薇拉·纳博科夫在处理税款这种事上是最厉害的，而我只能屈居第二，只因为我手头的存款太少！/

148. 罗伯特·洛威尔写给罗伯特·洛威尔太太

[伦敦西南第十邮区，红崖广场80号]

1971年5月20日

亲爱的丽兹：

谢谢你给哈佛那边去了信。不过我要等到石溪给回复再做决定。现在对文稿收藏的保护未免有些太含糊。几周前，一个年轻人写信给我，说他在写关于罗特克的博士论文，随信还附了我以前给罗特克写的三封信的复印件[②]，让我同意他引用我信中的内容，然后再立刻把

---

① 会计。
② 原文"zerox's"应为"xeroxes"。

信给他寄回去。这些信大都是批评语气,讲精神崩溃的[1],我已经完全没有印象了,它们根本不像是我写出来的东西,我也不想我的东西在我有生之年被翻出来。

你给哈佛写的信[2]令我非常难过,比你写给我的信还要伤人。有一种高高在上的尖酸刻薄,拒人以千里之外。我能理解你不想把自己的信混在那堆东西里,但如果你愿意的话,可以把那部分卖得的钱拿去,或者多拿一些,拿吧。我并不认为我早期的那些笔记本更为有趣。请不要把我们相亲相爱了那么长的岁月从黑板上抹去好吗?

我周日去意大利参加富尔贝莱特会议。跟我们以前受"CIA"资助前去参加会议感觉很像[3]。来了很多美国人。跟汉娜度过了一个晚

---

[1] 关于"大都是批评语气",见洛威尔1963年7月10日写给西奥多·罗特克的信,《罗伯特·洛威尔书信集》。关于"精神崩溃",洛威尔写道:"在一次躁狂发作之后,走出那些公寓就像我们以前在学校参加划船比赛。划到一半的时候,你知道,船上的其他人也都知道,再多一桨都划不动了。然而,每个人都在继续,码头上那位观察者却一点也没有察觉到。"(洛威尔1958年6月6日写给西奥多·罗特克的信,副本收在"罗伯特·洛威尔书信文稿"中,收藏于HRC)还有"听起来你就是你,显然必须是你。几个月来(也许一直都是如此)都有一阵阵剧烈的刺痛,精神上的疼痛,但随着时间的推移,疼痛明显减轻。我几乎是怀着感恩的心情倒下的——生活中的许多事情都是可以忍受的。我已经不想回到从前或是找一个舒适的藏身之所"(洛威尔1958年9月18日写给西奥多·罗特克的信,副本收在"罗伯特·洛威尔书信文稿"中,收藏于HRC)。

[2] 原信现已遗失。

[3] 1962年,洛威尔和哈德威克前往巴西参加文化自由大会。1966年《纽约时报》的一篇文章报道了中情局对学术和文化组织的秘密、间接的支持,包括平民合作联盟,并解释了中情局如何"通过基金会——合法的或虚假的幌子——来输送研究和宣传资金[……]通过类似的渠道,中情局支持[……]反共产主义的自由组织,如文化自由大会,以及他们主办的一些报纸和杂志。《路遇》杂志,一份著名的知识分子月刊,有西班牙语、德语和英语版,曾经在相当长的一段时间内都是中情局资金的直接受益者"(见T. 威克、J. W. 芬尼、M. 弗兰克尔、E. W. 肯沃西等人的报道《电子窃探在增多:中情局正从100英里外进行间谍活动;卫星探测苏联的秘密》,刊于1966年4月27日的《纽约时报》)。又见马修·斯彭德的《圣约翰林中的房子:寻找我的父母》(2015年)。

上，今晚又在斯彭德家度过了一晚。如果你在缅因见到汉娜，那就太好了。她跟索尼娅完全不是一号人。

你心情好的时候跟我讲讲哈丽特好吗？我心情不错，每个人都说她精神焕发，说你在写作，那劲头就跟德莱塞似的。

爱你们俩。

老爸

149. 罗伯特·洛威尔写给罗伯特·洛威尔太太

[伦敦西南第一邮区，红崖广场80号]
1971年5月22日

亲爱的丽兹：

我现在可是太喜欢用这种只有一页纸的带邮戳的空邮信笺了①。我现在差不多掌握了技巧，简直太容易了，用得很顺手。

关于那3750美元的事情，我已经写信跟鲍勃说了。你当然比我自己更清楚我的经济状况啦。只要你认为我能负担得起，随时把我的钱拿一些过去就好。我这边有一个人，名叫亨肖，论起处理税款之类的事情，薇拉·斯特拉文斯基在他面前怕是要甘拜下风。他在帮威廉·巴勒斯处理这些事，还能把鞋子和小刀的开销部分也拿来抵扣税款。

啊，感受年轻！我最近在读一篇讲麦格尼晚餐的文章，是普里切

---

① 航空邮笺。

特写的①。那帮人已经不再风华正茂,十年之后老去的老去,往生的往生。我最近见的都是一些老年人,单独和博尔赫斯度过了两个愉快的晚上,还去医院陪了大卫·琼斯足足一个下午,汉娜来过这里,看她的样子也是老态龙钟、体弱多病的。唉,亲爱的,人生苦短啊!

我渴望你的来信,希望你不要放弃这个习惯。我一直祈愿自己能变成两个人(一个灵魂),一个在这里,一个和你在一起。

我比较怕读玛丽那本书。汉娜从书中看到了一个不一样的玛丽,一个富有同情心的玛丽。她是一个很可爱的人,或者就像大卫·琼斯讲莎士比亚一样,是一个"绝世奇人"。有些评论她那本《散文集》的文章真是恶毒。我看到过某个家伙写的一篇评论,好像是在《新闻周刊》上吧,还好不算恶毒,但是那种语气也令人很灰心②。

说一件也许你会觉得有点好笑的事——艾伦写信来自告奋勇当孩子的教父。我总是想念你,想跟你开玩笑,跟你理论,跟你胡搅蛮缠。你能否替哈丽特寄一张明信片给我呢?我的记事本里有一条提醒,得给她打电话了。

爱你们,祝安。

爸爸

你现在是下笔如风啊,真好!而我,四年不间断的写作榨干了我的灵感,或说是十年?现在什么都写不出来了,也许只能做做翻译。

---

① 指 V. S. 普里切特的《他们是如何交谈的》[一篇评罗伯特·巴尔迪克的《麦格尼餐厅的晚餐》(1971年)的文章,刊于1971年5月21日的《新政治家》。哈德威克曾在《回忆录、对话和日记》一文中写到过这些晚餐,见《党派评论》第20卷(1953年9月)第5期]。
② 指彼得·S. 普雷斯科特的《没有伏尔泰的老实人》,刊于1971年5月21日的《新闻周刊》。